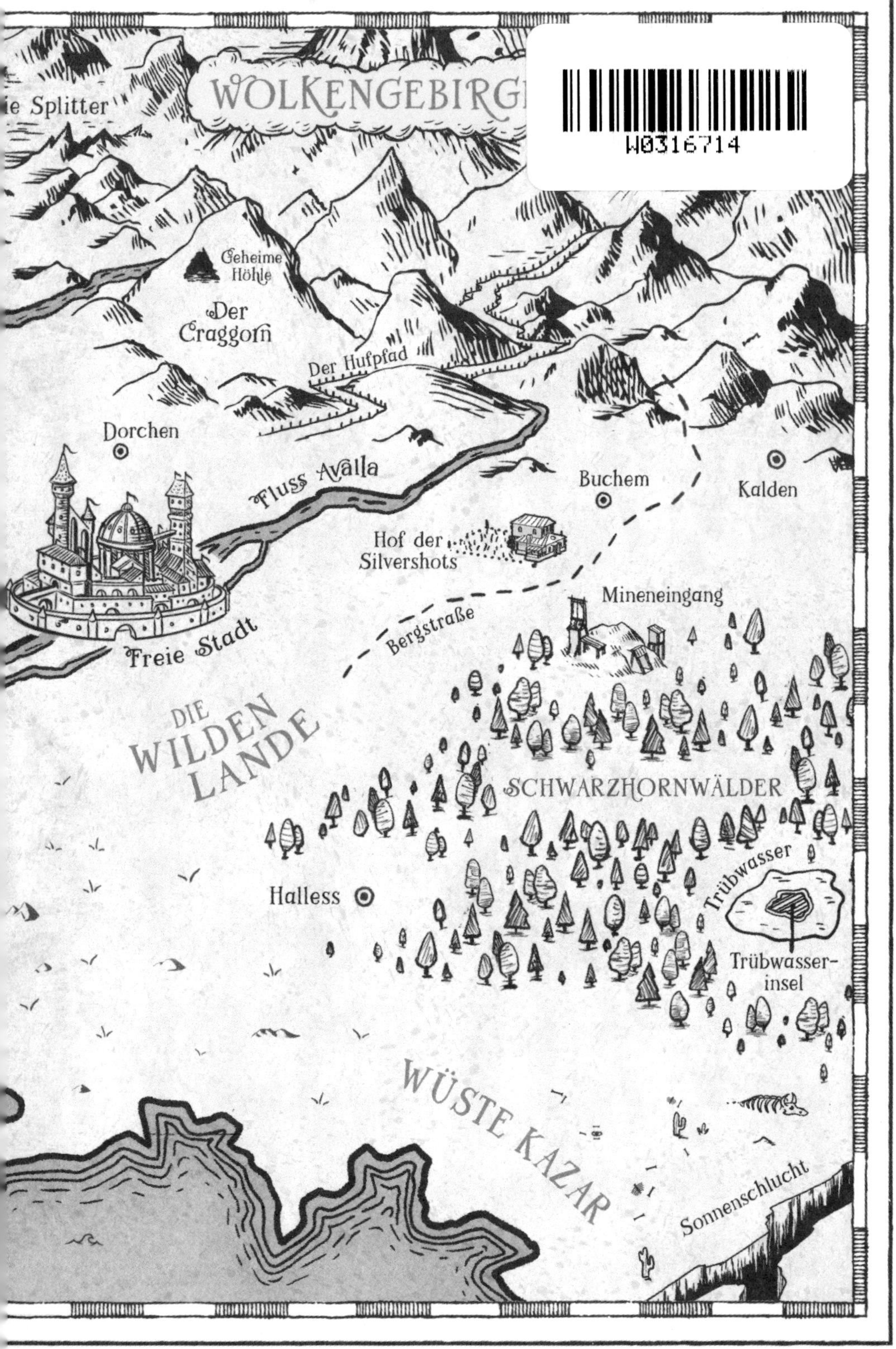

ie Splitter
WOLKENGEBIRG
Geheime Höhle
Der Craggorn
Der Hufpfad
Dorchen
Fluss Avalla
Buchem
Kalden
Hof der Silvershots
Mineneingang
Bergstraße
Freie Stadt
DIE WILDEN LANDE
SCHWARZHORNWÄLDER
Trübwasser
Halless
Trübwasser-insel
WÜSTE KAZAR
Sonnenschlucht

Kim Forester

Clans von Cavallon

Der Zorn des Pegasus

Kim Forester

liebt Tiere und Fantasyliteratur. Seit sie in der 8. Klasse *Unten am Fluss* gelesen hat, träumt sie sich leidenschaftlich gerne in fantastische Welten. Mit ihrem Mann, ihrem Sohn und drei Katzen lebt sie am Rande eines Waldes in Maryland. Die wilden Pferde, die dort leben und die sie von ihrem Schreibtisch aus beobachten kann, haben sie zu den *Clans von Cavallon* inspiriert.

Max Meinzold,

geboren 1987, ist freischaffender Grafikdesigner und Illustrator. Seine Schwerpunkte liegen in den Bereichen Science-Fiction, Fantasy und der Kinder- und Jugendliteratur. Für seine moderne, innovative Buchgestaltung wurde er bereits für zahlreiche Preise nominiert. Er lebt und arbeitet in München.

Kim Forester

Clans von Cavallon

Der Zorn des Pegasus

Aus dem Englischen
von Ulrike Köbele

Arena

For Kate,
who never gives up

FSC
www.fsc.org
MIX
Papier aus verantwortungsvollen Quellen
FSC® C110508

1. Auflage 2019
Für die deutschsprachige Ausgabe:

Series created by Working Partners Limited

Aus dem Englischen von Ulrike Köbele
Umschlaggestaltung: Johannes Wiebel,
unter Verwendung einer Illustration von © Max Meinzold
Innenillustrationen: Max Meinzold
Gesamtherstellung: Westermann Druck Zwickau GmbH
ISBN 978-3-401-60311-7

Besuche uns unter:
www.arena-verlag.de

Die Clans von Cavallon

Menschen wohnen im gebirgigen Norden Cavallons und in der Freien Stadt. Dort ist der Rat von Cavallon angesiedelt, in dem alle fünf Clans repräsentiert sind. Menschen spezialisieren sich darauf, Werkzeuge und Schmuck herzustellen und damit zu handeln. In der Freien Stadt leben die Clans friedlich zusammen. Im Rest des Landes jedoch bestimmen teilweise noch immer uralte Feindschaften und Aberglaube das Leben der Menschen.

Einhörner haben die Schwarzhornwälder im Osten Cavallons zu ihrem Territorium erkoren. Sie leben nach dem Recht des Stärkeren und sind geschickte Jäger und Krieger, die sich Menschen als Sklaven halten. Der Legende nach soll in früheren Zeiten einmal ein außergewöhnliches Band zwischen Menschen und Einhörnern bestanden haben, doch seit dem Krieg von Cavallon schürt diese Vorstellung unter Einhörnern große Angst.

Den **Pegasus** wird für den Krieg von Cavallon die Schuld gegeben. Sie gelten als extrem selten und sind als rachsüchtige Kriegstreiber gefürchtet. Nach der Unterzeichnung des Friedenspakts zog sich die einzig verbliebene Pegasusherde ins Wolkengebirge im Nordosten des Landes zurück. Ihre Federn werden auf dem Schwarzmarkt gehandelt. Pegasus sind äußerst misstrauisch allen anderen Clans gegenüber.

Kelpies leben in der Kalten See im Nordwesten und sind vielerorts gefürchtet. Denn sie ziehen Menschen unter Wasser und töten sie – so heißt es. Tatsächlich sehen Wasserpferde mit ihren spitzen Zähnen und kräftigen Fischschwänzen gruselig aus. Sie jagen jedoch nur Fische und ernähren sich von Algen. Nach dem Friedenspakt haben sich die Kelpies in die Unterwasserhöhlen rund um die Festungsinsel zurückgezogen.

Zentauren leben in Corlandia, im Süden Cavallons an der Warmen See. Sie gelten als die Gelehrten von Cavallon und die übrigen Clans erweisen ihnen höchsten Respekt. Ihre Hauptstadt ist Coropolis, dort horten die zentaurischen Chronisten alles Wissen des Landes. Sie können als einziger Clan lesen und schreiben, Menschen arbeiten für sie als analphabetische Schreiblehrlinge. Doch die Zentauren haben einen grauenhaften Pakt geschlossen und hüten ein Geheimnis, das ganz Cavallon erschüttern wird ...

Kapitel 1

Die Würfel rollten klackernd über das Spielbrett. »Zehnerpasch!«, rief Sam Quicksilver triumphierend. Mit beiden Händen schob er seine Miniatursoldaten von dem Feld »Wilde Lande« auf das mit der Aufschrift »Wald« hinüber. Dabei stieß er die Einhornfiguren, die dort aufgereiht standen, um und einige plumpsten ins Gras.

»Das zahl ich dir heim, Menschenjunge«, knurrte Kaisa, senkte ihr Horn und fixierte ihn mit ihren schwarzen Augen. Behutsam stupste sie die umgefallenen Spielfiguren mit dem Maul auf einen ihrer Hufe und setzte sie zurück aufs Spielbrett.

»Pass lieber auf, Sam«, mahnte Bodor, ein Zentaur mit ungezähmter brauner Lockenmähne. »Einhörner können furchtbar blutrünstig sein.«

Sam lachte bloß. In den Wäldern im Süden hätte er sich vielleicht Sorgen machen müssen, wenn er einem Einhorn begegnete, aber hier in der Freien Stadt lebten alle Clans friedlich zusammen. Außerdem versuchte Bodor nur, sich bei Kaisa einzuschleimen. Er war schon als Fohlen in sie verknallt gewesen.

Bodors Schwester Liana schnappte sich die Würfel. »Du hast noch nicht gewonnen, Sam. Werd mal nicht übermütig.«

Darauf brach der Rest der Gruppe, zwei Menschenjungen und ein Kelpie, in Gelächter aus.

»Du hast aber schon mal ›Waffenstillstand‹ mit Sam gespielt, oder?«, fragte Sammy, einer der Jungen.

Liana lächelte nur und ließ die Würfel genau auf Sams Spielfiguren fallen. »Ups.«

Mit gespielter Verärgerung stellte Sam sie wieder auf, während Liana ihre Armee aus kleinen Zentauren gegen seine Stellung vorrücken ließ. Er liebte diese Nachmittage auf dem Marktplatz, wenn er mit seinen Freunden »Waffenstillstand« spielte, sie sich gegenseitig aufzogen, miteinander lachten und dabei zusahen, wie Bodor sich bei seinen Versuchen, Kaisa zu beeindrucken, regelmäßig zum Esel machte. An diesen Tagen war das Einzige, worum er sich Sorgen machen musste, die Windrichtung. Denn je nachdem, in welchem Winkel er zu Castiel saß, wehte ihm der durchdringende Geruch nach Salzwasser und Fisch um die Nase, der sich hartnäckig in der Mähne des Kelpiejungen hielt. Und das, obwohl die Freie Stadt meilenweit vom Ozean entfernt lag und Castiel im Süßwasser des Flusses Avalla lebte. Sam machten selbst die finsteren Blicke der beiden alten Menschen am Nachbartisch nichts aus, die sich mit ernsten Mienen über ihr Spielbrett beugten, als hätten sie noch nicht mitbekommen, dass der Krieg von Cavallon seit hundert Jahren vorbei war.

Die Turmuhr gab zwei dröhnende Glockenschläge von sich. Sam sprang auf. »Ich muss los. Tut mir leid, aber ich komme sonst zu spät.«

Liana verschränkte die Arme vor der Brust und stampfte mit dem Vorderhuf auf. »Das sagst du nur, weil ich kurz davor bin, dich zu besiegen.«

Castiel stieß ein wieherndes Lachen aus, wobei seine abgefeilten Reißzähne aufblitzten. Im Gegensatz zu ihren Verwandten aus der Kalten See unternahmen die Kelpies der Freien

Stadt alles, um ihre Mitbürger mit ihrem wilden Äußeren nicht in Angst und Schrecken zu versetzen.

Sam grinste. »Wir sehen uns heute Abend beim Jubiläumsfest. Treffen wir uns am Brunnen?« Er rannte los, während hinter ihm die Abschiedsrufe seiner Freunde durch die Straße hallten.

In der Freien Stadt liefen die Vorbereitungen für die Festparade am Abend auf Hochtouren. So unterschiedlich die Behausungen ihrer Bewohner auch waren – Holzhäuser für die Menschen und Zentauren, offene Unterstände für die Angehörigen der anderen Pferdeclans –, ging doch von allen die gleiche gespannte Vorfreude aus. Die breiten Hauptstraßen mit ihrem huffreundlichen Grasbewuchs waren so überlaufen, dass Sam in eine kopfsteingepflasterte Seitengasse auswich. Dort musste er sich in einen Hauseingang zwängen, um einen Verkäufer mit seinem Blumenwagen vorbeizulassen. Die Gasse führte auf einen weiteren Platz hinaus, den er im Laufschritt überquerte. Dabei musste er sich um eine Gruppe Menschen herumschlängeln, die gerade dabei waren, mit allerlei Werkzeug eine Tanzfläche zu errichten. Am anderen Ende des Platzes, vor dem himmelhohen Rathausturm, war bereits eine Bühne aufgebaut. Heute Abend würden sich dort die Chronisten der Stadt, eine Gruppe gelehrter Zentauren, versammeln und das Friedensabkommen verlesen. Es war genau an dieser Stelle vor hundert Jahren unterzeichnet worden und hatte dem Krieg von Cavallon ein Ende gesetzt. Die meisten Menschen, Einhörner und Kelpies in der Stadt konnten nicht lesen, sodass die bescheidene Menge, die sich Jahr für Jahr einfand, um der Verkündung beizuwohnen, immer in andächtiger Stille lauschte. Heute, zum hundertjährigen Jubiläum des Friedenspakts, würde dort jedoch garantiert die ganze Stadt zusammenkommen.

Als Sam endlich in der Apotheke eintraf, war der Verkaufsraum leer. Nur Nerissa, eine alte Zentaurin, stand hinter dem Tresen und las. Sie musterte ihn über den Rand ihrer Lesebrille hinweg, zog dann demonstrativ eine silberne Uhr aus ihrer Westentasche und warf einen Blick darauf.

»Du kommst schon wieder zu spät, Sam!«, tadelte sie mit ihrer tiefen, rauen Stimme. »Hast du denn keine Lust, lesen und schreiben zu lernen?«

»Doch!«, keuchte Sam. »Tut mir leid.« Er zog den Kopf ein und versuchte, so zerknirscht wie möglich auszusehen. Er mochte den Unterricht bei Nerissa wirklich. Ihr Geschäft war von oben bis unten mit Tiegeln und Flaschen vollgestopft, auf deren Etiketten fein säuberlich vermerkt war, was sich darin befand und welche Bewohner von Cavallon man damit wie behandeln konnte. Doch was Sam schon immer am meisten fasziniert hatte, waren die Bücher, die in jeder freien Ritze dazwischenstanden.

Sam war direkt gegenüber groß geworden. Mit sechs hatte er schließlich all seinen Mut zusammengenommen und war im Laden geblieben, nachdem seine Mutter bei Nerissa eine Salbe für ihre wunden Finger gekauft hatte. Sobald der Laden leer war, war er auf eine Kiste gestiegen, um ein Buch herauszuziehen, dessen glänzend grüner Einband ihm besonders gut gefiel. Er hatte es gerade zu fassen bekommen, als hinter ihm Hufgeklapper ertönte und ihn jemand in die Luft hob. Vor Schreck hatte er das Buch fallen lassen. Nerissa, die sich trotz ihres fortgeschrittenen Alters als erstaunlich stark erwies, hielt ihn weiter am Kragen gepackt, während sie mit der anderen Hand das Buch auffing.

»Ich wollte es mir nur ansehen!«, hatte er verängstigt gequiekt.

Nerissa hatte ihn auf dem wollenen Gewand abgesetzt, das ihren breiten Pferderücken bedeckte. Dann hatte sie das Buch aufgeschlagen und angefangen, daraus vorzulesen.

Er war so lange geblieben und hatte ihr zugehört, dass er schon fürchtete, seine Eltern würden wütend sein. Trotzdem hatte er nicht gehen wollen. In der Geschichte war es um Coropolis gegangen, die Hauptstadt der Zentauren, ein Ort voller Magie, in dem es vor tapferen Helden nur so wimmelte. Irgendwann hatte er jedoch so dringend auf die Toilette gemusst, dass er von ihrem Rücken gerutscht war und sich schüchtern bei ihr bedankt hatte.

»Wir machen morgen beim zweiten Glockenschlag weiter«, hatte sie brüsk erwidert.

Und das hatten sie tatsächlich. Sieben Jahre lang nun schon, fast jeden Tag. Irgendwann hatte Nerissa Sam beigebracht, selbst zu lesen: Geschichten aus den Schwarzhornwäldern, wo unerbittliche Einhörner Menschen als Sklaven hielten, Legenden aus dem Wolkengebirge, wohin sich die Pegasus nach dem Krieg zurückgezogen hatten, und die Chroniken der fleischfressenden Kelpies, die in der Kalten See rund um die weit entfernte Festungsinsel lebten. Obwohl Sam die Freie Stadt noch nie verlassen hatte, träumte er bis heute von all den spektakulären Orten, die er durch Nerissas Bücher kennengelernt hatte. Vielleicht würde er sie eines Tages mal in echt sehen.

Diesmal griff Nerissa unter ihren Tresen und reichte ihm einen medizinischen Almanach.

»Nerissa«, bettelte er. »Heute ist der hundertste Jahrestag des Friedenspakts! Können wir nicht eine von den Sagas lesen?«

»Ab und zu mal etwas Nützliches hilft dir, mit allen vier Hufen – na ja, in deinem Fall wohl eher beiden Füßen – auf dem Boden zu bleiben«, erwiderte Nerissa trocken. »Wenn dir das nicht gefällt, solltest du beim nächsten Mal lieber wieder pünktlich sein.« Sie schlug mit ihrem langen grauen Schweif, doch an ihrem Mundwinkel zupfte ein Lächeln.

Seufzend kletterte Sam auf den Hocker, der ihr gegenüberstand. »Ge-bro-che-ne Knochen richten«, las er vor und sah dann mit Leidensmiene zu ihr hoch. »Wirklich?«

»Weiter«, sagte sie und klopfte mit einem Huf auf den Boden.

Er fuhr die Wörter mit dem Finger nach. »Dafür be-nö-ti-gt man eine Sch...scheine?«

»Schiene«, korrigierte Nerissa.

»Ach so. Schiene. Dafür nehme man zwei gerade Äste und lege sie von beiden Seiten an den ge-bro-che-nen Köp-per-teil an ...«

Nerissa schmunzelte. »Körperteil. Mit ›r‹.«

Sam holte tief Luft. »Dann schlinge man ein Tuch um die Äste und binde einen dünnen Zweig an die Enden der Schlinge, um sie fester zu-sam... zu-sam-men...«

»Zusammenzuziehen. Gut gemacht.« Nerissa schüttelte den Kopf. »Weißt du, wenn du so viel üben würdest, wie du ›Waffenstillstand‹ mit deinen Freunden spielst, könntest du irgendwann richtig gut werden.«

Das sagte sie immer und dabei hatte sie jedes Mal diesen stolzen Blick in den Augen. Allerdings änderte das auch nichts daran, dass er sich durch zwei weitere Seiten mit Anweisungen zum Richten gebrochener Knochen bei Menschen und den verschiedenen Pferdearten quälen musste, bevor sie endlich zufrieden war.

Zum Abschied tippte sie mit mahnendem Blick auf ihre Taschenuhr, um ihn daran zu erinnern, morgen gefälligst pünktlich zu sein. Sam überquerte die Straße zum Juweliergeschäft seiner Eltern. Das Innere des Ladens war spärlich eingerichtet und immer makellos sauber. So kamen die filigranen Kunstwerke seiner Eltern noch besser zur Geltung: juwelenbesetzter Hornschmuck aus einem hauchdünnen Goldgewebe für die

Einhörner unter ihren Kunden, Hufreife aus gehämmertem Kupfer für die Zentauren und glitzernde Mähnenspangen für die Kelpies. Sogar eine Auswahl von Taschenuhren ähnlich der, die Nerissa besaß, gab es hier.

Die Werkstatt an der Rückseite des Gebäudes sah dagegen aus, als würde sie jeden Moment aus allen Nähten und durch die Seidenvorhänge platzen, die den Raum vor den Blicken der Kundschaft verbargen. An den Wänden stapelten sich Kisten mit Rohmaterialien und die beiden Arbeitstische waren mit Schmuckstücken in den verschiedensten Stadien der Fertigung übersät. Sam schob sich zwischen den Kisten hindurch, bis er seinen Vater erreicht hatte, der ihm einen Arm um die Schulter legte und ihm durchs Haar strubbelte.

»Hallo, Junge«, sagte sein Vater. Er war nur ein paar Zentimeter größer als Sam, doch durch seine Fröhlichkeit schien er immer sehr viel mehr Raum einzunehmen als alle anderen. »Komm, guck dir mal an, was wir für das Jubiläum heute Abend gemacht haben.«

Er zog Sam zu dem anderen Arbeitstisch, wo seine Mutter sich gerade über eine glitzernde Brosche beugte. Sam wusste, dass er sie in solchen Momenten nicht stören durfte: Ein kleiner Fehler und sowohl die filigrane Fassung der Brosche als auch das Blattgold, mit dem sie sie überzog, wären zerstört. Ihre braunen Locken hatten sich aus der Schleife gelöst, mit der sie sie zurückgebunden hatte. Sam hatte ihr störrisches Haar und ihre dunklen Augen geerbt, die kupferfarbene Haut hatte er von seinem Vater.

Schließlich war sie fertig und schob sich die Vergrößerungsbrille ins Haar. Lächelnd begrüßte sie Sam. »Und, freust du dich schon auf das Fest, Schätzchen?«

Sam schlang die Arme um sie und atmete den Geruch von

Silberpolitur ein, der für ihn immer ein bisschen nach zu Hause duftete, nach Sicherheit und Geborgenheit. »Ja, Mam. Wir treffen uns nachher am Brunnen.«

»Wir werden jede Menge von diesen Friedensbroschen verkaufen«, meinte Sams Vater. »Mit dieser Gravur hast du dich wirklich selbst übertroffen, Liebes.« Er hielt Sam die Brosche hin. Die Farben der Emaillierung unter der gravierten Goldschicht funkelten im Licht.

»Ihr habt sie zweimal gebrannt!«, rief Sam, während er die schillernden Grün- und Blautöne betrachtete.

»In der Tat.« Sein Vater wechselte einen stolzen Blick mit seiner Mutter. Sam half im Geschäft aus, seit er laufen konnte. Er war ziemlich gut darin, auch wenn er noch nicht an den aufwendigen Stücken arbeiten durfte. Er wusste, wie sehr sich seine Eltern freuten, dass ihm die Arbeit Spaß machte. Seine ältere Schwester Rianne, die nach der Hochzeit zu ihrem Mann gezogen war, hatte für Schmuck und Juwelen nie viel übrig gehabt. Sie lebte im Norden von Cavallon auf einem Bauernhof und hütete lieber Schafe.

Die Emaillierung allein machte dieses Schmuckstück schon zu etwas Besonderem. Doch es waren die filigranen Details, die seine Mutter in die Goldschicht darüber eingearbeitet hatte, die ganz sicher ein hübsches Sümmchen erzielen würden. Ein Muster aus Blumen umrankte die Symbole der vier Clans, die in der Freien Stadt zu Hause waren: ein Horn für die Einhörner, eine Schriftrolle für die Zentauren, ein Fischschwanz für die Kelpies und eine Hand für die Menschen. Der einzige Clan von Cavallon, der fehlte, waren die Pegasus – allerdings hatte seit dem Ende des Krieges niemand mehr einen Pegasus zu Gesicht bekommen.

»Dann lasst uns mal einpacken«, sagte Sams Mutter.

Sam sah aus dem Fenster. Die Festparade hatte bestimmt schon begonnen. Seine Mutter schien seinen Ausdruck zu bemerken, denn sie strich ihm über die Wange und ergänzte: »Dein Vater und ich kümmern uns darum. Geh und triff dich mit deinen Freunden. Aber vorher ...« Sie nahm ihm die Brosche aus der Hand und befestigte sie an seiner Tunika.

»Och, Mam!«, protestierte er. Er konnte sich bestens vorstellen, wie sich Sammy und Castiel über ihn lustig machen würden, wenn sie ihn mit so einem glitzernden Schmuckstück sahen.

Sie strich ihm erneut über die Wange. »Keine Widerrede. Du bist unsere Werbetafel.« Sie drückte ihm ein paar Münzen in die Hand und sein Ärger verflog augenblicklich. »Viel Spaß. Wir kommen gleich nach.«

Er drückte ihr einen Kuss auf die Wange und lief los.

Draußen auf den Straßen hatten inzwischen die Fressbuden geöffnet. Sam kaufte sich eine Tüte gebackene Kartoffelschalen und setzte seinen Weg zum Marktplatz genüsslich mampfend fort. Er war wie immer spät dran, aber er blieb trotzdem kurz stehen, um einer Gruppe junger Einhörner mit bunten Schleifen in den Mähnen zuzusehen, die auf der Bühne vor dem Rathaus eine komplizierte Tanznummer aufführten. Die Zuschauer waren bester Laune und feuerten die Kleinen lautstark an, wenn sie über ihre eigenen Hufen stolperten.

Plötzlich fiel ein Schatten auf ihn. Verwirrt blickte Sam hoch. Die Sonne ging doch wohl noch nicht unter, oder?

Etwas Dunkles zog über ihn hinweg.

Ein Zentaurfohlen schrie.

Sam starrte zum Himmel hinauf. Seine Kartoffelschalen fielen unbemerkt ins Gras, während riesige pferdeartige Kreaturen mit breiten, ledrigen Flügeln, langen Hälsen und schuppigen

Köpfen über der Menge kreisten. Die Musik brach ab und das Gelächter und die Anfeuerungsrufe gingen in verwirrtes Geschrei über.

Eine der Kreaturen riss das Maul auf und stieß ein schrilles Kreischen aus, das über den gesamten Platz hallte. Sam hielt sich die Ohren zu, doch das entsetzliche Geräusch ging ihm buchstäblich durch Mark und Bein. Er konnte es bis in die Zehen spüren.

Unter seinen Füßen bebte es, als die größte der Kreaturen mit den Vorderhufen voran in den Rathausturm krachte. Wie gelähmt sah er zu, wie das Gemäuer unter der Wucht des Aufpralls zerbrach und der Turm einstürzte. Zurück blieb ein klaffendes Loch am Horizont.

Die Freie Stadt wurde angegriffen.

Kapitel 2

Die Vormittagssonne tauchte Coropolis, die Hauptstadt der Zentauren, in sanftes Licht. Die Parks der Hochschule für Philosophie wimmelten von Besuchern und das Raunen von Gesprächen, in das sich vereinzeltes Gläserklirren mischte, erfüllte die Luft. Vor einem der Blumenbeete erklärte ein Gelehrter einer Gruppe Studenten, warum die Mohnblumen von Corlandia denen im restlichen Cavallon an Schönheit und Widerstandsfähigkeit überlegen waren. Er unterbrach seinen Vortrag nur, um einen menschlichen Diener herbeizuwinken und sich ein weiteres Glas Apfelsekt einschenken zu lassen.

Lysander Diomedes wünschte, der Gelehrte würde endlich zur Seite gehen. Er wollte sehen, wie das Sonnenlicht auf die Blüten drüben bei den Marmorsäulen des Zierpavillons am Ende des Beets fiel. Es juckte ihm in den Fingern; am liebsten hätte er seine Zeichenstifte geholt und losgelegt. Das Motiv war nicht ganz einfach, aber er war sich ziemlich sicher, dass es ihm gelingen würde, das Spiel aus Licht und Schatten einzufangen. Vor seinem inneren Auge konnte er das fertige Bild fast schon sehen, während er näher heranging, um das Ganze aus einem besseren Winkel zu betrachten ...

»Hey«, brummte sein bester Freund, Alexos Archimedos, als Lysander ihm auf den Huf trat.

Schlagartig wurde Lysander in die Gegenwart zurückgeholt. »Tut mir leid!«, flüsterte er. Die ständigen Ermahnungen seines Vaters gingen ihm durch den Kopf. *»Musst du immer mit dem Kopf in den Wolken stecken, Lysander? Warum kannst du dich nicht einmal konzentrieren?«* Er sollte dankbar sein, dass er hier war – und das war er auch. Jeder junge Zentaur würde seinen Schweif dafür geben, die renommierteste Hochschule von ganz Corlandia besuchen zu dürfen.

Lysander und Alexos waren nicht laut gewesen, doch der Gelehrte durchbohrte sie trotzdem mit einem finsteren Blick. »Ich habe noch einige bedeutende Würdenträger zu begrüßen«, schnaubte er pikiert. »Bitte entschuldigt mich.«

Darauf löste sich die Studentengruppe ebenfalls auf. »Nicht zu fassen, dass der ein Diomedes ist«, raunte einer von ihnen, während er an Lysander vorbeiging. Ein paar andere musterten ihn verächtlich, doch die meisten waren froh, nun auf eigene Faust über den gepflegten Rasen zu streifen und sich unter die namhaften Gäste zu mischen. Sie hatten sich anlässlich des Tags des Friedensabkommens hier versammelt. An diesem Tag wurden alljährlich die Studenten geehrt, die sich durch besondere Leistungen in den Fächern Mathematik, Schreiben, Geschichte, Poetik und Philosophie hervorgetan hatten. König Orsino persönlich würde unter ihnen den allerbesten auswählen, dem daraufhin die größte nur denkbare Ehre zuteilwerden würde: eine Ausbildung zum Chronisten. Die Chronisten waren dafür zuständig, sämtliche Ereignisse in ganz Cavallon festzuhalten und zu interpretieren.

Neben Lysander strich Alexos sein ohnehin schon tadellos sitzendes blondes Kopf- und Schweifhaar glatt und stampfte nervös mit den Hufen.

Lysander warf einen Blick auf seinen eigenen Schweif – ein

zotteliges schwarzes Gewirr, genau wie die Haare auf seinem Kopf – und wünschte sich, er hätte es bleiben lassen. Seine grüne Robe war bereits voller Erdbeersaftflecken und sein silberweißes Fell zerzaust. Er stupste seinen Freund an. »Mach dir keine Sorgen. Alle wissen, dass du zum Chronisten gewählt wirst. Du bist so schlau, ich wette, dass dein Hirn sogar ein eigenes Gehirn hat!« Er hielt inne, weil er sich unwillkürlich ausmalte, wie er ein derart abstruses Gebilde wohl zeichnen würde. Erst die Ankunft seiner Klassenkameradin Elanoth riss ihn aus seinen Tagträumen. Sie war in Begleitung einer anderen Zentaurin mit glänzenden braunen Locken, deren Namen sich Lysander einfach nicht merken konnte.

Elanoth lachte wehmütig. »Er hat recht, Alexos. Ich glaube nicht, dass sich irgendein anderer von uns große Hoffnungen machen kann.«

Ihre Freundin nickte. »Ich habe bereits entschieden, dass ich als Nächstes Astronomie studieren werde.«

»Und ich Philosophie«, verkündete Elanoth. »Was ist mit dir, Lysander?« Auch wenn ihr Tonfall neutral war, hätte sie genauso gut fragen können: *Welche Schule würde dich schon aufnehmen?* Jeder wusste, dass Lysander das letzte Jahr nur mit Alexos' Hilfe überstanden hatte.

Lysander rang sich ein Lächeln ab. »Ach, ich will mich noch nicht auf eine Richtung festlegen. Zu viel zu lernen.« Er wusste, dass sein Vater ihm nie erlauben würde, sein Studium abzubrechen. Aber Sternenkunde? Viel lieber würde er den ganzen Tag zeichnen.

Zu seiner Erleichterung kamen Alexos' Eltern zu ihnen herüber und Elanoth und ihre Freundin zogen weiter. Alexos' Mutter strahlte übers ganze Gesicht und sein Vater konnte gar nicht aufhören, ihm auf die Schulter zu klopfen. Offensichtlich waren sie genauso überzeugt wie alle anderen, dass Alexos zum Chronisten berufen werden würde.

»Und wie geht es dir, mein Lieber?«, fragte Alexos' Mutter Lysander. »Ist dein Vater auch hier?«

»Er ... musste was erledigen. Ratsangelegenheiten«, log Lysander. »Deswegen konnte er nicht kommen.« Vater hatte zwar versprochen, den Feierlichkeiten beizuwohnen, doch Lysander hatte sich gar nicht erst die Mühe gemacht, sich nach ihm umzusehen. Na gut ... drei, vier Mal vielleicht schon. Aber er rechnete nicht damit, dass er sich wirklich blicken lassen würde. Vater kam nie zu Schulveranstaltungen.

Wozu auch, dachte Lysander missmutig. *Ich habe schließlich noch nie einen Preis gewonnen, und das wird sich heute garantiert nicht ändern.* Hätte es einen Preis fürs Zeichnen gegeben, hätte er den vielleicht tatsächlich gewinnen können. Aber die Hochschule für Philosophie maß dieser Kunst keinen hohen Wert bei. Und Lysanders Vater auch nicht.

»Na ja, er hat bestimmt viel um die Ohren«, erwiderte Alexos' Mutter. Lysander konnte den mitleidigen Tonfall in ihrer Stimme hören, wodurch er sich nur noch mieser fühlte.

Er versuchte, sich seinen Neid nicht anmerken zu lassen. Alexos' Mutter leitete immerhin die große Bibliothek im Stadtzentrum und trotzdem schaffte *sie* es sehr wohl, sich ihrem Sohn zuliebe freizunehmen. Lysanders Mutter war verschwunden, als er noch ein kleines Fohlen war. Es stimmte natürlich, dass sein Vater ein vielbeschäftigter Mann war, schließlich war er nicht nur Oberster Chronist, sondern auch Berater des Königs. Dennoch war sich Lysander sicher, dass er heute hier wäre, wenn sein Sohn nicht so eine Enttäuschung für ihn wäre.

Trompetenklänge schallten durch die marmornen Säulengänge, das Zeichen, dass sich alle im Amphitheater versammeln sollten. Mitten im Park der Hochschule für Philosophie waren mehrere Reihen halbkreisförmiger Zuschauerränge angelegt worden, die auf eine Bühne hinabsahen. Dem Anlass entsprechend, war alles aufwendig mit Seidengirlanden und Blumen dekoriert worden. Lysander folgte seinen Klassenkameraden zu ihren Plätzen in den vorderen Reihen, während die Eltern sich weiter hinten in den höher gelegenen Rängen versammelten. Dann begann die Preisverleihungszeremonie. Lysander schaffte es, aufmerksam zuzuhören, während der Rektor, ein grauhaariger Zentaur mit Hakennase, seine Einführungsrede hielt und anschließend den namhaften Schriftsteller willkommen hieß, der den Preis in der Kategorie Schreiben verleihen würde. Doch dann flog ein Schwarm Stare über das Amphitheater und Lysander verlor sich im Stakkato ihrer Flügelschläge. Seine Finger sehnten sich nach einem Stift. Während er noch über das Problem nachdachte, wie man wohl die verschiedenen Bewegungen der unzähligen Vögel auf einem einzigen Bild darstellen konnte, wurde Alexos' Name für den Philosophiepreis aufgerufen. Lysander unterbrach seine Überlegungen, um lautstark zu applaudieren und mit den Hufen zu stampfen. Mit roten Wangen nahm Alexos seinen Preis – ein Buch über zentaurische Kultur – entgegen und blickte strahlend zu seinen Eltern hoch. Instinktiv drehte sich Lysander um und suchte die oberen Ränge ein weiteres Mal nach seinem Vater ab. Natürlich war er nirgends zu sehen.

Die restlichen Preise zogen wie im Nebel an Lysander vorbei, eine monotone Ansprache nach der anderen. Irgendwann nahm er eine leichte Unruhe in den obersten Rängen des Amphitheaters wahr. Zentauren traten beiseite, um jemanden durchzulassen. Der Rektor wirkte überrascht, als eine Zentaurin in einer blauen Samtweste die grasbewachsenen Ränge hinabstieg und auf ihn zutrat. Sie überreichte ihm eine Schriftrolle, die mit einer goldenen Schleife zugebunden war, und raunte ihm etwas ins Ohr, während er las, was darin geschrieben stand.

»Wer ist das?«, flüsterte Alexos.

»Sie arbeitet mit Vater zusammen«, antwortete Lysander. Er hatte sie bei einigen der Treffen gesehen, die sein Vater manchmal spätabends zu Hause abhielt. »Sie ist eine Chronistin.«

Gespannte Stille hing über dem Amphitheater. Die Chronistin beugte die Vorderbeine zu einer angedeuteten Verneigung und zog sich dann ans hintere Ende der Bühne zurück.

»Ich fühle mich geehrt, Euch eine Nachricht des Königs überbringen zu dürfen«, verkündete der Rektor mit lauter Stimme. »Zu Seinem großen Bedauern muss Seine Majestät die Teilnahme an den Feierlichkeiten zu diesem besonderen Anlass, dem hundertjährigen Jubiläum des Friedensabkommens, absagen. Leider ist Er immer noch nicht ganz genesen und braucht weiterhin Ruhe.« Mitfühlendes Gemurmel stieg aus der Zuschauermenge auf. Lysander verspürte einen Anflug von Enttäuschung – er hatte König Orsino erst einige wenige Male gesehen. »Er sendet jedoch allen heute ausgezeichneten Studenten seine Glückwünsche. Möget Ihr Eure Pflicht gegenüber Corlandia stets im Herzen tragen.« Der Rektor legte eine Pause ein und hielt sich die Schriftrolle vors Gesicht, als wolle er sichergehen, dass er sich auch wirklich nicht verlesen hatte.

Schließlich räusperte er sich. »Seine Majestät hat die Zeugnisse aller Studenten geprüft und einen unter Euch ausgewählt, der zum Chronisten ausgebildet wird. Ich muss niemanden der hier Anwesenden daran erinnern, was für eine große Ehre dies bedeutet und dass der oder die Auserwählte damit zu den namhaftesten Gelehrten des Landes zählen wird.«

Die Zuschauer lehnten sich in gespannter Erwartung vor.

Lysander spürte ein aufgeregtes Kribbeln im ganzen Körper: Das hier war Alexos' großer Moment. Als Gewinner würde er nicht nur zum Chronisten ausgebildet, sondern wahrscheinlich irgendwann auch eine wichtige Rolle im Quorum spielen, dem politischen Zentrum von Coropolis. Viele Chronisten wurden früher oder später Berater des Königs, so wie Lysanders Vater.

Neben ihm vibrierte Alexos förmlich vor Anspannung. Lysander versetzte ihm einen leichten Stoß mit der Flanke und grinste ihn aufmunternd an.

Stirnrunzelnd überflog der Rektor den Text auf der Schriftrolle ein letztes Mal. »Neuer Chronist«, verkündete er, »wird Lysander Diomedes.«

Lysander hatte sich bereits halb zu Alexos umgedreht und hob gerade die Hand, um ihm gratulierend die Schulter zu drücken, als er begriff, was der Rektor gesagt hatte. Aus den Reihen der Würdenträger kam Applaus, doch die Studenten und Gelehrten waren vor Schock wie gelähmt. Genau wie Lysander. Und wie Alexos, der sein Buch umklammerte und Lysander wortlos anstarrte.

»Nein.« In der Stille um ihn herum klang Lysanders Stimme überraschend laut. »Das muss ein Fehler sein.«

Einige Studenten murmelten zustimmend. Mehrere Gelehrte eilten auf die Bühne und redeten flüsternd auf den Rektor ein, doch der schickte sie mit einer abwehrenden Handbewegung weg. Die Chronistin, die die Nachricht überbracht hatte, stand schweigend und mit verschränkten Armen da.

Lysander hatte das Gefühl, sich gleich übergeben zu müssen. Alexos schloss die Augen. Nach einer gefühlten Ewigkeit schlug er sie wieder auf und sagte: »Glückwunsch.« Er schenkte Lysander ein sichtlich gezwungenes Lächeln. »Du solltest wohl besser da runtergehen.«

»Ich ... ich bin nicht ... Alexos, das hättest du sein ...«

»Geh schon.« Alexos schob ihn in Richtung Bühne.

Vereinzelter Applaus begleitete Lysander, der mit zittrigen Hufen nach vorne stolperte. Er traute sich nicht, ins Publikum zu schauen. Doch während der Rektor ihm die strenge Ausbildung schilderte, die er als künftiger Chronist durchlaufen würde, konnte er sich einen kurzen Blick auf die Ränge nicht verkneifen. Die meisten Studenten wirkten verärgert, die meisten Gelehrten vollkommen perplex.

Nur einer in der Menge lächelte: ein großer Zentaur mit kurzem schwarzem Bart und glänzendem silbernem Fell. Cassio Diomedes, Lysanders Vater. Er stand am Eingang des Amphitheaters, als sei er gerade erst eingetroffen. Lysanders Herz machte einen kleinen Hüpfer, als sein Vater ihm anerkennend zunickte.

Kapitel 3

In den Tiefen des Wassers lauerten Ungeheuer. Das war alles, woran Nixi denken konnte, als sie im Bug des Fischerbootes saß und sich an den rissigen Holzplanken festkrallte, um nicht hinausgeschleudert zu werden. Das Boot tanzte wie wild auf den vom Wind aufgepeitschten Wellen. Kalter Regen und salzige Gischt prasselten ihr ins Gesicht. Ihre hellblonden Zöpfe waren schon völlig durchweicht und schwer wie nasse Taue.

Die Crew dagegen holte unbekümmert ihren Fang ein. Die Netze wimmelten nur so von silbrigen Fischen. Diese Sorglosigkeit konnten sich die Fischer allerdings auch bloß deswegen leisten, weil sie Nixi angeheuert hatten, um die Kelpies fernzuhalten. Denn die Kelpies, deren Mähnen wie Seegras in den Wellen wogten und die mit ihren kräftigen Hufen und Fischschwänzen das Wasser aufwühlten, warteten nur darauf, dass das Boot im Sturm kenterte und sie die Menschen in ihr nasses Grab hinabziehen konnten.

Dämlicher Aberglaube, dachte Nixi. Die Bewohner der Festungsinsel waren der Überzeugung, dass ein Mädchen an Bord die Seeleute vor den Kelpies schützen würde. Nixi hingegen wusste, dass nichts diese todbringenden Kreaturen aufhalten konnte. Und sie selbst schon mal gleich gar nicht. Ihre Mutter hatte als sogenannte Glücksbringerin auf einem Perlentaucherschiff gearbeitet und war ertrunken, als Nixi drei war. Die Mannschaft hatte ihren Leichnam gerade noch rechtzeitig aus dem Wasser gezogen, bevor die Kelpies ihn zu fassen bekommen hatten. Nixis Vater wäre entsetzt, wenn er gewusst hätte, dass sie kaum zehn Jahre später selbst als Glücksbringerin tätig war. Aber dafür hätte er noch am Leben sein müssen.

Wenigstens bringt es gutes Geld. Sie tätschelte die prall gefüllte Geldbörse an ihrem Gürtel und lächelte.

Der Kapitän des Fischerbootes, ein korpulenter Mann namens Dobber, kam zu ihr an den Bug und blickte zu den Kelpies hinab. »Gut, dass wir dich dabeihaben«, brüllte er, um den tosenden Wind zu übertönen. »Sie sehen hungrig aus.«

Nixi schenkte ihm ein zuckersüßes Lächeln und legte ihm die Hand auf den Arm. »Ach, Käpt'n, es ist doch unsere Pflicht, uns gegenseitig so gut zu beschützen, wie wir können. Hab' ich recht?« Den Satz hatte sie vor dem einzigen respektablen Wirtshaus der Insel von der Tochter eines Händlers aufgeschnappt.

Der Ausdruck in Dobbers Augen wurde milder. »Du bist ein gutes Mädchen«, sagte er und drückte ihr die Schulter, bevor er zu seiner Mannschaft zurückkehrte.

Nixi öffnete die Hand und zählte die Münzen, die sie ihm aus der Tasche stibitzt hatte.

Als das Boot schließlich zur Festungsinsel zurückkehrte, waren Wind und Regen einem dichten Nebel gewichen. Sobald das Boot nah genug herangekommen war, sprang Nixi an Land. »Fang mal das Tau auf, Mädchen, ja?«, rief ihr einer der Männer nach, doch Nixi reagierte nicht. Sie eilte an den Fischerbooten vorbei, die bereits am Dock vertäut waren und sich sanft auf dem Wasser wiegten, ohne sich noch mal umzudrehen. Wenn sie ihre Hilfe wollten, kostete das extra. Außerdem war ihre

Gang bereits bei der Arbeit und brauchte Nixis Unterstützung. Wegen des Sturms war sie sehr viel später zurück als erwartet.

Durch die Dunstglocke, die über der Insel hing, fühlten sich die späten Nachmittagsstunden eher wie mitten in der Nacht an, was nicht zuletzt auch daran lag, dass die Straßen rund um die Docks so gut wie leer gefegt waren. Mädchen an Bord zu nehmen, um Kelpies abzuwehren, war nicht der einzige Aberglaube, dem die Inselbewohner nachhingen. So gesehen, war es keine große Überraschung, dass die meisten von ihnen beschlossen hatten, bei diesem unheimlichen Wetter zu Hause zu bleiben. Auf der Insel spukte es, so hieß es – vor allem in der Nähe der Docks. Man konnte die Blicke der Geister förmlich spüren, die dort auf der Lauer lagen und nur darauf warteten, einen ins Wasser hinauszulocken. Das Einzige, was sie angeblich fernhielt, war Feuer.

Das war natürlich alles einfach nur lächerlich. Und trotzdem spürte Nixi jedes Mal ein kleines Kribbeln im Nacken, wenn vor ihr im Nebel eine düstere Gestalt auftauchte. *Das ist nur ein Mensch, du dumme Nuss,* schalt sie sich. In Wahrheit waren diese Gruselgeschichten vermutlich von Gangs wie ihrer eigenen verbreitet worden, um die Leute aus den Straßen zu vertreiben und so ihre Diebeszüge leichter zu machen. Eigentlich war es doch vollkommener Blödsinn: Wie sollte Feuer Geister verjagen?

Dennoch griff sie, ohne zu zögern, zu, als sie draußen vor einer Kneipe eine brennende Laterne entdeckte, und dachte lieber nicht so genau darüber nach, warum sie sich dadurch gleich besser fühlte.

»Tut mir leid«, flüsterte sie dem Büffel zu, an dessen Karren die Laterne gehangen hatte, doch er schnaubte bloß und käute ungerührt in der Dunkelheit wieder.

Mit der zusätzlichen Lichtquelle kam sie bei ihrer Suche deutlich schneller voran. Wenig später hatte Nixi ihre Gang an Deck eines Versorgungsschiffes gefunden. Sie hatten bereits zwei unbewachte Bierfässer von Bord gerollt und waren gerade mit dem dritten zugange.

Angesichts der Lautstärke, in der Rye die anderen herumkommandierte, hätte Nixi sie aber wohl auch ohne Laterne mühelos aufspüren können.

»Nein, Granit, dreh es so rum«, befahl Rye in dem Tonfall, den er nur benutzte, wenn er glaubte, dass Nixi nicht in der Nähe war. Er hielt sich für ihren Stellvertreter, weil er mit elf Jahren der zweitälteste in der Gruppe war.

Nixi wollte gerade zu ihm gehen und ihn zurechtweisen, dass er gefälligst die Klappe halten sollte, bevor die Wachleute ihn hörten, als eine weitere Stimme durch den Nebel drang.

»Was macht ihr Rotzlöffel da?«, knurrte jemand. »Das ist unsere Beute.«

Ein großer Mann mit knochigen Wangen und fettigen schwarzen Haaren stand am Fuß der Planke. Es war Simeon, der Anführer der Galgenvögel, vor der Nixi ihre Gang immer warnte. Er stieß zwei kurze Pfiffe aus, um seine Handlanger herbeizurufen. Rye erstarrte. Auch die anderen Kinder schienen nicht recht zu wissen, was sie tun sollten. Tamin, der Kleinste von ihnen, sah aus, als würde er gleich losheulen.

»Das Zeug gehört uns«, erwiderte Nixi dicht hinter Simeon. Sie sprach mit der tiefen, knurrenden Stimme, die sie nur in Situationen benutzte, wenn ihre Gang – und alle anderen – wissen sollte, dass sie es absolut ernst meinte.

Simeon fuhr herum, doch Nixi war bereits außer Reichweite gerannt.

»Sylvie, Karah!«, rief sie. »Karren. Kneipe. Los.« Mehr brauchte sie nicht zu sagen. Obwohl Sylvie erst zehn war, war sie flink und gewitzt – und genau deswegen betrachtete Nixi *sie* als ihre Stellvertreterin. Sylvie würde verstehen, dass sie und Karah den Büffel mitsamt Karren stehlen sollten, die unbeaufsichtigt vor der Kneipe standen, während sich ihr Besitzer drinnen am Feuer ein schönes Bierchen genehmigte.

Die beiden Mädchen sausten an Simeon vorbei. Er stürzte sich auf sie, bekam sie jedoch nicht zu fassen. Fluchend drehte er sich um und wandte sich stattdessen Nixi zu. Er war dreißig Zentimeter größer und fünfzehn Jahre älter als sie, aber vor den Augen ihrer Gang würde sie keine Schwäche zeigen. Sie ließ ihren Fuß kreisen, um sicherzugehen, dass ihr Messer wie immer griffbereit im Schaft ihres Stiefels steckte. Ohne seine Kumpane würde Simeon sie vermutlich nicht angreifen – aber falls doch, war sie vorbereitet.

»Und ihr«, fuhr Nixi fort, ohne Simeon aus den Augen zu lassen, der sich ihr mit einem höhnischen Grinsen näherte, »schafft das Fass hier runter.« Sie hörte an ihrem Poltern und unterdrückten Fluchen, dass sie nicht gut vorankamen. Sie waren klein und mager und Nixi hatte die beiden kräftigsten von ihnen gerade weggeschickt, um den Karren zu stehlen. »Und du kannst dich gleich wieder vom Acker machen«, sagte sie zu Simeon. »Bis deine Schläger anrücken, gibt es hier nichts mehr zu holen.«

Simeon schnaubte entrüstet. »Hast 'ne große Klappe, was?«

Er griff nach Nixis Arm, doch sie duckte sich weg und huschte über das Kopfsteinpflaster davon. Japsend machte er einen Satz zur Seite, als der Büffelkarren hinter ihm durch den Nebel angerumpelt kam. Sylvie und Karah sprangen herunter und halfen den anderen mit den Fässern. Nach ein paar klaren Ansagen von Nixi hatten sie alle drei in den Karren geladen.

Keinen Moment zu früh.

»Was 's los, Sim?«, fragte ein brutal aussehender Kerl, der plötzlich wie aus dem Nichts vor ihnen auftauchte. Neben ihm stand ein weiterer Mann. Sie hatten beide den gleichen breiten Stiernacken, die gleichen kurz geschorenen Haare und sogar den gleichen finsteren Blick. Hinter ihren bedrohlich verzogenen Lippen kamen ein paar abgebrochene Zahnstümpfe zum Vorschein.

»Auf den Karren!«, rief Nixi ihrer Gang zu. Sie half Tamin hoch und sprang hinter ihm auf. Sylvie schnappte sich die Zügel und dann holperten sie johlend und schreiend durch die Straßen, während Simeons Flüche hinter ihnen verhallten.

Eine Stunde später hatten sie die Fässer in einem Lagerhaus am anderen Ende der Stadt abgeladen und Nixis Geldbörse war wieder ein bisschen praller geworden. Der zwielichtige Hehler, dem sie ihre Beute verkauft hatten, war zwar nicht begeistert gewesen, dass sie ihn beim Abendessen störten, hatte ihnen aber einen fairen Preis gezahlt. Auf dem Schwarzmarkt würde er mit dem Bier einen ordentlichen Gewinn machen, daher hatte er ihnen auch gleich den Büffel mitsamt Karren abgekauft. Obendrein hatte er Nixi noch eine Tüte mit saftigen roten Tomaten für alle mitgegeben.

Auf Nixis Anweisung hin teilte sich die Gang auf und schlich auf verschiedenen Wegen zu der stillgelegten Werft zurück, in der sich ihr Unterschlupf befand. Nixi und Tamin waren die Ersten, die das kaputte Tor aufschoben und unter den Weidenzweigen hindurchkrochen, die in den Bauch eines verlassenen Fischerbootes hingen. Sie umrundeten mehrere Schutthaufen, bis sie zum hinteren Ende des Geländes kamen, wo ein uraltes Schiff schief zwischen verrosteten Metallträgern aufgebockt war. Man sah ihm an, dass es früher einmal prunkvoll gewesen war, eins von den Schiffen, in denen die Vergnügungssüchtigen an der Küste des Festlands entlanggeschippert waren. Obwohl der Rumpf inzwischen von Holzwürmern zerfressen war, konnte man immer noch die filigranen Perlmuttschnitzereien erkennen, die Reling und Masten zierten. Die zerfetzten Segel waren früher einmal dunkelgrün gewesen und in den leeren Augenhöhlen der morschen Galionsfigur hatten Juwelen gefunkelt. Ein Schiff wie dieses hatte Nixi noch nie auf dem Wasser gesehen – es war ein Relikt aus einer anderen Ära, einer Zeit vor dem Krieg, bevor die Menschen aus den Schwarzhornwäldern auf die Festungsinsel geflohen waren, um der Unterdrückung durch die Einhörner zu entkommen.

Es war ihr Zuhause. Nixi war sich sicher, dass Tamin genauso empfand – er hüpfte förmlich darauf zu, als könne er es gar nicht abwarten, ins Schiff zu kommen. Sie packte ihn am Arm, um ihn daran zu hindern, die Leiter hochzuklettern, und sang leise: »*Tief ist der Ozean, dunkel und weit …*«

»*… es lauert in den Wellen manch Kummer und Leid*«, erwiderte eine zarte, klare Stimme aus dem Inneren des Schiffs.

Nixi grinste und kletterte hinter Tamin die Leiter hoch. Sie legte einen kurzen Zwischenstopp in ihrer Kajüte ein – der Kapitänskajüte, wie es sich gehörte –, um ihre Jacke auszuziehen. Dann lief sie die schmale Treppe hinab in die Kombüse, wobei sie die drei untersten morschen Stufen übersprang. Tamin war bereits dort und versuchte, einen Bissen vom Abendessen zu stibitzen, doch Floss, ein stämmiges achtjähriges Mädchen mit einem langen schwarzen Zopf, der ihr über den Rücken fiel, lachte bloß und schlug seine Hand weg, wann immer er nach dem Gemüse angelte, das sie gerade schnitt.

»Hab dir Tomaten mitgebracht«, sagte Nixi. Sie nahm zwei aus der Tüte, legte sie auf dem höher liegenden Ende der Arbeitsfläche ab und ließ die Neigung des Schiffes den Rest erledigen.

Floss fing die auf sie zurollenden Tomaten auf, eine in jeder Hand. Nixi schüttelte bewundernd den Kopf. Sie konnte sich nicht erinnern, dass Floss jemals danebengegriffen hätte, und das, obwohl sie vollkommen blind war.

Floss roch an den Tomaten. »Ihr hattet also einen guten Tag! Erzähl – wie ist es gelaufen?«

Der begierige Tonfall in ihrer Stimme gefiel Nixi nicht. Floss war erst seit ein paar Wochen bei ihnen, hatte sich in der Zeit aber schon als außerordentlich kompetent erwiesen. Sie konnte besser kochen als Nixi mit voller Sehkraft. Als sie der Gang beigetreten war, hatte Floss Nixi versichert, dass sie keine Sonderbehandlung von ihr erwartete.

»Gut«, hatte Nixi geknurrt, »du kriegst nämlich auch keine.«

Trotzdem hatte Nixi sie noch immer nicht auf Beutezug geschickt. Die Vorstellung, dass sich Floss auf eine gefährliche Mission begab, behagte ihr nicht – vielleicht, weil ihre melodische Stimme und ihr fröhliches Lachen sie so sehr an ihre kleine Schwester Mari erinnerten. Mari war während der Pockenepidemie gestorben, die über die Festungsinsel hinweggefegt war und die auch Nixis Vater und ihre Brüder dahingerafft hatte. Mit gerade einmal sieben Jahren war sie plötzlich ganz allein auf der Welt gewesen. In Floss' Gegenwart fühlte sie sich Mari irgendwie nahe, ein Gefühl, das sie gleichzeitig liebte und hasste. Damals war sie nicht in der Lage gewesen, Mari zu beschützen, doch jetzt konnte sie dafür sorgen, dass zumindest Floss sicher war. So sicher jedenfalls, wie man es als Waisenkind auf der Festungsinsel sein konnte.

Nixi schnitt einen Laib Brot auf, den sie am Morgen aus der Bäckerei gestohlen hatte, während Tamin Floss erzählte, wie sie das Versorgungsschiff geplündert hatten. Hier und da schmückte er die Geschichte ein wenig aus. Als er fertig war, hatte sich der Rest der Gang um den Esstisch versammelt und Floss verteilte den Eintopf. Nach dem Essen forderte Nixi die anderen auf, ihre Beute des Tages auf den Tisch zu legen.

Die anderen unterhielten sich, satt und zufrieden, während sie alles zusammenzählte und anerkennend nickte. Sie nahm sich ihren Anteil – den größten natürlich – und teilte den Rest gleichmäßig unter ihrer Bande auf. Floss protestierte, weil sie genauso viel bekam wie die anderen, obwohl sie nicht mit auf Beutezug gewesen war, doch Nixi ignorierte sie.

Nixi merkte, dass Rye sich ebenfalls beschweren wollte. Um ihn gar nicht erst zu Wort kommen zu lassen, verkündete sie mit ihrer Leg-dich-lieber-nicht-mit-mir-an-Stimme: »Das ist der Plan für heute Abend: Granit, Sylvie, Karah und ich fahren mit den Nachtfischern raus. Der Rest von euch postiert sich vor den Kneipen und nimmt die Betrunkenen aus. Tamin, du gehst mit Dewey und ziehst deine Armes-verirrtes-Kind-Nummer ab. Zieh dir ein sauberes Hemd an, damit du anständig aussiehst.«

»Ich würde auch gerne auf einem der Boote rausfahren«, sagte Floss. »Wird Zeit, dass ich meinen Anteil verdiene.«

Nixi zögerte. So geschickt Floss auch war, es war gefährlich draußen auf dem Wasser, so nah bei den Kelpies. Doch dann bemerkte sie den Blick, den Sylvie und Karah heimlich wechselten. Wenn sie Nein sagte, würden sie glauben, sie sei weich geworden.

»Na schön«, erwiderte sie entschlossen.

Bei den Docks angekommen, hatte sie keine Probleme, Boote für sich und die anderen Mädchen zu finden. Nur bei Floss war es schwierig, weil die Fischer sie nicht kannten. Die Männer waren nervös: Nachdem sich der Nebel in der Abenddämmerung gelichtet hatte, wurde die See zunehmend unruhig. Nixi sprach einen Kapitän an, der so hager war, dass er ausschließlich aus scharfen Kanten zu bestehen schien, und der passenderweise Sharp hieß. Sie hatte vor einigen Nächten mit angehört, wie er seinen Kummer im Alkohol ertränkt hatte, und wusste daher, dass er Schulden hatte. Schlechtes Wetter hin oder her – er würde ganz sicher keine Gelegenheit auslassen, zum Fischen rauszufahren.

Welle um Welle krachte gegen die Pfeiler der Docks, eine höher als die andere. Und mit jeder hob Nixi ihren Preis weiter an. Kapitän Sharp schüttelte beharrlich den Kopf, doch Nixi hatte die Oberhand. Nicht nur wegen des Wetters oder seiner Geldprobleme, sondern weil es nicht schlimm wäre, wenn Floss keinen Platz auf einem der Boote fand. Genau genommen, wäre das die perfekte Lösung: So konnte Floss an Land bleiben, ohne dass jemand Nixi für weichherzig hielt.

»Die Flut hat fast Höchststand erreicht, Käpt'n«, rief einer der Seemänner.

»Fünfzig Cavals«, forderte Nixi seelenruhig. »Letztes Angebot.«

»Also gut, Mädchen«, knurrte Sharp. »Dann schaff sie an Bord.« Er ließ die Münzen in Nixis aufgehaltene Hand fallen und eilte davon.

Nixi legte Floss' Hand auf die Reling. »Hoch mit dir«, sagte sie und Floss trat auf die Planke.

Eigentlich musste Nixi dringend ihr eigenes Boot erwischen – sie war bei Kapitän Breck gelandet, der sich auf Hummer spezialisiert hatte –, doch sie wartete, bis Floss sich zum Bug vorgetastet und auf der Bank dort niedergelassen hatte.

Gerade als Nixi sich zum Gehen wandte, rollte eine gewaltige Welle auf die Docks zu. Kapitän Sharps Boot machte einen Satz und Floss fiel von der Bank. Hektisch zog sie sich hoch und tastete sich an der Reling entlang zu ihrem Platz zurück. Nixi bemerkte ihren Gesichtsausdruck: Zwischen ihren Augenbrauen stand eine tiefe Furche, ihre Lippen waren zu einem schmalen Strich gepresst und sie kniff die Augen zusammen, als versuchte sie mit aller Macht, die Tränen zurückzuhalten.

»Mädchen«, mahnte Kapitän Breck und klopfte Nixi auf die Schulter. »Wir müssen los.«

»Ich ... Planänderung«, erwiderte Nixi. Sie drückte ihm einen Stapel Cavals in die Hand, mehr, als er ihr bezahlt hatte, aber sie hatte keine Zeit nachzuzählen. Ohne sich um seine empörten Proteste zu scheren, rannte sie die Planke zu Kapitän Sharps Boot hoch.

Floss hatte gerade wieder Platz genommen. Nixi griff nach ihrer Hand und setzte sich neben sie. »Keine Angst«, sagte sie. »Ich bleibe bei dir.«

»Nixi!«, rief Floss. »Du musst nicht ...«

»Ich pass auf dich auf«, versicherte Nixi entschlossen und drückte ihre Hand. »Außerdem macht es so doch viel mehr Spaß, oder?«

»Ich bezahle aber nicht für zwei von euch«, murrte Kapitän Sharp hinter ihr.

Nixi schenkte ihm ein liebenswürdiges Lächeln. »Käpt'n, heute muss Euer Glückstag sein. Mit zwei Mädchen an Bord wird Euer Schiff gleich doppelt so sicher sein, meint Ihr nicht?«

Kapitel 4

Mit offenem Mund starrte Sam hoch zum Himmel, wo bis gerade noch der Rathausturm der Freien Stadt gestanden hatte. An seiner Stelle kreisten die sieben geflügelten Kreaturen über der Stadt.

Dann stürmte ein Kelpie an Sam vorbei, dessen schuppiger Schwanz ihn mit voller Wucht am Schienbein traf, und das Chaos brach los. Die Bewohner der Freien Stadt, egal ob Mensch oder Pferd, rannten schreiend und schubsend durcheinander. Die Kreaturen flogen über ihre Köpfe hinweg und stießen unablässig ihr schauriges Kreischen aus, das von den umliegenden Gebäuden widerhallte und Sam das Blut in den Adern gefrieren ließ. Eine von ihnen schoss im Sturzflug direkt auf ihn zu. Sam konnte den lang gestreckten schuppigen Hals sehen und sogar die Knochen und Sehnen in ihren riesigen ledrigen Flügeln. Die Kreatur schlug ihre gewaltigen Hufe in eine Wand und Sam schaffte es gerade noch rechtzeitig, den herabstürzenden Trümmern auszuweichen.

»Das sind Pegasus!«, schrie jemand. »Lauft!«

Um Sam herum war die Luft von Geschrei erfüllt. Eines der eben noch tanzenden Einhornfohlen preschte vor Angst wiehernd an ihm vorbei. Die Bänder in seiner Mähne hatten sich ineinander verheddert und waren mit silbrigem Blut befleckt.

Pegasus, dachte Sam benommen, während er sich vom Strom der Menge vom Platz mitreißen ließ. Er hatte noch nie einen zu Gesicht bekommen – niemand hatte das, jedenfalls nicht seit dem Ende des Krieges vor hundert Jahren. Und doch wussten alle, wie blutrünstig sie waren. Die Pegasus hatten den Krieg begonnen und Cavallon beinahe zerstört.

Die fliehende Menge zerstreute sich, als der erste Pegasus in den Straßen landete. Sam ging hinter dem Stand, wo er die Kartoffelschalen gekauft hatte, in Deckung, um zu Atem zu kommen, rannte jedoch gleich wieder weiter, als er sah, wie zwei Pegasus auf einer Süßigkeitenbude landeten und sie mit ihren Hufen zertraten. Den stämmigen Verkäufer, dem der Stand gehörte, trampelten sie einfach über den Haufen. Ein vierter Pegasus breitete seine gezackten Flügel aus und segelte im Tiefflug durch die Menge. Seine Hufe trafen alle, die nicht schnell genug zur Seite springen konnten.

Ein muskulöser Zentaur und eine Frau mit Pfeil und Bogen kamen aus einem nahe gelegenen Gebäude gerannt und stellten sich dem größten Pegasus in den Weg. Die Pfeile, die die Frau abschoss, prallten von seiner schuppigen Haut ab. Der Zentaur bäumte sich auf und schlug aus, doch der Pegasus fegte beide einfach mit seinem Flügel beiseite.

Sam hatte keine Zeit, nach ihnen zu sehen. Was, wenn seinen Freunden bei dem Angriff etwas zugestoßen war? Er sprintete zum Brunnen, während sein Herz mit jedem Kreischen und jedem Krachen hinter ihm schneller schlug. Um den Rathausplatz herum war die Zerstörung am größten. Die Pegasus schlugen mit ihren gewaltigen Hufen auf die Gebäude ein und stießen ihr ohrenbetäubendes Kreischen aus, während unter ihnen das Mauerwerk einstürzte und die Einwohner der Stadt in alle Richtungen davonstürmten. Genau hier war er mit seinen Freunden verabredet gewesen. Wahrscheinlich hatten sie auf ihn gewartet, während er herumgetrödelt hatte, um sich etwas zu essen zu kaufen und den Tänzern zuzusehen.

»Bodor!«, brüllte Sam verzweifelt. »Kaisa! Sammy!« Das Blut rauschte so laut in seinen Ohren, dass er das Flügelschlagen erst wahrnahm, als der Pegasus direkt vor ihm auf dem grasbewachsenen Platz landete. Schlitternd kam er zum Stehen.

Der Kopf der Kreatur ähnelte dem eines Einhorns, nur ohne Horn und mit matten Schuppen anstelle des Fells. Ihre Augen, mit denen sie Sam ins Visier nahm, funkelten orange. Hinter ihren bedrohlich verzogenen Lippen blitzten spitze Zähne auf. Dann setzte sie zum Angriff an.

Sam rannte los, in die Richtung, aus der er gekommen war. Seine Lunge brannte und seine Sinne waren vor Entsetzen wie betäubt. Das Einzige, was er noch hörte, war das Donnern der Hufe und der keuchende Atem des Pegasus, der immer näher kam. Sam krabbelte über die eingestürzten Reste einer Ziegelmauer, warf einen panischen Blick über seine Schulter – und sah, wie ein Feuerstrahl aus dem offenen Maul des Pegasus auf ihn zuschoss.

Mit pochendem Herzen warf sich Sam hinter einen umgekippten Wagen. Der Pegasus brüllte auf und spie einen weiteren Feuerstrahl. Eines der hölzernen Räder am Wagen ging in Flammen auf und kurz darauf auch der Rest. Sam japste vor Schmerzen auf, als das Feuer an seinen Fingern leckte, und rollte beiseite.

Ganz in der Nähe befand sich eine schmale Gasse. Sam schüttelte die schmerzende Hand und rannte darauf zu, in der Hoffnung, dass sie zu schmal für die breiten Flügel des Pegasus sein würde.

Andere hatten denselben Gedanken gehabt. Drei Menschen,

vier Zentauren und ein Einhorn drängten sich in die Hauseingänge. Alle sahen zum Himmel hinauf.

Sam folgte ihren Blicken. Zwei Pegasus zogen langsam ihre Kreise über dem Rathausplatz. Es sah aus, als würden sie eine Show abziehen. Als wollten sie sichergehen, dass sie auch wirklich jeder sah. Einer der beiden hielt eine Schriftrolle zwischen den Zähnen.

»Was ist das?«, fragte Sam. »Was hat er da im Maul?«

»Das Friedensabkommen«, antwortete ein männlicher Zentaur mit einer bestickten Weste, die einmal sehr elegant ausgesehen haben musste, bevor sie zerrissen und mit Staub und Ruß besudelt worden war. Sein Bart und Schweif waren grau und ordentlich gelockt. Sam fragte sich, ob er wohl dem Stadtrat angehörte. »Siehst du das Siegel?«

Sam schaute noch einmal nach oben. In dem Moment blitzte etwas Goldenes im Sonnenlicht auf, das an der Schriftrolle befestigt war. Sam wusste, wie das Siegel aussah – das wussten alle. Darin eingeprägt waren die Profile eines Zentauren, eines Einhorns, eines Pegasus, eines Kelpies und eines Menschen, zum Zeichen, dass der Krieg von Cavallon beendet war. Es war das Symbol der Freien Stadt.

»Sie müssen es aus dem Rathaus gestohlen haben.« Die Stimme des Zentauren bebte. »Aber was haben sie damit …«

Der Rest seiner Frage ging in einen erstickten Aufschrei über, als der Pegasus das Schriftstück in die Luft warf. Die Schriftrolle flatterte im Wind wie vor wenigen Momenten noch die Bänder in den Mähnen der tanzenden Einhörner.

Der zweite Pegasus spuckte einen Feuerstrahl, der die Schriftrolle in Brand setzte, und der erste stieß ein Kreischen aus, das durch die gesamte Stadt hallte.

In der Gasse sank der bärtige Zentaur auf die Knie, während

die Asche des Friedensabkommens wie gespenstische Schneeflocken über sie hinwegtrieb.

Sam wurde eiskalt. *Warum das alles? Brechen die Pegasus einen neuen Krieg vom Zaun?*

Ein Gedanke stand ihm glasklar vor Augen und blendete alles andere aus: Er musste seine Eltern finden. Er musste mit ihnen aus der Stadt fliehen. Für seine Freunde konnte er jetzt nichts mehr tun. Entweder sie waren entkommen, bevor der Rathausplatz zerstört worden war, oder ... nicht. Darüber konnte er jetzt nicht nachdenken.

Sam sprintete durch die Gassen der Freien Stadt und zwang sich, auf nichts anderes zu achten als auf den Weg, der vor ihm lag. Während er an den flüchtenden Stadtbewohnern vorbeistürmte, rutschten seine Stiefel immer wieder auf dem Gras weg. Die Pegasus setzten ein Gebäude nach dem anderen in Brand und die Luft hing voller Qualm. Sam zog sich die Tunika über Mund und Nase und rannte weiter.

Die Bäckerei zwei Querstraßen von seinem Zuhause entfernt stand bereits in Flammen. Als Sam daran vorbeihastete, stürzte das obere Geschoss ein. Eine dichte Staubwolke stob empor und er musste herabfallendem Schutt ausweichen. Auf dem Dach der benachbarten Schmiede hockte ein Pegasus und riss das Maul auf.

Schließlich erreichte Sam das Ende der Straße, in der er wohnte – die jedoch kaum wiederzuerkennen war. Vor ihm lag nichts als ein rauchender Grasstreifen, gesäumt von hohen Flammen. Er konnte kaum das Schild erkennen, das über der Tür zum Juweliergeschäft hin und her schwang.

»Mam!«, schrie er. »Pap!«

Doch er wusste, dass sie ihn über das Zischen und Lodern der Flammen nicht hören konnten. Verzweifelt stürzte er vorwärts, hinein in den dichten Qualm, aber er konnte nichts sehen und die Hitze versengte ihm die Haut.

Er wich zurück und versuchte es erneut, zwang sich, ins Feuer zu laufen. Seine Eltern waren irgendwo dadrin und er musste ihnen helfen! Doch seine Lungen waren kurz vor dem Platzen, in seinem Kopf drehte sich alles und sein Körper wurde förmlich geröstet. Die Tränen verdampften genauso schnell, wie sie ihm aus den Augen rannen.

Sam stolperte aus dem Qualm und sank hustend und würgend auf alle viere.

Es gibt nichts, was ich tun kann, dachte er benommen, während er mit ansehen musste, wie sein Zuhause abbrannte.

Er wusste nicht, wie viel Zeit verstrichen war, als die Flammen langsam kleiner wurden und sich der schwindelerregende Nebel in seinem Kopf lichtete. Vor sich sah er die verkohlten Überreste dessen, was einmal sein gemütliches, bis unters Dach vollgestopftes Zuhause gewesen war. Bei dem Gedanken daran, dass dabei all die wunderschönen Emaille-Anstecker seines Vaters und die filigranen Taschenuhren und Kämme seiner Mutter zu einer undefinierbaren grauen Masse geschmolzen waren, musste er sich erneut übergeben.

Aber das sind bloß Dinge, rief er sich ins Gedächtnis. Seine Eltern hatten sich kurz nach ihm auf den Weg zum Straßenfest gemacht. Er würde sie finden und dann würden sie gemeinsam aus der Freien Stadt fliehen. Er musste einfach nur hier warten. Sie würden zurückkommen. Sie würden zurückkommen ...

Er musste erneut kurz weggetreten sein, denn plötzlich wurde er von jemandem wach gerüttelt.

»Wach auf, Sam«, sagte Nerissa in demselben Tonfall, mit dem sie ihn immer zurechtwies, wenn er im Unterricht zu viel herumalberte.

Schnell setzte er sich auf. Nerissa, die neben ihm gekniet hatte, richtete sich zu ihrer vollen Größe auf und auch er kam wackelig auf die Beine. Ihr Gesicht war rußverschmiert. Sie trug einen Verband am rechten Vorderbein und ihr Arm war rot und mit einer glänzenden Schicht Salbe eingerieben.

»Mam und Pap«, nuschelte Sam und drehte sich zum Haus um. Die Flammen waren jetzt vollständig erloschen. Er fragte sich, ob sie wohl noch irgendetwas von ihren Sachen hatten retten können, bevor sie sich auf den Weg gemacht hatten. Sie waren gut in ihrem Handwerk, es würde für seine Eltern sicher ein Leichtes sein, irgendwo anders neu anzufangen. Vielleicht sogar in Corlandia, bei den Zentauren ...

Nerissa legte ihm sanft die Hand auf die Schulter. »Sam«, sagte sie und beim Klang ihrer Stimme zerfiel alles in ihm zu Asche. »Deine Eltern ... waren noch im Laden. Ich hatte gehofft, sie wären durch den Hinterausgang entkommen, aber ich habe nachgesehen und sie ... gefunden.«

Nerissa sprach weiter, doch Sam bekam nichts mehr davon mit. Seine Finger umklammerten die Brosche an seiner Tunika, die seine Mutter nur wenige Stunden zuvor dort festgesteckt hatte. Und er hatte sich doch tatsächlich darüber beschwert.

Jetzt war sie das Einzige, was ihm geblieben war.

»Sam!« Nerissa packte ihn am Arm. »Hörst du mir zu? Du musst die Freie Stadt verlassen. Geh zu deiner Schwester.«

Blinzelnd sah Sam sie an. »Aber ...«

»Du musst. Hier ist es nicht mehr sicher.«

»Was ist mit dir? Kommst du auch mit?« Seine Stimme kratzte in seinem Hals wie Sandpapier.

Nerissa zögerte. »Ich ... ich wünschte, ich könnte. Aber angesichts der vielen Verletzten werde ich hier gebraucht.« Sie griff in ihre Westentasche und holte eine Handvoll Cavals heraus.

»Nimm das. Versprich mir, dass du auf dich aufpasst. Und ... üb weiter fleißig Lesen.«

Ihr Gesicht fiel förmlich in sich zusammen. Sams Gehirn arbeitete immer noch so langsam, dass er erst begriff, warum, als sie ihn in ihre Arme zog und fest an sich drückte.

Sie denkt, das ist ein Abschied für immer, dachte er benommen. Er konnte nur hoffen, dass sie sich irrte.

Sie strich ihm über die Schulter und schob ihn dann in Richtung Stadttor. Nach einem letzten Blick zurück auf die Ruine, die einmal sein Zuhause gewesen war, machte Sam sich auf den Weg durch die schwelenden Überreste der Stadt.

Ein Strom von Flüchtlingen strebte bereits stadtauswärts – Familien mit Kindern, die hoch oben auf voll beladenen Karren saßen, Zentauren mit schweren Bündeln und zahllose Einzelgänger wie Sam, die nichts bei sich hatten als die versengten Kleider, die sie am Leib trugen. Sam reihte sich in die Menge ein und trat durch die Tore der Freien Stadt, des einzigen Zuhauses, das er je gekannt hatte.

Kapitel 5

Der Turm der Chronisten stand im Zentrum von Coropolis, der Hauptstadt von Corlandia. Das himmelhohe Gebäude beherbergte die Chronisten des Königs – dem gemeinen Fußvolk dagegen war der Zutritt strengstens verboten. Lysander hatte jedes Mal ein geheimnisvolles Lächeln aufsetzen müssen, wenn seine Klassenkameraden ihn gefragt hatten, wie es hinter der Fassade mit ihren majestätischen Säulen und kunstvollen Ornamenten aussah. Denn sonst hätte er zugeben müssen, dass selbst er als Sohn des Obersten Chronisten und Beraters des Königs noch nie im Inneren des Turms gewesen war.

In seiner Vorstellung sah es darin aus wie in der Bibliothek der Hochschule für Philosophie: eine Mischung aus zurückhaltender Eleganz und dem muffigen Geruch alter Bücher. Doch als er die Eingangshalle betrat, wurde er von deren Opulenz beinahe erschlagen. Anders als in den meisten Häusern der Zentauren bestand der Boden nicht aus festgetretener Erde, sondern war mit einem dichten Teppich aus hufschmeichelndem Gras bewachsen. In einer Ecke kniete ein betagter Zentaur und stutzte den Rasen penibel mit einer kleinen silbernen Schere. Die Decke wurde fast vollständig von einer Glaskuppel eingenommen und rundherum verlief ein Balkon, über dessen Brüstung sich hängende Gärten ergossen. Die Ranken und Blumen reichten bis fast auf den Boden hinab und das Sonnenlicht, das zwischen ihnen hindurchsickerte, sprenkelte die Marmorwände in den Farben der Blütenblätter. Lysander stand mit offenem Mund da und wünschte sich, das alles malen zu können.

»Lysander Diomedes?«, fragte eine forsche Stimme.

Lysander fuhr so schnell herum, dass er beinahe mit der Zentaurin zusammengestoßen wäre, die plötzlich neben ihm stand. Sie war einen Kopf größer als er, aber nur ein paar Jahre älter. Ihr honigblondes Haar war mit einer Spange straff zurückgesteckt und ihren Schweif trug sie zu einem Zopf geflochten.

»J-ja«, stotterte Lysander.

Sie lächelte, doch ihr Blick blieb kühl. Lysander hatte das Gefühl, dass sie ihn nicht mochte, auch wenn er nicht wusste, warum – schließlich waren sie einander noch nie zuvor begegnet.

»Mein Name ist Portia«, sagte sie und hob die Hand. »Ich bin deine Mentorin und werde dir alles zeigen.«

Lysander drückte seine Handfläche gegen ihre. Obwohl sein Vater ihn selten irgendwohin mitnahm, wusste er, wie man sich in Gesellschaft angemessen verhielt. »Freut mich, dich kennenzulernen«, erwiderte er. »Weißt du, wo mein Vater …«

Doch Portia hatte sich bereits umgedreht. Lysander folgte ihr durch die Eingangshalle. »Das Gebäude wurde vor neunzig Jahren fertiggestellt«, berichtete sie, ohne sich umzusehen, ob er noch mitkam. »Nach dem Krieg von Cavallon wurden sämtliche Aufzeichnungen aus ganz Corlandia hier zusammengetragen und in unser Archiv einsortiert.« Sie zeigte auf einen majestätischen Torbogen, hinter dem Lysander unzählige Regalreihen ausmachen konnte, die voller Schriftrollen und Bücher waren. Dazwischen liefen Zentauren umher und unterhielten sich mit gedämpften Stimmen. »Da drüben ist der Lyrikflügel«, erklärte Portia. Sie deutete auf einen weiteren Torbogen, hinter dem Zentauren über einen Tisch gebeugt standen, auf dem ein Pergament ausgerollt war, und hitzig diskutierten. Zwischen den Büchern in den Regalen befanden sich auch andere Gegenstände – ein Helm, der für einen Einhornkopf angepasst war, ein menschlicher Schuh, ein Kamm, der aus einem Stück Koralle geschnitzt war. »Das ist der Flügel für die Clans von Cavallon.« Sie nickte in Richtung der Zentauren, die dort standen. »Die solltest du kennenlernen.«

Sie gingen hinein. Die Chronisten blickten von dem Pergament auf, das sie studierten. Einige von ihnen waren in Portias Alter, aber die meisten waren deutlich älter. Lysander nahm an, dass sie schon seit Jahren an der Geschichte Cavallons mitschrieben. »Timon Phaestros«, stellte sich der älteste von ihnen vor und hob die Hand. Sein Gesicht war voller Falten und sein weißes Haar schütter, sogar an seinen Flanken. Timon sah so alt aus, dass er bei der Unterzeichnung des Friedensabkommens persönlich dabei gewesen sein konnte. »Kelpiespezialist«, ergänzte er.

Lysander hob ebenfalls die Hand. »Lysander Diomedes«, sagte er. »Ich, äh ... bin neu hier.«

Timon warf den anderen einen Blick zu. »Wissen wir«, erwiderte er steif. »Willkommen, Lysander.«

Sonderlich willkommen fühlte sich Lysander allerdings nicht. Er folgte Portia zurück in die Halle. Sie lief in zügigem Tempo voran, zeigte ihm alle möglichen Vitrinen voller Schriftrollen und Artefakte und stellte ihn den anderen Chronisten vor, die in den verschiedenen Bereichen arbeiteten. Dann führte sie ihn eine grasbewachsene Rampe hinauf und zeigte ihm die Regale mit den historischen Schriften, die den gesamten ersten Stock einnahmen. Auch hier begrüßten ihn die Chronisten mit zurückhaltendem Kopfnicken. Ein Zentaur mittleren Alters mit einer riesigen Brille auf der Nase meinte: »Ah ja. Der Sohn von Cassio Diomedes.«

Natürlich, dachte Lysander. *Darauf hätte ich auch gleich kommen können.* Das war also der Grund, weshalb niemand besonders erfreut wirkte, ihn zu sehen: Sie wussten, dass er diese Ehre nicht verdiente, mussten wegen seines Vaters aber höflich zu ihm sein.

Zu guter Letzt führte Portia ihn in den dritten Stock, der deutlich kleiner war als die anderen. Hier befanden sich lediglich ein Wartebereich und das Büro des Obersten Chronisten. Ein gestresst wirkender junger Zentaur mit einer wilden schwarzen Mähne stand hinter einem Schreibpult und kritzelte etwas auf eine Schriftrolle.

Anscheinend hielt Portia den Assistenten nicht für wichtig genug, um ihn vorzustellen, denn sie räusperte sich bloß und verkündete: »Lord Diomedes' Sohn ist hier.«

»Selbstverständlich«, erwiderte der Assistent mit einem mitfühlenden Lächeln, bei dem sich Lysander noch mieser fühlte. »Er erwartet euch bereits.« Der Assistent ging zu der doppelflügeligen Bürotür, klopfte kurz und trat dann ein.

Er weiß, dass ich Vater niemals das Wasser reichen kann, dachte Lysander. *Alle hier wissen das.*

Einen Augenblick später kam der Assistent wieder nach draußen und winkte sie herein.

»Vielen Dank, Fabian«, sagte eine tiefe, wohlklingende Stimme. »Das wäre dann alles.«

Cassio Diomedes, der Oberste Chronist, sah nicht von seiner Arbeit auf, als sie eintraten. Das war keine Überraschung – Lysanders Vater schenkte anderen seine Aufmerksamkeit, wann und wie es ihm beliebte. Lysander nutzte die Zeit, sich im Büro umzusehen, das eher einer kleinen Bibliothek glich. Sämtliche Regale standen voller Bücher. Einige von ihnen waren in Seide gebunden, andere aufwendig mit Edelsteinen verziert. Der Schreibtisch seines Vaters nahm den halben Raum ein. Er bestand aus drei langen Tischplatten, die im rechten Winkel zueinander standen und offenbar jeweils für ein anderes Projekt gedacht waren. Obwohl überall beschriebene Blätter herumlagen, hatte man trotzdem das Gefühl, dass alles seine Ordnung hatte. Zweifelsohne wusste sein Vater haargenau, wo sich was befand, und konnte an jedem Projekt jederzeit weiterarbeiten. Schnappte sein Gedächtnis eine Information auf, entfiel sie ihm nie wieder. An der Wand hing ein Porträt von König Orsino und daneben noch ein anderes, kleineres. Lysander stockte kurz der Atem, als er erkannte, dass es ein Bild seiner Mutter war. Sie stand zwischen zwei Säulen und ihre lockige Mähne fiel lose über ihre Schultern. Ihre Augen schienen auf irgendetwas in der Ferne gerichtet zu sein und Lysander fragte sich, ob sie in Gedanken bereits an dem Ort war, wohin sie eines Tages verschwinden würde, während Cassio allein mit ihrem neugeborenen Sohn zurückblieb. *Vielleicht erlaubt Vater mir, es abzuzeichnen.*

»Ich ... ich habe Lysander hergebracht, wie gewünscht, Lord Diomedes«, meldete sich Portia schließlich zu Wort. Sie trat nervös von einem Vorderbein aufs andere.

Cassio schrieb noch eine gute Minute ungerührt weiter, bevor er die Feder weglegte und seinen Sohn mit durchdringendem Blick ins Visier nahm. »Was ist die Aufgabe eines Chronisten?«, fragte er.

»Wissen zusammenzutragen, Lord Diomedes«, antwortete Lysander. Er wusste, dass dies nicht die einzige Aufgabe war, aber es war schwierig nachzudenken, während ihn sein Vater mit seinen dunklen Augen förmlich durchbohrte.

»Den Chronisten von Cavallon kommt die höchste Pflicht des Landes zu. Ja, wir tragen Wissen zusammen, aber wir dokumentieren gleichzeitig die Geschichte. Ohne uns *gäbe* es keine Geschichte, verstehst du? Wie kann eine Nation ihre Geschichte kennen, wenn sie nicht präzise und klug festgehalten wird?«

»Gar nicht, Lord Diomedes«, erwiderte Lysander, ohne zu zögern. Er kannte seine Rolle.

Sein Vater nickte nachdrücklich. »In der Tat. Wir sind die Bewahrer der Königswahrheit. Vergiss das niemals. Wir sind ganz und gar der Königswahrheit verpflichtet. Es ist eine außergewöhnliche Gelegenheit, die du da erhalten hast.«

»Das weiß ich, Vater. Ich verspreche, hart dafür zu arbeiten.«

»Das erwarte ich auch. Ich will, dass du diese ... *Zeichnungen* vergisst« – so wie er es aussprach, klang es nach etwas Anrüchigem, Widerwärtigem – »und dich von jetzt an einzig und allein auf die Worte konzentrierst. Worte sind die Währung eines Chronisten, Lysander. Merk dir das.«

Lysander schielte zu dem Porträt seiner Mutter hinüber. Es war töricht gewesen, auch nur daran zu denken, dass sein Vater seiner Kunst gegenüber Verständnis zeigen würde.

»Die Zentauren sind die Elite Cavallons«, fuhr sein Vater fort, »und die Chronisten sind die Elite unter den Zentauren. Du gehörst zu den Besten der Besten. Der König setzt großes Vertrauen in deine Fähigkeiten. Ich erwarte, dass du dich dessen würdig erweist.«

»Das werde ich.« Lysander brachte nicht mehr als ein Flüstern zustande. Er räusperte sich und wiederholte lauter: »Das werde ich. Versprochen.«

Mit einer Handbewegung signalisierte sein Vater ihnen, dass

sie entlassen waren. Portia wirkte verwirrt, folgte Lysander jedoch hinaus. Die Feder seines Vaters kratzte bereits wieder über das Papier, als die Tür hinter ihnen ins Schloss fiel.

Fabian, der Assistent, zog die Augenbrauen hoch, als wollte er fragen: *Und, wie ist es gelaufen?*, doch Lysander zuckte bloß mit den Schultern und trottete hinter Portia die Rampe hinab. Er hatte die Gelegenheit bekommen, seinen Vater stolz zu machen, aber bevor ihm das gelang, lag noch jede Menge Arbeit vor ihm.

»Du wirst beim Ostium arbeiten«, teilte Portia ihm mit, die zu ihrer brüsken Art zurückgefunden hatte. »Jeder Chronist arbeitet mit einem Netzwerk aus Informationsbeschaffern in ganz Cavallon zusammen. Das Ostium ist der Ort, an dem all ihre Berichte eintreffen. Und das ist hier.«

Sie waren inzwischen wieder im Erdgeschoss angelangt. Portia führte ihn durch eine doppelflügelige Schwingtür in einen lang gestreckten, niedrigen Raum, dessen Fenster nach hinten zum Fluss Avalla hinauszeigten. Der Boden aus festgetretener Erde und die schlichten Holzmöbel standen in deutlichem Kontrast zu dem Prunk im restlichen Gebäude. Bevor Lysander nach dem Grund dafür fragen konnte, kam ein rundlicher Zentaur in einem glänzenden schwarzen Mantel und einer dazu passenden Weste herein. Er unterhielt sich über einen schmalen Tresen hinweg mit einer Zentaurin und holte ein Bündel Papier aus seiner Tasche. »Verfluchte Einhörner«, knurrte er. »Gibt schon wieder Unruhe bei denen.« Die Zentaurin hinter dem Tresen nickte und zog an einem der vielen Seile, die hinter ihr an der Wand hingen. In der Ferne war das Klingeln eines Glöckchens zu vernehmen.

»Sie ruft die Einhornspezialisten herbei«, erklärte Portia. »Die werden den Informationsbeschaffer befragen und seine Notizen entgegennehmen. Daraus arbeiten sie dann die Fakten heraus und halten die Geschehnisse in einer Chronik fest, die anschließend dem Rat zur Genehmigung vorgelegt wird.«

Hinter ihnen gingen die Türen auf und sie wichen hastig vor einer Gruppe Zentauren zurück, die hereingeeilt kamen. Sie versammelten sich um den Informationsbeschaffer, während sie seine Aufzeichnungen untereinander herumreichten.

»Der Eisenhornclan?«, fragte eine Zentaurin und deutete auf eine Stelle in den Unterlagen. »Lasst mich raten – sie haben den Streit vom Zaun gebrochen?«

»Wie viele Sklaven wurden gefangen genommen?«, erkundigte sich ein anderer.

Portia schlug mit ihrem geflochtenen Schweif. »Die Einhornspezialisten sind im Grunde ständig damit beschäftigt, irgendwelche Auseinandersetzungen zu dokumentieren. Bei den Einhörnern gibt es andauernd Streit.«

»Hat jeder Chronist ein Spezialgebiet?«, wollte Lysander wissen. Er war nicht besonders scharf darauf, sich mit etwas so Blutrünstigem wie der Geschichte der Einhörner zu befassen.

»Bevor du dich auf etwas spezialisierst, musst du erst mal alle Clans von Cavallon studieren«, erwiderte sie und zog die Augenbrauen hoch, was wohl bedeutete, dass es noch *sehr lange* dauern würde, bis Lysander dazu bereit war.

Die Einhornspezialisten hatten ihre Arbeit unterbrochen und starrten nun einen weiteren Neuankömmling an, bei dem es sich zu Lysanders Überraschung nicht um einen Zentauren handelte, sondern um einen dürren Mann. Seine Haut war mit Blutergüssen übersät und er hatte die Augen weit aufgerissen.

»Ihr müsst mir glauben!«, flehte er die Zentauren im Ostium an. »Ich habe ihn mit eigenen Augen gesehen! Ein Minotaurus! In den Bergen. Er war da!«

Ein groß gewachsener Chronist legte dem Mann beruhigend die Hand auf die Schulter. »Die Minotauren sind vor Langem ausgestorben«, versicherte er ihm. »Ihr müsst Euch irren.«

»Nein!«, beharrte der Mann. »Ich habe ihn gesehen! Begreift Ihr denn nicht, was das für Cavallon bedeutet? Die Minotauren sind zurück!« Er schluchzte verzweifelt auf. »Sie werden uns alle jagen! Ich habe ihn gesehen! Ich habe ihn gesehen ...«

Zwei der Einhornspezialisten wechselten einen Blick. Einer zuckte mit den Schultern. »Na gut«, meinte ein anderer. »Dann kommt mit, wir nehmen Eure Aussage auf.«

»Danke. Vielen, vielen Dank!«, rief der Mann erleichtert und klammerte sich am Arm eines Chronisten fest, der ihn hinausführte. Lysander sah ihnen jedoch an, dass sie ihm nicht glaubten – sie versuchten bloß, ihn zu beruhigen.

»Der arme Mann«, meinte Portia. »Er ist ganz offensichtlich verrückt. Aber daran gewöhnt man sich. Hier kommen ständig solche Spinner an – vor allem Menschen, aber ab und zu ist auch ein Zentaur dabei. Du wirst schnell lernen, die Geschichten von der Wahrheit zu unterscheiden.«

Lysander tat der Mann trotzdem irgendwie leid. Was auch immer er gesehen hatte, überstieg eindeutig seinen Verstand und hatte ihm eine Heidenangst eingejagt.

Portia führte ihn in einen weiteren riesigen Raum, dessen Boden ebenfalls aus nackter Erde bestand. Darin saßen Hunderte Menschen an langen Tischen und beugten sich schreibend über Papierstapel. Das Kratzen so vieler Stifte klang wie das Summen eines Bienenschwarms.

»Hier werden die Chroniken abgeschrieben, die der Rat abgesegnet hat«, erklärte sie. »Die Abschriften werden dann in ganz Cavallon verteilt.«

»Menschen, die lesen und schreiben können?«, staunte Lysander. »Ich bin noch nie einem begegnet.« Abgesehen von dem Verrückten gerade eben, waren die einzigen Menschen, mit denen er je zu tun gehabt hatte, Bedienstete gewesen.

Portia schnaubte. »Wirst du auch nicht. Keiner von denen kann wirklich lesen und schreiben. Sie malen einfach nur die Formen der Buchstaben ab.« Sie lachte. »Kannst du dir vorstellen, wie das wäre, wenn sie tatsächlich versuchen würden, all das zu lesen und zu verstehen, was in Cavallon so vorgeht? Glaub mir, so ist es besser für sie.«

Lysander runzelte die Stirn. Konnten sich nicht ziemlich viele Fehler einschleichen, wenn die menschlichen Schreiber gar nicht wussten, was sie da kopierten? Aber dann sah er, dass zwischen den Tischreihen einige Zentauren umhergingen, die das Ganze überwachten. Wahrscheinlich überprüften sie alles genau, bevor es rausgegeben wurde.

Trotzdem konnte Lysander sich nur schwer vorstellen, wie man den ganzen Tag Chroniken abschreiben konnte, ohne früher oder später wissen zu wollen, was man da eigentlich schrieb. Aber vielleicht waren die Menschen aufgrund ihrer geringen intellektuellen Fähigkeiten von Natur aus weniger neugierig. *Der König und der Rat wissen schon, was sie tun,* dachte er. Wer war er, das zu hinterfragen?

Danach brachte Portia Lysander in sein eigenes Büro und überreichte ihm ein Notizbuch mit Samteinband und ein Bündel Papier. »Darin geht es um die Meere rund um die Festungsinsel«, erklärte sie. »Die Fakten sind bereits abgesegnet. Deine Aufgabe ist es, sie in eine Chronik umzuwandeln. Du hast bis zum Ende der Woche Zeit, aber so lange solltest du eigentlich nicht dafür brauchen.« *Nicht mal du,* schien der Blick zu sagen, den sie ihm zuwarf, bevor sie sich umdrehte und ging.

Das Büro war ein kleiner, vollgestopfter Raum abseits der

Eingangshalle, doch Lysander gefiel es. Auch hier wuchs kein Gras, aber der Erdboden war weich genug, dass er bequem darauf stehen konnte. Es gab sogar ein kleines Fenster, durch das er in den Innenhof blicken konnte. Der Hof war von üppigen Bäumen gesäumt. In der Mitte stand eine Statue von König Orsino, die ihn mit einem langen Mantel, der über seine vier Beine herabhing, und einem offenen Buch in den Händen zeigte. Das kleine Kirschholzpult vor Lysander war mit Tintenflecken übersät und in den Regalen fand er Pergamentrollen, Stifte und Tintenfläschchen in den verschiedensten Farben.

Lysander bezog hinter seinem Schreibtisch Stellung und las sich eifrig die schlammbespritzten, hingekritzelten Notizen durch, die Portia ihm gegeben hatte. Er hatte geglaubt, dass es sich dabei um fesselnde Berichte von Kelpieangriffen handeln würde. In Wahrheit waren es Fischereistatistiken: Fischarten, Menge und Zeitpunkt des Fangs.

Na ja, irgendwo muss ich wohl anfangen, dachte Lysander. Er nahm einen Füllfederhalter aus Schilfrohr aus dem Regal, wählte ein Fläschchen seetanggrüner Tinte aus, die ihm für diesen Zweck passend erschien, schlug sein samtenes Chronistenbuch auf und fing an zu schreiben.

Er gab sich größte Mühe, sich auf die Zahlen und Fische zu konzentrieren. Wirklich allergrößte Mühe. Aber Lysander hätte nie gedacht, dass das Chronistendasein so ... *langweilig* war. Noch bevor er die erste Seite fertiggeschrieben hatte, ertappte er sich dabei, dass er Flundern an den Rand zeichnete. In seinem Kopf hallte die Stimme seines Vaters nach: *»Ich will, dass du diese Zeichnungen vergisst und dich von jetzt an einzig und allein auf die Worte konzentrierst.«*

Reuevoll kratzte er die Skizze vom Papier – dabei war sie richtig gut gewesen – und zwang sich, seine volle Aufmerksamkeit den Statistiken zu widmen. Der Morgen zog sich schier endlos hin. Lysander beschrieb einen Fang nach dem anderen und nur das leise Kratzen seiner Schreibfeder auf dem Papier war zu hören.

Plötzlich ertönte in der Ferne Geschrei. Dankbar nutzte er die Gelegenheit, um eine Pause einzulegen, und folgte dem Lärm zum Ostium. Außer ihm waren noch ein paar andere herbeigeeilt, die wissen wollten, was der Lärm zu bedeuten hatte. Zu seiner Verwirrung wirkten alle ziemlich verängstigt. Er sah, wie Portia dazukam, und fürchtete schon, dass sie mit ihm schimpfen würde, weil er seinen Arbeitsplatz verlassen hatte, aber sie schien ihn nicht mal zu bemerken. Ihre ganze Aufmerksamkeit galt der Quelle des Tumults – einer Zentaurin, deren goldenes Haar und kastanienbrauner Mantel vor Schweiß glänzten. »Ich muss sofort mit Lord Diomedes sprechen«, drängte sie die Zentaurin an der Rezeption mit rauer Stimme. »In der Freien Stadt ist etwas Schreckliches geschehen. Ein Angriff. *Aus dem Weg!«* Das Letzte galt Lysander, der ihr den Weg aus der Empfangshalle verstellte. Er beeilte sich, ihr Platz zu machen, wobei er beinahe über seine eigenen Hufe stolperte, und sie stürmte an ihm vorbei.

Unter den Chronisten brach aufgeregtes Getuschel aus.

»Ein Angriff auf die Freie Stadt! Was könnte nur dahinterstecken?«

»Wer würde denn ausgerechnet die Freie Stadt angreifen?«

»Vielleicht war es der Minotaurus, den der Verrückte gesehen hat.« Alle lachten.

»Glaubt ihr, es waren Einhörner?«

»Was auch immer dahintersteckt«, meldete sich ein jüngerer Zentaur mit verkniffenem Gesicht zu Wort, »es bedeutet eine einmalige Gelegenheit. Etwas so Großes hat sich in Cavallon schon lange nicht mehr ereignet. Der König wird Chronisten entsenden, um die Geschehnisse zu dokumentieren.«

Darauf nahm das Getuschel sogar noch zu. Die Vorstellung, für eine derartige Mission ausgewählt zu werden, schien den Ehrgeiz so ziemlich jedes Zentauren zu wecken. Lysander glaubte sogar, ein echtes Lächeln über Portias Gesicht huschen zu sehen.

In den folgenden Stunden breiteten sich die Gerüchte in Windeseile im gesamten Turm der Chronisten aus, doch niemand schien Genaueres zu wissen. Lysander, dessen Fischereistatistiken vergessen auf dem Schreibtisch lagen, drückte sich mit den anderen in den Fluren herum. Am späten Nachmittag wurden sie schließlich alle in die Eingangshalle gerufen.

Cassio Diomedes trat auf eine Art Bühne und die Chronisten versammelten sich um ihn. Lysander stand eingezwängt ganz hinten und reckte angestrengt den Kopf, um über die größeren Zentauren vor ihm hinwegzusehen. Tiefe Furchen hatten sich in das Gesicht seines Vaters gegraben, und als er die Hand hob, kehrte augenblicklich Stille ein.

»Angesichts der Tatsache, dass ihr alle seit Stunden eure Arbeit vernachlässigt«, begann Lysanders Vater, »gehe ich davon aus, dass ihr bereits von den besorgniserregenden Entwicklungen in der Freien Stadt gehört habt.«

Viele der Chronisten senkten den Kopf oder stampften nervös mit den Hufen.

»Es hat tatsächlich ein wie auch immer gearteter Angriff stattgefunden. Es wäre jedoch überstürzt, ohne gründliche Untersuchung des Vorfalls mehr dazu zu sagen. Aufgrund der Bedeutung dieser Expedition werde ich selbst mit einer kleinen Gruppe Chronisten dorthin reisen.«

Ein begieriges Raunen ging durch den Raum. Viele Zentauren schienen sich sichtlich Hoffnung zu machen. Ein finsterer Blick von Lord Diomedes brachte jedoch alle zum Schweigen. »Die folgenden Chronisten werden mich in die Freie Stadt begleiten.« Er las einige Namen von einem Blatt ab. Die Einzige, die Lysander kannte, war Portia, die stolz die Schultern straffte und das Kinn reckte.

»Und ...« Sein Vater legte eine Kunstpause ein und richtete die nächsten Worte an die hängenden Gärten über ihm. »... Lysander Diomedes. Morgen früh brechen wir auf. Wir treffen uns hier bei Sonnenaufgang.« Er drehte sich um und verließ die Bühne, ohne noch einmal zurückzublicken.

Kaum dass er gegangen war, füllte sich die Halle mit einem Gewirr aus Stimmen. Glückwünsche mischten sich mit Beschwerden und über allem lag eine beinahe greifbare Anspannung.

Der Zentaur mit dem verkniffenen Gesicht, der einige Stunden zuvor noch großspurig von einer »einmaligen Gelegenheit« gefaselt hatte, beklagte sich nun bitter bei der Zentaurin neben ihm. »Das ist Vetternwirtschaft«, schimpfte er und blinzelte zornig gegen seine Tränen an.

Die Zentaurin warf Lysander einen abschätzigen Blick zu und machte sich nicht mal die Mühe, die Stimme zu senken. »Ganz offensichtlich.«

Mit hochrotem Kopf schob sich Lysander an ihnen vorbei.

Vater glaubt an mich, machte er sich selbst Mut. *Und ich werde ihm beweisen, dass er damit recht hat.* Er kehrte in sein Büro zurück und schrieb den ganzen restlichen Nachmittag wild entschlossen Berichte über Fische, ohne auch nur einmal ans Zeichnen zu denken.

Später aß Lysander allein in der prachtvollen Villa zu Abend, in der er mit seinem Vater lebte. Bis auf ein paar zentaurische

Bedienstete war das Haus leer – sein Vater machte wie immer Überstunden – und das Echo seiner Hufe hallte durch die Gänge, als er auf sein Zimmer ging. Er fing an, seine Sachen für die bevorstehende Reise zu packen: das samtene Chronistenbuch, Stifte und Tinte, frische Hemden und Westen.

Sein Blick fiel auf sein Skizzenbuch und die Mappe mit den Bleistiften, die auf der Truhe neben dem mit Kissen übersäten Bett lagen. Er wusste, dass es klüger war, sie gar nicht erst mitzunehmen, aber es nicht zu tun, fühlte sich irgendwie falsch an. So als würde er einen Huf oder seinen Schweif zurücklassen.

Vorsichtig versteckte er sie ganz unten in seinem Bündel.

Kapitel 6

Nixi und Floss saßen nun schon seit Stunden auf Kapitän Sharps Fischerboot. Der Himmel hatte eine fleckige grauschwarze Färbung angenommen und die Sterne verschwanden hinter dicken Wolken. Im flackernden Licht der Laternen erkannte Nixi auf Floss' Gesicht einen leichten Grünton. Das Mädchen umklammerte die Reling so fest, dass ihre Knöchel weiß hervortraten. Selbst Nixi war es ziemlich flau im Magen, und das, obwohl sie zweimal am Tag mit den Booten rausfuhr. Sie konnte sich gar nicht vorstellen, wie verängstigt Floss erst sein musste.

»Wir fahren bald zurück«, versicherte sie und drückte Floss' Hand.

Nixi kniff die Augen zusammen und versuchte, am Horizont irgendwelche Orientierungspunkte auszumachen, doch das Einzige, was sie sah, war ein dickes dunkles Wolkengebilde. *Deswegen ist die See so aufgewühlt* ... Sie ließ Floss los und taumelte nach hinten zu Kapitän Sharp ans Steuer. »Da vorne braut sich ein Sturm zusammen!«, schrie sie, um gegen das Tosen der Wellen und den Lärm der Crew, die gerade die Netze einholte, anzukommen. »Seht doch! Wir müssen umkehren!«

Kapitän Sharp schüttelte den Kopf. »Noch nicht«, erwiderte er. »Wir haben noch nicht annähernd genug gefangen.«

»Was siehst du?«, fragte Floss mit zittriger Stimme, als Nixi sich wieder neben sie setzte.

Nixi bemühte sich, möglichst unbekümmert zu klingen. »Ach, bloß noch mehr Regen.«

Sie wollte lieber nicht darüber nachdenken, was passieren würde, wenn der Wellengang noch stärker wurde. Auch wenn sie keine Kelpies sehen konnte, die das Boot umkreisten, bedeutete das nicht, dass keine da waren.

Die Seemänner schrien auf, als das Boot einen Satz machte und ihnen das Netz aus den Fingern glitt. Einer von ihnen bekam es im letzten Moment zu fassen. Die anderen lachten und feierten ihn als Helden, auch wenn sie gerade den Großteil ihres Fangs verloren hatten.

»Werft es wieder aus«, befahl der Kapitän.

Er stand mit dem Rücken zum Bug und sah daher die gigantische Welle nicht, die direkt auf sie zurollte. Nixi schaffte es gerade noch, Floss' Hand auf die Reling zu drücken. »Festhalten!«, schrie sie und krallte sich selbst mit beiden Händen fest.

Die Welle schleuderte das Boot in die Höhe wie ein Wal seine Beute. Nixis Füße gerieten auf dem Deck ins Rutschen und im nächsten Moment hingen sie plötzlich in der Luft, als sich das Boot fast senkrecht neigte und förmlich auf der Spitze stand. Floss schrie. Eine Laterne löste sich von ihrem Haken und krachte gegen eine der Spieren, wodurch das Segel kurz in Flammen aufging, bevor es durch die aufspritzende Gischt gelöscht wurde.

Ein Blitz zuckte über den Himmel und für den Bruchteil eines Augenblicks konnte Nixi sie unter sich, am Fuß der Welle, sehen: Kelpies, die mit hungrigem Blick zu ihnen hinaufstarrten. Ein Entsetzensschrei drang aus ihrer Kehle.

»Was ist?«, rief Floss verängstigt.

Selbst wenn Nixi in der Lage gewesen wäre, ihr zu antworten, hätte Floss sie wegen des ohrenbetäubenden Donnerschlags nicht hören können. Regen prasselte auf sie herab, als hätten sich über ihnen sämtliche Schleusen geöffnet. Das Boot plumpste mit solcher Wucht aufs Wasser zurück, dass sich Nixi der Magen umdrehte und ihre Finger den Halt verloren. Sie wurde aufs Deck geschleudert, krachte in die Seemänner, die noch immer das Netz zu fassen versuchten, und rutschte über einen Haufen Fisch.

Kapitän Sharp zerrte sie auf die Beine. »Ihr Mädchen habt das Schiff kein bisschen sicherer gemacht!«, fauchte er. »Sieht aus, als hättet ihr eure Wirkung gegenseitig aufgehoben!«

Trotz der Ängste, die sie in den vergangenen Minuten ausgestanden hatte – oder vielleicht auch gerade deswegen –, wollte Nixi das nicht auf sich sitzen lassen. »Das ist Eure Schuld!«, schrie sie und bohrte ihm den Zeigefinger in die Brust. »Ihr seid doch mitten in den Sturm gesegelt!«

Sharps Miene verfinsterte sich, aber seine Worte wurden von einem entsetzlichen Krachen übertönt. Nixi sprang gerade noch rechtzeitig beiseite, bevor der Mast genau an der Stelle aufschlug, wo sie bis eben gestanden hatte.

»Floss!«, brüllte sie. Hastig kletterte sie über das völlig durchnässte Segel und stieß einen Seemann aus dem Weg, um nach vorne an den Bug zu kommen. Dort krallte sich Floss noch immer an der Reling fest. Wegen des prasselnden Regens und des Geschreis der Seeleute konnte Nixi ihre Stimme nicht hören, doch sie sah das Wort, das ihre Lippen formten: »Nixi!«

Hinter Floss ragte bereits der nächste Brecher auf, eine Welle, die sogar noch höher war als die, die das Schiff beinahe auf den Kopf gestellt hatte. Nixi lief noch schneller. »Halte dich fest! Ich bin gleich da!«, schrie sie.

Die Welle kam immer näher. Mit einem Hechtsprung warf sich Nixi vorwärts. Ihre Finger streiften Floss' Tunika.

Doch dann rutschte sie auf dem nassen Deck aus. Als sie sich wieder aufgerappelt hatte, brach die Welle bereits über sie herein. Sie wurde umgeworfen und gegen die Bank gespült. Mit aller Kraft krallte sie sich am Holz fest.

»Floss!«, schrie sie gegen das Wasser an, das ihr in den Mund strömte.

Aber es war zu spät. Das Ende von Floss' langem Zopf peitschte ein letztes Mal durch die Luft, bevor die Welle sie über Bord riss.

»Neeeiiiiin!« Nixi drückte sich vom Boden ab und rannte zur Reling, wo sie das aufgewühlte Wasser nach ihrer Freundin absuchte. Sie weigerte sich, an das zu denken, was unter den Wellen lauerte. Alles, worauf sie sich jetzt konzentrieren musste, war, Floss zu finden.

Da! Eine bleiche Hand. Ein dunkler Haarschopf.

»Ich komme, Floss!«, brüllte Nixi und stürzte sich, ohne zu zögern, ins Meer.

Das Wasser war eiskalt. Es brachte ihren Atem zum Stocken, ihr Herz und alle Gedanken. Erst nach einer unerträglich langen Zeit gelang es Nixi, mühsam die Augen zu öffnen. Am Rande ihres Blickfeldes nahm sie schemenhafte Gestalten wahr, die um sie herumschwammen. Sie versuchte, sich einzureden, dass sie nicht echt waren, sondern bloß ihrer Angst entsprangen. Doch das flaue Gefühl in ihrem Magen ließ sich nicht belügen. Es waren Kelpies, die gekommen waren, um Floss und ihr den Garaus zu machen.

Aber darüber durfte sie jetzt nicht nachdenken. Sie musste alles daransetzen, Floss zu finden und aus dem Wasser zu kommen. Den Blick hielt sie starr auf das dunkle Ende von

Floss' Zopf unter ihr gerichtet. Sie zwang sich, ihm hinterherzutauchen, bis sie Floss' Handgelenk zu fassen bekam.

So fest sie konnte, strampelte Nixi mit den Beinen und kämpfte sich zurück nach oben. Ihre Augen brannten und ihre Lunge war kurz vorm Platzen, doch sie ließ nicht los.

Schließlich brach sie durch die Oberfläche. Sie schnappte keuchend nach Luft, ohne darauf zu achten, dass ihr Mund dabei mit Regen volllief. Neben ihr steckte Floss den Kopf aus dem Wasser und hustete. *Sie lebt!*, dachte Nixi voller Erleichterung.

»Ich bin's, Nixi«, sagte sie zu ihr. »Ich pass auf dich auf. Komm.« Sie zupfte an ihr, um ihr zu zeigen, in welcher Richtung das Boot lag. An Deck eilten die Seeleute umher, um ihren Fang zu retten. Sie schienen nicht mal bemerkt zu haben, dass sie ihre Glücksbringerinnen verloren hatten.

Nixi und Floss schwammen los. Sie waren nah genug am Boot, dass Nixi den Fischern eine Warnung zurufen konnte, als die nächste Riesenwelle auf sie zurollte. Wieder wurde der Bug in die Höhe gerissen, aber es sah aus, als hätten es alle rechtzeitig geschafft, sich irgendwo festzuhalten.

Doch als das Boot herabkrachte, schlug es auf einem Felsen auf – und zerbarst. Holz und Fische, Segeltuch und Seeleute wurden in alle Richtungen geschleudert.

Vor Entsetzen hörte Nixi auf zu schwimmen und vergaß sogar für einen Moment, weiter Wasser zu treten. Zum Glück hielt Floss immer noch ihre Hand fest und verhinderte, dass sie unterging.

»Was war das für ein Lärm?«, rief Floss. »Was ist passiert?«

Nixi strampelte mit den Beinen und versuchte, in der stürmischen Dunkelheit irgendeinen Rettungspunkt auszumachen. Sie waren zu weit vom Land entfernt, um zurückzuschwimmen, und sie waren bereits vollkommen unterkühlt und erschöpft.

Entweder würden sie ertrinken oder die Kelpies würden sie erwischen.

Wie dumm sie gewesen war zu glauben, dass sie Floss beschützen könnte.

»Hörst du das?«, fragte Floss und wandte sich nach links.

Das Einzige, was Nixi hörte, war das Donnern der Wellen und das Prasseln des Regens – doch dann nahm auch sie es wahr: das entfernte Läuten einer Glocke. Sie kniff die Augen zusammen und konnte die Umrisse von etwas Großem erkennen, das durch den Sturm auf sie zukam.

»Das ist ein Schiff!«, schrie sie und umarmte Floss. »Hier lang!«

Sie schwammen, so schnell sie konnten, und zu ihrem Glück halfen ihnen die Wellen diesmal und schoben sie in die richtige Richtung. Das Schiff hielt auf das Wrack von Kapitän Sharps Boot zu. Als sie näher herangekommen waren, begannen Nixi und Floss zu winken und zu schreien, und tatsächlich schien sie – den Sternen sei Dank – einer der Seeleute an Bord bemerkt zu haben. Das Schiff drehte bei.

»Sie kommen!«, berichtete Nixi Floss. »Gleich sind wir gerettet.«

Ein plötzlicher Widerstand im Wasser drohte sie abzutreiben. Wahrscheinlich waren sie in eine Strömung geraten. Mit letzter Kraft kämpften sie dagegen an und schafften es schließlich, so nah an das Schiff heranzuschwimmen, dass die Seeleute ihnen ein Tau zuwerfen konnten.

Nixi band es um Floss' Taille. »Hoch mit dir«, sagte sie. »Ich komme gleich nach.«

Nervös schwamm sie auf der Stelle und sah zu, wie die Männer Floss an Bord hievten. Sie wagte immer noch nicht, sich umzublicken, doch ihr Nacken kribbelte. Sie wusste, dass die Kelpies ganz in der Nähe waren. Sie hatten Floss und sie vermutlich nur deswegen so lange in Ruhe gelassen, weil sie damit beschäftigt waren, über Kapitän Sharp und seine Crew herzufallen.

Floss gelangte heil an Deck und der Seemann warf Nixi das Seil zu. »Beeil dich!«, brüllte er. Sie streckte die Hände aus und strampelte mit den Beinen, um näher ans Schiff heranzuschwimmen.

In dem Moment wurde sie von der Strömung erfasst und zurückgezogen. Eine Welle traf sie im Gesicht und drückte sie unter Wasser. Nixi schlug wie wild um sich, doch die Welle wirbelte sie herum, bis sie nicht mehr wusste, wo es nach oben ging und wo nach unten, immer weiter hinab in die Tiefen des Ozeans.

Es gab kein Licht, an dem sie sich hätte orientieren können, nur Stellen, an denen die Dunkelheit ein bisschen heller oder noch dunkler war, und selbst daran konnte sich Nixi nicht orientieren, denn sie wogten im gedämpften Rhythmus der Unterwasserwelt umher. Einige der dunkleren Schatten entpuppten sich als Gestalten, deren Mähnen wie Seegras im Wasser tanzten. Winzige Lichtsprenkel brachten ihre silbernen, blauen und grünen Schuppen zum Schimmern – Licht, das von oben hereinfiel, begriff Nixi, die jetzt endlich erkannte, in welche Richtung die Oberfläche lag. Doch es war zu spät. Ihre Lunge hielt dem Druck nicht länger stand. Salzwasser strömte in ihren Mund, ihre Nase und schien schließlich ihren gesamten Kopf zu füllen.

Sie sind wunderschön, dachte Nixi und streckte die Hand aus, um eines der funkelnden Ungeheuer zu berühren, das sie gleich töten würde.

Seine Augen blitzten, als es das Maul aufriss. Dann wurde alles schwarz.

Kapitel 7

Sams Beine waren schwer wie Blei und seine verschwitzte, rußgeschwärzte Tunika klebte in der Mittagssonne unangenehm an seinem Körper. Doch er zwang seine Füße, weiter hinter der Frau vor ihm herzulaufen. Sie trug ein schlafendes Kleinkind auf dem Arm, und wenn sie sich nicht beklagte, dann hatte Sam erst recht keinen Grund dazu.

»Wartet!«, befahl eine scharfe Stimme weiter vorne. Ein Mädchen in einem Kapuzenumhang aus grober Wolle sprintete an die Spitze des Flüchtlingstrecks. Sie richtete den Blick auf etwas am anderen Ende des steinigen Pfads. Dann stieß sie einen unterdrückten Fluch aus und bedeutete den anderen, in den Ginsterbüschen am Wegesrand in Deckung zu gehen.

Sam war zu müde, um irgendetwas anderes zu tun, als widerspruchslos zu gehorchen. Anscheinend ging es den anderen genauso, denn sie alle drängten sich in den Büschen zusammen. Einige von ihnen ließen sich mit einem erleichterten Seufzer auf dem Boden nieder. Das Mädchen folgte ihnen dicht auf den Fersen und brachte sie umgehend zum Schweigen.

Mit einer Anmut, der man ansah, dass sie das nicht zum ersten Mal machte, robbte sie auf ihren Ellbogen zum Rand des Gestrüpps vor und nahm die Straße ins Visier. Sam hatte nicht mitbekommen, dass sie ein Messer gezückt hatte, doch nun blitzte es in ihrer Hand auf, während sie den Blick über die Wildnis schweifen ließ.

Schließlich kehrte sie zur Gruppe zurück. »Alles in Ordnung«, verkündete sie und schob das Messer in die Scheide an ihrem Gürtel zurück. »Sind nur Büffel.«

Erleichtertes Gemurmel ging durch den Trupp. Sie alle wussten, was das Mädchen glaubte, gesehen zu haben. Schließlich war allseits bekannt, dass Einhörner in den Wilden Landen im Osten der Freien Stadt auf Sklavenfang gingen.

Danach schien sich niemand daran zu stören, dass das Mädchen die Führung übernahm, obwohl sie höchstens vierzehn oder fünfzehn war. Als ihr die Kapuze ihres Umhangs vom Kopf rutschte, sah Sam, dass sie rotes Haar hatte, das sie zu einem Kranz geflochten trug – genau wie seine Schwester, bevor sie geheiratet hatte. Die Flüchtlinge folgten ihr einen matschigen Abhang hinab und machten sich daran, eine weite Moorebene zu überqueren, die nur hier und da von knorrigen Bäumen und struppigen Heidesträuchern bewachsen war.

Die Menschenmenge, die aus der Freien Stadt geflohen war, hatte sich innerhalb weniger Tage in kleinere Grüppchen aufgeteilt. Die Gruppe, der sich Sam angeschlossen hatte, bestand aus weniger als zwei Dutzend Menschen und Zentauren und war auf dem Weg in die Menschensiedlungen in den Bergen. Unterwegs hatten sich ihnen noch einige andere angeschlossen, darunter auch das Mädchen, das nun voranging.

Sam kämpfte sich durch dorniges Gestrüpp nach vorne und schloss zu ihr auf.

»Ich will zum Hof meiner Schwester«, sagte er, während er sich ihrem Tempo anpasste. Das war nicht ganz einfach, weil sie sich irgendwie ruckartig vorwärtsbewegte: Sie lief einige Schritte ganz schnell, dann hielt sie plötzlich inne und sah sich um. »Ich weiß, dass sie irgendwo in der Nähe eines Dorfs namens Buchem wohnt. Ich muss nur die Bergstraße finden, um dorthin zu kommen, aber ich weiß nicht …«

Er brach ab, als er feststellte, dass er Selbstgespräche führte. Das Mädchen hatte sich am Wegrand hinter ihm hingehockt, um sich irgendetwas näher anzusehen. Sam lief zu ihr zurück. »Ich sagte, ich möchte zum Hof meiner Schwester. Weißt du, wo die Bergstraße ist?«

Das Mädchen sah von dem Haufen Pferdeäpfel auf und zog ungläubig die Augenbrauen hoch. »Ein Hof? Du glaubst, ein *Bauernhof* ist vor den Angriffen der Pegasus sicher?« Sie erhob sich und lief mit großen Schritten weiter. Sam musste sich sputen, um mit ihr mitzuhalten.

»Nein«, fuhr sie fort, »wir müssen irgendwas finden, das man gut verteidigen kann. Oder besser noch: Irgendeinen abgelegenen Ort, wo wir uns verstecken und selbst versorgen können.« Sie lachte, als sie Sams Miene sah. »Lass mich raten. Du kommst aus der Stadt.«

»Aus der Freien Stadt, ja«, entgegnete Sam fast ein bisschen trotzig. »Wie die meisten von uns.«

Das Mädchen schnaubte. »Und, wie kommst du mit dem ganzen Dreck klar, Stadtjunge?«

Sam wurde rot. Er war in seinem ganzen Leben noch nie so schmutzig gewesen wie jetzt und er hasste es. Er hatte versucht, sich in einem schlammigen Bach zu waschen, den sie tags zuvor überquert hatten, doch das hatte bloß dazu geführt, dass seine Arme und sein Gesicht jetzt mit einer juckenden Schlammschicht bedeckt waren, die langsam abbröckelte.

»Und woher weißt *du* so viel übers Fährtenlesen und Jagen und so?«, fragte Sam und bemühte sich, mit ihr Schritt zu halten, obwohl er schon ein bisschen außer Atem war.

»Damit verdiene ich meinen Lebensunterhalt. Ich bin Jägerin.« Sie verzog das Gesicht. »Oder Wilderin, wie manche sagen würden.«

»Oh.« Sam wusste nicht, was er darauf erwidern sollte. Seine Schwester hatte in ihren Briefen erwähnt, dass sie auf ihrem Hof Probleme mit Wilderern hatte, doch in seiner Vorstellung waren das immer zwielichtige Banditen mit schlechten Zähnen gewesen, keine erstaunlich geschickten Mädchen, die genauso alt waren wie er.

Eine Weile liefen sie schweigend nebeneinanderher. Schließlich fragte das Mädchen: »Du willst zum Hof deiner Schwester?«

»Ja«, antwortete Sam. »Sie wohnt erst seit ein paar Monaten da, seit sie geheiratet hat. Sie und ihr Mann züchten Schafe und produzieren Wolle.« Es versetzte ihm einen schmerzhaften Stich, als er an den grünen Pulli dachte, den sie ihm aus der ersten Wolle, die sie in ihrem neuen Zuhause gesponnen hatte, gestrickt hatte. Er war genauso zu Asche verbrannt wie alles andere, das er besessen hatte – bis auf die Kleider, die er am Leib trug, und die Brosche, die seine Mutter ihm angesteckt hatte. Er griff nach dem Schmuckstück und blinzelte, um die Tränen zurückzuhalten. »Ich muss Rianne sagen ... was mit unseren Eltern passiert ist.«

»Ich helfe dir, sie zu finden«, versprach das Mädchen in sanfterem Tonfall. »Auch wenn ich mir im Gegenzug vielleicht ein, zwei Schafe schnappe. Das wäre nur fair.«

Sam wusste nicht, ob das als Witz gemeint war, aber solange sie ihn zu Rianne brachte, war es ihm egal.

»Ich heiße Lara«, sagte das Mädchen. »Ich bin aus Dorchen.« Ihre Miene verfinsterte sich. »Oder eher: *war*. Dank der Pegasus ist nichts mehr davon übrig.«

Sam hatte die qualmenden Überreste des kleinen Dorfes in

der Ferne gesehen, als er aus der Freien Stadt geflohen war. Lara musste eine der wenigen Überlebenden sein. »Tut mir leid, das zu hören. Mein Name ist Sam. Ich komme aus der Freien Stadt, aber das wusstest du ja schon.«

Sie lachte. »Du könntest dir genauso gut das Stadtbanner um den Hals hängen.« Sam stellte fest, dass ihm ihr Spott gar nicht mehr so viel ausmachte – was vielleicht daran lag, dass er den Schmerz und die Trauer aus ihrem Gesicht vertrieben hatte.

Während sie sich einen Weg durch die karge Landschaft bahnten, tauschten Lara und er Geschichten aus. Sam lernte schnell, sofort zu verstummen, wenn Lara die Ohren spitzte und ein paar Schritte vorauseilte. Sobald sie die Schultern sinken ließ und sich entspannte, nahm er seinen Satz da wieder auf, wo er unterbrochen worden war. Mit der Abenddämmerung zog ein Nebel auf und sie konnten kaum mehr die verschlungenen Wurzeln vor ihren Füßen erkennen. Lara beschloss, für die Nacht ein Lager aufzuschlagen. Sie fand eine Felszunge, die den Wind abhielt, und die Gruppe ließ sich darunter nieder. Der steinige Untergrund war feucht und kalt, weswegen einer der Zentauren aus der Freien Stadt vorschlug, ein Feuer zu entfachen.

»Tolle Idee«, erwiderte Lara verächtlich. »Warum winkst du nicht gleich mit beiden Armen und schreist laut, damit die Pegasus uns noch leichter finden?«

Stattdessen verteilten sie die paar Beeren und Wurzeln, die sie unterwegs gesammelt hatten. Einige von ihnen hatten Trinkschläuche dabei, die sie herumreichten. Nach und nach entwickelten sich leise Unterhaltungen. Sam war so erschöpft, dass er sie nur noch als Hintergrundrauschen wahrnahm, ein bisschen so, wie er sich die Geräusche des Ozeans vorstellte.

»Wir brauchen eine Armee«, sagte ein junger Mann, der zusammen mit Sam aus der Freien Stadt geflohen war. »Dann kriegen die Pegasus, was sie verdienen.«

»Rache führt zu nichts«, warf ein älterer Zentaur ein. »Alles, was man damit erreicht, ist ...«

»Wir sind doch viel mehr als sie, oder nicht?« Der junge Mann unterbrach ihn hitzig. »Wenn wir Menschen, Zentauren, Einhörner und Kelpies uns zusammentun, können wir die Pegasus ein für alle Mal besiegen und dafür sorgen, dass so etwas nie wieder passiert.«

»Einhörner?«, entgegnete der Zentaur. »Als würden die uns helfen.«

Rache. Der Gedanke machte sich in Sams Innerem breit und jagte ihm einen Schauer über den Rücken. Er erschrak beinahe über sich selbst, als er merkte, wie sehr ihm die Vorstellung gefiel. Die Pegasus waren schuld daran, dass er seine Eltern nie wiedersehen würde. Er schloss die Finger um die Brosche seiner Mutter, während Trauer und Wut in ihm aufbrandeten wie die Wellen eines eisigen, finsteren Ozeans. Wenn sie eine Armee aufstellten, würde er sich ihnen anschließen, doch vorher ... vorher musste er Rianne finden. Sie hatte ein Recht darauf zu erfahren, was passiert war, und zwar von ihm.

Der junge Mann fuhr mit seinem Vortrag über Armeen und Angriffe fort, aber Sam hörte nicht mehr zu. Er rollte sich auf dem harten Boden zusammen und versuchte, trotz der Kälte ein wenig Schlaf zu bekommen.

Er wurde vom dumpfen Trommeln galoppierender Hufe geweckt. Hastig sprang er auf. Schatten glitten über die Heide, Schatten mit muskulösen Flanken und Beinen und langen, todbringenden Hörnern ...

»Lauft! Lauft weg!«, rief er.

Doch die Einhörner hatten sie bereits umzingelt. Ihre Rüstungen blitzten im kalten Mondlicht, während sich ihr Schnauben mit den verängstigten Schreien der Flüchtlinge mischte.

Lara warf sich schützend vor die Frau mit dem Kleinkind. Sie zückte ihr Messer und stellte sich zwei Einhörnern unerschrocken in den Weg. Eines der beiden schwang sein Horn mit der Gewandtheit eines erfahrenen Schwertkämpfers. Mit großer Wucht traf das Horn Lara an der Hand, woraufhin sie fluchend das Messer fallen ließ.

Ein weiteres Einhorn kam dazu und rempelte Sam mit seinem vollen Körpergewicht um. Taumelnd versuchte er, sich auf den Beinen zu halten und dem Angriff auszuweichen, doch das Einhorn senkte den Kopf und versperrte ihm den Weg. Es drängte ihn aus dem Schutz der Lagerstätte zu dem kleinen Häuflein menschlicher Flüchtlinge, die bereits von vier anderen Einhörnern umzingelt wurden. Mit einer schnellen Kopfbewegung schubste es ihn zu den anderen und lief dann zurück, um Jagd auf den Rest zu machen.

Diese Einhörner waren kein bisschen wie Kaisa und ihre friedlichen Artgenossen in der Freien Stadt. Das hier waren Soldaten, koordiniert und effizient. Obwohl keiner von ihnen auch nur ein Wort sprach, gelang es ihnen, allein mit ihren Hörnern und ihren massigen Körpern die Menschen von den Zentauren zu trennen und zusammenzutreiben.

»Hört mal«, ging der ältere Zentaur dazwischen, der den jungen Mann vorhin noch eindringlich vor den Folgen seiner Rachegelüste gewarnt hatte. Er wandte sich an das größte der Einhörner, das das Kommando zu haben schien. »Das muss doch nicht sein. Diese Menschen gehören zu uns und stehen unter unserem Schutz.« Er deutete auf die anderen Zentauren, aber noch während er sprach, stahlen sich drei von ihnen klammheimlich ins Dunkel der Nacht davon. Die Einhörner ließen sie ziehen. Wie es aussah, interessierten sie sich nur für die Menschen.

Sie wollen uns zu Sklaven machen, dachte Sam. Ihm gefror das Blut in den Adern.

Der Anführer der Einhörner nickte zwei seiner Kameraden zu, die den Zentauren wortlos in die Dunkelheit drängten. Der Zentaur protestierte lautstark, brach jedoch mitten im Satz abrupt ab. Es folgte eine kurze, entsetzliche Stille, dann schlug sein Körper mit einem dumpfen Aufprall auf dem Boden auf.

»Käfige!«, befahl der Anführer. Es klang wie eine Mischung aus Knurren und Bellen.

Das Quietschen von Rädern drang durch die Nacht. Es dauerte einen Moment, bis Sam begriff, dass es sich bei den gebückten Gestalten, die die Käfige herbeizogen, um Menschen handelte.

Er hatte jedoch kaum Zeit, die grauenhafte Erkenntnis zu verdauen, denn eines der Einhörner richtete sein Horn auf ihn und knurrte: »Rein da.«

Sam schluckte schwer und kletterte dann hinter Lara in den Käfig. Ihre Miene war wie versteinert. Er rutschte beiseite, um Platz für die Frau mit dem Kleinkind zu machen. Blut rann aus einer Wunde an ihrem Hals, doch sie schien es nicht mal zu bemerken. Sie war zu sehr damit beschäftigt, den kleinen Jungen zu trösten, der leise wimmerte.

»Ruhe!«, befahl eines der Einhörner und verschloss die Käfigtür mit einem schweren Riegel. »Kein Wort.« Es ging zu dem anderen Käfig hinüber und verriegelte ihn ebenfalls. »Los!« Die Sklaven begannen, die Käfige über den unwegsamen Untergrund zu zerren. Sam klammerte sich an den Gitterstäben fest, um nicht in die anderen Menschen zu rutschen, die mit ihm zusammengepfercht worden waren. Mit jedem Schlagloch, durch das sie holperten, machte sein Magen einen Satz und ihm wurde immer flauer zumute.

»Das geht nicht«, raunte er Lara zu, in der Hoffnung, dass das Quietschen der Räder und das Hufgetrappel der Einhörner seine Stimme übertönten. »Ich muss hier raus. Ich muss Rianne finden!«

»Halt die Klappe«, zischte Lara. Sie schielte zu den Einhörnern hinüber, die neben den Käfigen herliefen. »Das Einzige, was du jetzt musst, ist überleben, Stadtjunge. Überzeuge die Einhörner, dass du für sie nützlich bist. Nur so kannst du ihnen entkommen.« Sie beugte sich zu ihm vor. »Ich habe gehört, sie schicken die Menschen, die über keine brauchbare Fähigkeit verfügen, in die Minen.«

»Was für Minen?«

»Was glaubst du, wo sie das Metall für ihre Rüstungen herkriegen?«, flüsterte Lara. »Das graben die Menschen für sie aus. Und sobald du einmal da unten bist, kommst du nie wieder raus.«

Panik krallte sich in Sams Eingeweide. »Aber ich bin Juwelier! Was ist daran schon nützlich?!«

Laras Augen funkelten im Mondlicht. »Lass dir was einfallen. Und zwar schnell.«

Kapitel 8

Das Erste, was Lysander von der Freien Stadt mitbekam, war der Geruch. Lange bevor der Trupp der Chronisten die Tore erreichte, drang er ihm bereits stechend in die Nase. Er schien von den provisorischen Lagern am Wegesrand zu kommen und dem Strom der Einwohner anzuhaften, die auch jetzt noch, Tage nach dem Angriff, aus der Stadt flohen.

Lysander hielt sich den Mantel vor die Nase, als sie an einer Latrinengrube vorbeikamen. Der Gestank war wie ein wogendes Meer aus unangenehmen Aromen: Abfall, Verwesung, Schimmel, Staub, verbranntes Fleisch. Und über allem hing der überwältigende beißende Geruch von Qualm in der Luft. Er würde seine schwärzeste Zeichenkohle brauchen, um diese Sinneseindrücke auf Papier festzuhalten.

Es war ihm ein Rätsel, wie die Menschen in den Lagern das aushielten. Aber wahrscheinlich war der Gestank noch das geringste ihrer Probleme. Ihre Zelte bestanden aus Stofffetzen, die notdürftig zwischen Bäumen aufgehängt worden waren, und seit mindestens einer halben Wegstunde wurden sie immer wieder von ausgehungerten Flüchtlingen um etwas zu essen angebettelt. Ein solches Leid hatte Lysander noch nie gesehen, ja, er hatte es sich nicht einmal vorstellen können. Als die ersten Bettler sich ihnen näherten, hatte er sofort nach seinem

Verpflegungsbeutel gegriffen, doch sein Vater hatte ihn zurückgehalten und die Bedürftigen zum Vorratskarren am Ende ihres Trupps weitergeschickt.

Die Chronisten bogen um eine Kurve. Dahinter kam die Stadt in Sicht und der Gestank von Tod und Verwesung wurde noch stärker. Lysander war nicht der Einzige, der sich hustend den Mantel vors Gesicht hielt. Sein Vater dagegen ließ sich nichts anmerken. Mit finsterer Miene betrachtete er das Stadttor.

»Wie konnten die Pegasus so etwas tun?«, fragte Lysander mit versagender Stimme. Unterwegs waren sie Dutzenden von Zentauren aus der Freien Stadt begegnet, die in Richtung Süden, nach Corlandia, flohen, und alle hatten ihnen bestätigt, dass die Pegasus für den Angriff verantwortlich waren.

Sein Vater warf ihm einen Blick zu. »Das sollte eigentlich niemanden überraschen. Schließlich waren sie es, die den Krieg von Cavallon begonnen haben.«

Das mochte ja sein, aber Lysander verstand trotzdem nicht, wie ein lebendiges Wesen einem anderen so etwas antun konnte – erst recht nicht, als sie die Stadt betraten und er das volle Ausmaß der Zerstörung sah. Er hatte von dem ungewöhnlichen Straßennetz der Freien Stadt gelesen, das teils aus Gras und Moos bestand, teils aus Pflastersteinen, um sowohl den menschlichen Bewohnern als auch den Angehörigen der Pferdeclans gerecht zu werden. Doch jetzt war davon nichts mehr zu sehen. Alles war voller Trümmer und Aschehaufen. Das bisschen Gras, das sich noch in den Straßen fand, war aufgewühlt und mit dunklen Flecken übersät. Das meiste war Ruß, aber hier und da konnte Lysander auch Blut erkennen.

In der Stadt schienen weniger Bewohner zu hausen als draußen in den Lagern, aber die, die geblieben waren, gingen bereits tatkräftig zu Werk. Lysander versuchte, nicht allzu auffällig die beiden Zentauren anzustarren, die unter der Anleitung eines Menschen Trümmer beseitigten – etwas, das in Coropolis als skandalös empfunden worden wäre –, während ein Kelpie und ein Einhorn den Karren wegzogen, den sie bereits gefüllt hatten. Beim Anblick des Kelpies mit seinen schimmernden Schuppen, dem langen, aalähnlichen Fischschwanz und der Mähne, die an Seegras erinnerte, blieb ihm der Mund offen stehen. Er hatte noch nie eins gesehen und erst recht keins, das mit einem Einhorn befreundet war. Überhaupt war es ziemlich erstaunlich, Angehörige der verschiedenen Clans so einträchtig zusammenarbeiten zu sehen. Sie waren offenbar fest entschlossen, ihre Stadt wieder aufzubauen. Bei diesem Gedanken spürte Lysander einen Kloß im Hals. Tränen stiegen ihm in die Augen und das lag nicht nur am Gestank.

»Lysander«, sagte sein Vater und drückte seine Schulter. Für die anderen Chronisten mochte das wie eine mitfühlende Geste wirken, doch Lysander zuckte zusammen, als sich die Fingernägel seines Vaters in seine Haut bohrten. »Sorg dafür, dass du deine Emotionen in den Griff bekommst. Ein Chronist muss stets objektiv bleiben. Wir sind allein der Königswahrheit verpflichtet.« Er drehte sich zu den anderen um. »Das gilt für euch ebenso. Ich muss jetzt zu einem Treffen mit dem Stadtrat. Teilt euch in Zweiergruppen auf und fangt mit den Ermittlungen an.«

Portia sah Lysander an und ruckte mit dem Kopf, was wohl bedeutete, dass er ihr folgen sollte. Gemeinsam bahnten sie sich einen Weg zwischen den Trümmerhaufen und schlammigen Pfützen hindurch. Portia machte eifrig Notizen und blieb immer mal wieder stehen, um sich einen Steinbrocken oder eine eingestürzte Mauer genauer anzuschauen. Einmal hielt sie vor einem nicht identifizierbaren Bündel an, von dem Lysander hoffte, dass es kein Leichnam war. Weil er nicht wusste, was er tun sollte, zog er sein Chronistenbuch aus der Tasche und versuchte, möglichst gewichtig auszusehen.

Portia kniete sich auf die Vorderbeine, um ein Gewirr aus rußgeschwärzten Bändern unter die Lupe zu nehmen. Lysander trat nervös von einem Huf auf den anderen und ließ den Blick durch die Straße schweifen. In der Nähe stocherten zwei Menschenfrauen und drei Kinder durch die Überreste eines Gebäudes, das dem verkohlten Schild am Rand des Schutthaufens nach einmal eine Bäckerei gewesen sein musste. Vermutlich waren sie auf der Suche nach etwas Essbarem.

»Entschuldigung«, rief er und lief auf sie zu. »Kann ich Euch ein paar Fragen stellen?« Er durchwühlte seinen Verpflegungsbeutel, fischte zwei harte Scheiben Vesperbrot heraus und hielt sie ihnen hin. »Ich bin ein Chronist des Königs – na ja, Chronist in Ausbildung. Aus Coropolis.«

Lysander wusste nicht, ob es am Essen lag oder an seinem Titel, jedenfalls wich der misstrauische Ausdruck aus den Gesichtern der Frauen. Sie nickten und ließen die Kinder zu ihm laufen, um sich das Brot zu holen. Die letzten Krümel waren verputzt, bevor Lysander sich zu den Erwachsenen vorgearbeitet hatte.

»Lysander!«, zischte Portia hinter ihm. »Was machst du da?«

»Sie befragen. Das sollen wir doch«, antwortete er überrascht.

Sie schnaubte. »Menschen sind keine glaubwürdigen Zeugen. Sie sind nicht besonders helle. Das ist Zeitverschwendung. Komm zurück!«

Lysander hoffte, dass die Frauen Portia nicht gehört hatten. Ob sie nun beschränkt waren oder nicht, er wollte sie nicht beleidigen. »Aber vielleicht haben sie etwas gesehen, das uns helfen kann …«

»Komm. Jetzt sofort«, drängte Portia. Sie drehte sich um und marschierte davon.

»Ich ... Tut mir leid, wir müssen weiter!«, rief Lysander den Frauen zu.

»Danke fürs Kommen, Chronist«, antwortete eine der beiden und legte zum Zeichen des Respekts eine Hand auf ihr Herz. »Bitte lasst ganz Cavallon wissen, was die Pegasus hier angerichtet haben. Warnt alle, damit sie nicht das gleiche Schicksal erleiden müssen wie wir.«

Lysander schloss zu Portia auf. Sie liefen an mehreren Stellen vorbei, von denen Lysander eigentlich fand, dass sie stehen bleiben und sie genauer untersuchen sollten, aber er traute sich nicht, Portia noch einmal zu widersprechen.

Erst als sie einer älteren Zentaurin begegneten, die mit den Hufen in den Überresten eines abgebrannten Ladengeschäfts scharrte, beschloss Portia, anzuhalten und sie zu befragen.

»Bitte entschuldigt«, rief sie. »Wir sind Chronisten des Königs. Würdet Ihr uns erzählen, was Ihr erlebt habt?«

»Selbstverständlich«, erwiderte die Zentaurin. Als sie näher kam, bemerkte Lysander, dass ihre grauen Haare zwar zu einem makellosen Zopf geflochten waren, doch ihre Brille hatte einen Sprung und ihre Wollweste war mit Brandlöchern übersät. Am rechten Vorderbein trug sie eine Bandage.

»War das hier Euer Haus?«, erkundigte er sich einfühlsam.

»Nein«, sagte sie. »Das da drüben.« Sie zeigte auf die andere Straßenseite. »Das war meine Apotheke und mein Zuhause. Hier haben gute Freunde von mir gelebt. Sie hatten ein Juweliergeschäft.«

»Ihr und Eure Freunde seid in Coropolis herzlich willkommen. So wie alle anderen obdachlosen Zentauren der Freien Stadt auch. Dort wird für Euch gesorgt«, verkündete Portia.

Lysander war überrascht, so etwas wie Mitgefühl in ihrer Stimme zu hören.

Die ältere Zentaurin schüttelte jedoch bloß den Kopf. »Das hilft meinen Freunden auch nicht mehr. Sie sind bei dem Angriff ums Leben gekommen. Außerdem waren sie Menschen.«

Portia riss den Kopf hoch. »Eure Freunde waren *Menschen?*«

Die Augen hinter der zerbrochenen Brille verengten sich zu Schlitzen. »Ja und? Ihr solltet vielleicht etwas mehr Zeit mit den vielen anderen Bewohnern von Cavallon verbringen. Gerade Ihr als Chronistin. Sicher lernt Ihr dabei noch was.«

Auf Portias Wangen erschienen zwei rote Flecken und sie kniff die Lippen zu einem schmalen Strich zusammen. »Die Befragung ist beendet«, entgegnete sie kühl. »Komm, Lysander.«

Sie ruckte empört mit dem Kopf und stolzierte den Weg zurück, den sie gekommen waren. Lysander zögerte.

»Tut ... mir leid, das mit Euren Freunden«, stammelte er unbeholfen. Er hatte das Bedürfnis, Portias Unhöflichkeit irgendwie wiedergutzumachen. »Wie heißt Ihr?«

»Nerissa Spirodeon«, antwortete sie und hob die Hand zum Gruß.

»Lysander Diomedes.« Er drückte seine Handfläche gegen ihre. Dann blickte er sich in den Ruinen des Juweliergeschäfts um. »Sucht Ihr etwas Bestimmtes?«

Nerissa seufzte. »Ich versuche zu retten, was noch zu retten ist. Für ihren Sohn. Er ist nach dem Angriff aus der Stadt geflohen, aber ich ... ich hoffe, ihn eines Tages wiederzusehen.«

Lysander war unschlüssig. Portia war bereits um die Ecke gebogen und würde ganz sicher sauer sein, weil er ihr nicht gefolgt war. Doch er war nun mal hier, um die Königswahrheit zu finden, und Nerissa konnte ihm möglicherweise dabei helfen.

»Würde es Euch etwas ausmachen, mir zu beschreiben, was sich während des Angriffs der Pegasus zugetragen hat?«, fragte er. Er schlug sein Chronistenbuch auf und zückte seinen Stift.

»Ach was«, sagte Nerissa. »Das waren nicht die Pegasus.«

Er starrte sie mit offenem Mund an, während sein Stift auf der Seite einen riesigen Tintenklecks hinterließ. »Wie bitte?«

»In einem meinem Bücher habe ich Bilder von den Pegasus gesehen. Es ist leider verbrannt, sonst würde ich sie dir zeigen. Die Pegasus haben Fell wie wir und gefiederte Flügel. Diese ... Kreaturen hatten Schuppen, kein Fell. Und auch keine Federn – ihre riesigen ledernen Flügel sahen aus wie die einer Fledermaus. Außerdem haben sie Feuer gespuckt. Ich habe nirgends gelesen, dass Pegasus dazu imstande wären. Was auch immer diese Kreaturen waren, Pegasus waren es jedenfalls nicht.«

Lysanders Puls raste. Das waren unglaubliche Neuigkeiten! Viel besser als alles, was er herauszufinden gehofft hatte. Sein Vater würde vor Stolz platzen!

Noch bevor ihm klar wurde, was er da tat, hatte er bereits sein Chronistenbuch weggesteckt und das Skizzenbuch und Stifte herausgeholt. »Erzählt weiter.«

Mit jedem Detail, das Nerissa beschrieb, nahm die Kreatur auf dem Papier mehr und mehr Gestalt an. Zwischendurch arbeitete er hier und da kleine Änderungen ein, wie es gerade nötig war. Schließlich klemmte er sich den Bleistift hinters Ohr und gab der älteren Zentaurin das Skizzenbuch. »Haben sie ungefähr so ausgesehen?«

Das Wesen auf dem Bild wirkte wild und bösartig. Es breitete die mächtigen Schwingen aus, streckte seinen schuppigen Hals und aus seiner Kehle schoss ein Feuerstrahl.

»Ja«, bestätigte sie finster. »Du hast sie perfekt getroffen.«

Lysander konnte seine Aufregung kaum noch verbergen. Er musste seinem Vater auf der Stelle davon erzählen! »Vielen Dank für Eure Hilfe«, sagte er und nahm ihr das Skizzenbuch wieder ab. Vorsichtig trennte er die Seite mit der Zeichnung heraus.

Nerissa legte ihm eine Hand auf den Arm. »Pass auf dich auf, junger Chronist. In meinem ganzen langen Leben hat sich Cavallon noch nie so gefährlich angefühlt.«

Doch Lysander hörte kaum, was sie sagte. Er stopfte sein Skizzenbuch in die Tasche und eilte durch die Ruinen der Stadt, um seinen Vater zu suchen.

Er fand ihn vor den Überresten des Rathauses, wo er in ein Gespräch mit drei ernst dreinblickenden Zentauren vertieft war, die zu den Amtsträgern der Freien Stadt gehören mussten. Lysander wartete etwas abseits darauf, dass sie zum Ende kamen, wobei er aufgeregt mit dem Vorderhuf stampfte.

Nach einer gefühlten Ewigkeit löste sich Cassio Diomedes schließlich aus der Gruppe. Lysander trat auf ihn zu. »Vater! Ich muss dir etwas Wichtiges ...«

»Nicht jetzt«, schnitt ihm Cassio das Wort ab. »Ich habe zu tun.«

Lysander konnte nicht anders: Er zog seinen Vater am Mantel, wie er es zuletzt als kleines Fohlen getan hatte. »Aber ich habe etwas Wichtiges rausgefunden! Guck mal!« Er hielt seinem Vater die Zeichnung hin.

»Lysander! Das haben wir doch besprochen. Zeichnungen sind ...«

Lysander wusste, dass sein Vater es hasste, wenn er unterbrochen wurde, aber er konnte sich einfach nicht zurückhalten. Die Worte sprudelten förmlich aus ihm heraus. Er schilderte ihm, was Nerissa erzählt hatte. »*Das hier* waren die Angreifer, nicht die Pegasus!«, rief er und wedelte mit der Zeichnung. »Aber was sind das für Kreaturen? Weißt du das?«

Sein Vater kniff die Augen zusammen und nahm das Blatt nun doch entgegen. Er studierte die Zeichnung, dann rollte er sie zusammen und steckte sie in seine Tasche. »Schadet ja nichts«, meinte er. »Aber nächstes Mal erwarte ich einen *schriftlichen* Bericht, verstanden?«

»Ja, Vater. Aber was sind das ...«

»Hast du das Bild sonst noch jemandem gezeigt?«

»Nein.«

Sein Vater musterte ihn eingehend, dann nickte er knapp. »Gut.«

Ohne ein weiteres Wort drehte er sich um und ging.

Mit einem Kloß im Hals sah Lysander ihm nach. Er wusste, dass er nicht zeichnen sollte, aber diese Information war so wichtig, dass es doch bestimmt egal war, *wie* er sie dokumentiert hatte. Der König musste davon erfahren – und ganz Cavallon!

Warum nur fühlte er sich dann, als hätte er etwas falsch gemacht?

Kapitel 9

Aquilla neigte ihre Schwungfedern und ließ sich so tief über den Bergwald hinabgleiten, dass ihre Hufe den Schnee von den Wipfeln der Kiefern streiften. Sie suchte die Lichtung unter ihr ab, seufzte und ließ sich vom Wind wieder emportragen. Sie blinzelte, als ihre Wimpern im Aufwind flatterten. Wohin war Aquoro diesmal verschwunden?

Ihr großer Bruder war schon immer gerne alleine losgeflogen, um die Gegend zu erkunden. Für die Warnungen der älteren Pegasus hatte er bloß ein genervtes Schnauben übrig. Doch jetzt war er bereits zwei Tage weg und das sah ihm gar nicht ähnlich. Sonst war er spätestens am Abend zu ihrem Schlafplatz zurückgekehrt – jedenfalls solange ihre Eltern noch am Leben gewesen waren. Wusste er denn nicht, dass Aquilla sich genauso viele Sorgen um ihn machte wie sie früher? Dass ihr angst und bange wurde, wenn er einfach so zwei Tage am Stück wegblieb, und das so kurz nachdem ihre Eltern der Krankheit erlegen waren?

Um sich abzureagieren, stieß sie in wildem Sturzflug in ein grün bewachsenes Tal hinab – und zog sofort wieder hoch, als sie an einem der Berghänge, die das Tal umgaben, im Schnee die Bewegungen winziger Gestalten wahrnahm.

Menschen! Ihr schlug das Herz bis zum Hals. Sie machte kehrt und rettete sich, so schnell sie konnte, in die Sicherheit des Himmels über den Wäldern. In Gedanken sandte sie ein Stoßgebet an die Sterne, dass die Menschen sie nicht bemerkt hatten. Verzweifelt suchte sie noch einmal die Umgebung ab, aber sie durfte jetzt keine Zeit mehr damit verschwenden, weiter nach ihrem Bruder zu suchen. Sie musste die Herde warnen.

Sie brach durch die Wolkendecke und raste auf den mit dicken Eiszapfen überzogenen Felsvorsprung zu, der ihrer Herde momentan als Schlafplatz diente. Als sie oben ankam, schlitterte sie bei der Landung so rasant über die Felsfläche, dass sie wie wild mit den Flügeln schlagen musste, um nicht darüber hinauszuschießen und in den nebligen Abgrund auf der anderen Seite zu stürzen. Sie warf den Kopf in den Nacken und stieß ein schrilles Wiehern aus, das von den umliegenden Bergen widerhallte, um die Herde zusammenzurufen.

Binnen kürzester Zeit kamen die anderen Pegasus aus allen Richtungen auf sie zugeflogen. Die dünne Luft hier oben war vom Rauschen ihrer Schwingen erfüllt. Mit sehr viel größerer Anmut als sie landete die Pegasusherde auf den Felsen unter ihr. Die meisten von ihnen waren aber auch schon seit fünfzig Jahren oder noch länger in diesen Höhen unterwegs, während Aquilla gerade mal dreizehn war und damit nur knapp dem Fohlenalter entwachsen. Wie immer zählte sie mit, als sie einer nach dem anderen landeten, und hielt dabei nach dem nebelgrauen Fell ihres Bruders Ausschau, das ihrem eigenen so ähnlich sah. Doch vor ihr versammelten sich nur siebenundneunzig Pegasus; mit ihrem Bruder und ihr waren sie insgesamt neunundneunzig.

Sie waren die letzte verbliebene Pegasusherde in ganz Cavallon. Seit dem Krieg von Cavallon waren ihre Zahlen rapide zurückgegangen, was vor allem an den harten Lebensbedingungen in den Bergen lag – und daran, dass sie ständig umherziehen mussten, um nicht von anderen Clans aus Cavallon entdeckt zu werden. Wie oft hatten die Ältesten schon verkündet, dass die Zukunft der Herde auf den Schultern von Aquilla und den wenigen anderen Jungtieren lag? Dabei war es erst einen Mond her, dass Selelas dreijähriges Fohlen, das hundertste und jüngste Mitglied der Herde, von einem Adler getötet worden war. Selela trug immer noch den Trauerflor aus dunklen Schlammstreifen auf ihren weißen Flanken.

Der Verlust hatte die Herde schwer getroffen. Aquilla hasste es, ihnen jetzt auch noch beängstigende Neuigkeiten überbringen zu müssen.

»Warum hast du uns zusammengerufen, Aquilla?«, fragte Odelia, eine Älteste mit goldenem Fell und flachsgelben Schwingen.

»Ich ... ich habe Menschen gesehen«, berichtete Aquilla. »Unten beim Tal. In der Nähe unseres Schlafplatzes.«

Die jüngeren Pegasus schnaubten erschrocken, doch die älteren seufzten bloß.

»Dann müssen wir wohl wieder einmal weiterziehen«, bemerkte Odelia ausdruckslos. Die anderen nickten und murmelten zustimmend, doch Aquilla scharrte unglücklich mit den Hufen. Was war mit Aquoro? Wenn sie jetzt aufbrachen, würde er nicht wissen, wo er sie finden konnte.

»Lasst uns abstimmen«, verkündete Odelia und wandte sich an einen Rotschimmelhengst. »Sprich, Rostro, Erster der Herde, und teile uns deine Entscheidung mit.«

Rostro schüttelte seine sturmgraue Mähne und antwortete mit krächzender Stimme: »Wir müssen weiterziehen. Sprich, Fetos, Zweiter der Herde, und teile uns deine Entscheidung mit.«

Und so ging es wie üblich reihum. Jedes Mitglied der Herde tat seine Meinung kund und übergab dann das Wort an das nächstjüngere Mitglied. Aquillas Herz setzte einen Schlag aus, als die Herde Nummer neunzig – ihren Bruder – übersprang und wenige Augenblicke später zu Aquilla, Sechsundneunzigste der Herde, kam.

Jeder einzelne Pegasus vor ihr hatte fürs Weiterziehen gestimmt. Jetzt waren alle Blicke erwartungsvoll auf sie gerichtet, doch sie brachte es nicht über sich, sich ihnen anzuschließen. »Ich mache mir Sorgen um Aquoro«, sagte sie. »Was, wenn wir weiterziehen und er uns dann nicht mehr findet?«

»Er holt uns schon ein«, meinte Rostro.

Odelia hob den Kopf und knabberte beruhigend an Aquillas Vorderbein. »Ich bin mir sicher, dass dein Bruder uns finden wird«, sagte sie. »Aber wenn du möchtest, dass wir bleiben, bleiben wir.«

Die anderen nickten. Aquilla spürte einen dicken Kloß im Hals. Sie wusste, dass das ernst gemeint war: Sie würden *alle* bleiben und nie wieder ein Wort darüber verlieren. Nicht einmal, wenn die Herde dadurch in Gefahr geriet. So lief das nun mal in einer Herde, in der alle Entscheidungen einstimmig getroffen wurden.

Aber wie konnte sie von ihnen verlangen, dass sie ihretwegen ihr Leben aufs Spiel setzten?

Außerdem war Aquoro schlau, stark und schnell. Wahrscheinlich würde er sie noch vor Sonnenuntergang finden und sie auslachen, weil sie sich solche Sorgen gemacht hatte.

»Ich stimme dafür, dass wir weiterziehen«, verkündete sie.

Nachdem auch Zadia, Neunundneunzigste der Herde, mit ihren winzigen Flügelchen geschlagen und ihre Entscheidung bekanntgegeben hatte, stand das Ergebnis fest: Die gesamte Herde hatte einstimmig beschlossen weiterzuziehen. Rostro stieß ein kehliges Wiehern aus und dann erhob sich ein Pegasus nach dem anderen anmutig in die Lüfte.

Sosehr es Aquilla auch hasste, ständig umherziehen zu müssen, so sehr liebte sie es, in der Herde zu fliegen. Sie genoss das Rauschen der Schwingen um sie herum und wusste, dass die anderen sie uneingeschränkt beschützen würden, so wie auch sie jeden von ihnen jederzeit verteidigen würde. Sie hatte zwar ihre Eltern verloren, nicht aber ihre Familie.

Rostro führte sie eine Zeit lang nach Norden, dann wandte er sich nach Westen. Die Herde sauste über die Wolken hinweg, auch wenn die jüngsten ab und zu spielerisch in die Dunstschwaden abtauchten und plötzlich wieder daraus hervorschossen, um sich gegenseitig zu erschrecken. Aquilla hörte, wie Fetos über ihr die Saga anstimmte, wie der allererste Pegasus von den Sternen seine Flügel bekommen hatte. Das war eine der vielen Geschichten, mit denen sich die Herde während langer Flüge oder dunkler Winternächte in den Bergen bei Laune hielt. Selbst die jüngsten kannten sie längst auswendig, doch niemandem wurde es je langweilig, ihnen zu lauschen oder sie selbst vorzutragen.

Und daher hatte die kleine Zadia bald keine Lust mehr, in den Wolken Verstecken zu spielen, und schloss stattdessen zu Aquilla auf, um sich von ihr eine Geschichte erzählen zu lassen. Aquilla war überrascht, dass sie ausgerechnet die Saga vom Krieg von Cavallon hören wollte. Aber vielleicht war sie durch das bedrohliche Auftauchen der Menschen im Tal darauf gekommen. Außerdem war die Kleine immer schon wissbegierig gewesen.

»Es war einmal vor langer, langer Zeit, als die Sterne noch nicht so alt waren, wie sie es heute sind«, begann Aquilla, »da gab es auf der Welt so viele Pegasus wie Kiesel am Meer und sie lebten in Frieden und Harmonie mit allen anderen Clans von Cavallon.« Der Takt ihrer silbernen Schwingen passte sich wie von selbst der Melodie der Geschichte an, während sie sich insgeheim fragte, wie es damals wohl gewesen war. Sie hatte zwar schon Einhörner und Menschen gesehen, aber nur aus der Ferne. Kelpies und Zentauren kannte sie allein aus den Geschichten.

Denn irgendwann hatten sich die anderen Clans gegen die Pegasus gewandt und sie waren gezwungen, sich zu ihrem eigenen Schutz in die Isolation zurückzuziehen. Der Gedanke daran verlieh ihrer Stimme einen härteren Ton. »Dann kamen die heißen Tage. Die Sonne brannte unbarmherzig vom Himmel und ließ alles Gras vertrocknen. Die Menschen und Zentauren weinten um ihre verdorrten Früchte. Die Einhörner suchten Zuflucht in den Wäldern und verboten es den anderen Clans, weiter dort zu jagen. Die Kelpies wachten eifersüchtig über die Fische im Wasser, auch als die Meere auszutrocknen begannen und ihre Tränen körnig vor Salz wurden. Die Pegasus sahen das Leid der anderen Clans und kamen, um zu helfen. Sie allein vermochten es, in die höchsten Berge hinaufzufliegen, wo der Schnee zu Wasser schmolz, mit dem die Felder getränkt werden konnten. Die Pegasus stellten Eimer her, die so groß waren, dass sie sie nur zu sechst tragen konnten, und flogen Tag und Nacht in alle Regionen Cavallons, um all jene mit Wasser zu versorgen, die es benötigten.«

Sie legte eine Pause ein und ließ das Rauschen der unablässig schlagenden Schwingen um sie herum davon erzählen, welche Anstrengungen ihre Vorfahren damals auf sich genommen hatten.

»Doch die Pegasus konnten nicht genug Wasser herbeischaffen, um die Pflanzen auf den Feldern zu retten. Die saftigen grünen Landschaften verdorrten zu unfruchtbaren Einöden. Unter den anderen Clans brach ein Raunen los: Es hieß, die

Pegasus könnten sehr wohl viel mehr Wasser bringen, wenn sie nur wollten – behielten es aber stattdessen ganz für sich. Bald darauf kamen Gerüchte auf, dass die Pegasus die Sterne um diese Dürre gebeten hatten, weil sie die anderen Clans auslöschen wollten, um die Herrschaft über Cavallon an sich zu reißen. Die anderen Clans begannen, einander zu bekämpfen. Sie kämpften um Nahrung, um Land, um Wasser. Sie konnten sich auf nichts einigen, nur darauf, dass die Schuld für all ihr Leid bei den Pegasus lag. Und so schickten sie eine Armee und griffen die Pegasus an.«

Zadia hatte einen Teil der Geschichte leise mitgesprochen, doch nun verstummte sie. Aquilla war nicht überrascht, denn was jetzt kam, war grauenhaft. »Ein Rat aus dreißig Ältesten, einem aus jeder Herde, versuchte, die Soldaten zur Vernunft zu bringen. Doch die wollten nicht auf sie hören. Sie schlachteten die Ältesten in einem blutigen Massaker ab, worauf den Pegasus keine Wahl blieb, als sich zu verteidigen. Die Schlachten dauerten viele Monde lang und selbst die Pegasus, die kamen, um den Verwundeten zu helfen, wurden angegriffen und getötet. Weinenden Herzens erhoben sich die überlebenden Pegasus – von den mehreren Tausend waren weniger als fünfhundert übrig geblieben – in die Lüfte und flogen gemeinsam gen Norden.«

»Unsere Herde«, flüsterte Zadia ehrfürchtig.

»Genau«, antwortete Aquilla. »Seither hält sich unsere Herde vom Rest Cavallons fern. Wir haben den Krieg, das Leid und falsche Freunde hinter uns gelassen und uns für Glück und Frieden entschieden. Wir wissen nun, dass wir dies nur hier oben in diesen Gipfeln finden, wo wir den Sternen am nächsten sind.«

»Den Sternen am nächsten«, murmelte Zadia zufrieden.

Aquilla glaubte, dass sie jetzt verstand, warum Zadia ausgerechnet diese Geschichte hatte hören wollen. Es war tröstlich zu wissen, dass sie trotz des unermesslichen Leids, das ihnen widerfahren war, den Weg des Friedens gewählt hatten, statt auf Krieg und Rache zu sinnen.

Einige Stunden später stieß Rostro ein Wiehern aus. Die anderen versammelten sich um ihn. Sie schwebten auf der Stelle und schlugen nur noch mit den Flügeln, um sich in der Luft zu halten. Mit einer Kopfbewegung deutete er auf einen Berg unter ihnen, auf dessen Gipfel ein Kreis aus spitzen Felsen aus dem Eis ragte. »Ich, Rostro, Erster der Herde, stimme dafür, hier zu landen und dies zu unserer neuen Heimstatt zu machen«, rief er. »Sprich, Fetos, Zweiter der Herde, und teile uns deine Entscheidung mit.«

Diesmal kamen sie schnell zu einem einstimmigen Ergebnis – sie waren alle erschöpft. Die Herde ließ sich auf dem Berg nieder wie herabrieselnde Schneeflocken. Die älteren gruben mit ihren Hufen Kuhlen in den Schnee, in denen sich die jüngsten zusammenkuscheln konnten. Zadia versuchte, Aquilla zu einer der Kuhlen zu stupsen, doch Aquilla lehnte freundlich, aber bestimmt ab.

Erneut suchte sie die Herde nach ihrem Bruder ab. Vielleicht hatte er sich ja während der Reise unbemerkt unter die anderen gemischt. Doch niemand hatte ihn gesehen. Jetzt war sie wirklich beunruhigt. In den Monden seit dem Tod ihrer Eltern hatte Aquoro immer auf sie aufgepasst. Er hatte dafür gesorgt, dass sie genug zu essen bekam, und sie ermahnt, die Federn ihrer Schwingen regelmäßig zu putzen. Und nun auf einmal war sie diejenige, die auf ihn aufpassen musste.

»Ich mache mich auf die Suche nach Aquoro«, teilte sie Odelia und Rostro mit. Diese Entscheidung betraf nur sie, deswegen musste die Herde nicht darüber abstimmen. Trotzdem flog sie schnell los, bevor die beiden etwas darauf erwidern konnten. Am Ende würden sie sonst noch versuchen, sie davon abzuhalten.

Das hier war unbekanntes Gelände und vor ihr tauchten immer wieder fremde Gipfel aus dem Nebel auf. Aquilla hielt sich dicht an die Hänge und glitt tief über die Baumwipfel. Sie vertraute darauf, dass ihr Orientierungssinn sie sicher zur neuen Heimstatt zurückbringen würde, sobald sie Aquoro gefunden hatte. Immer wieder rief sie seinen Namen. Sie kreiste über der Landschaft und ließ sich von der Thermik hinauf- und hinabtragen, bis die Nacht hereinbrach und sie die Augen zusammenkneifen musste, um überhaupt noch etwas zu erkennen.

Da ertönte über ihr ein ohrenbetäubender Donnerknall. Schlagartig erkannte Aquilla ihren Fehler. Was da um sie herum aufzog, war nicht die Abenddämmerung, sondern ein Sturm!

Ihr blieb keine Zeit mehr umzukehren, keine Zeit mehr, um Hilfe zu rufen, nicht mal mehr Zeit, um nachzudenken. Der einsetzende Regen durchnässte ihre Flügel. Hilflos trudelte sie zu Boden.

Kapitel 10

Sam sank erschöpft gegen die Gitterstäbe des Käfigs, in dem sie durch die trostlose Heide rumpelten. In der Dunkelheit der Nacht hatten einige der Gefangenen noch den Mut aufgebracht, sich flüsternd zu unterhalten, doch als der Himmel im Osten langsam heller wurde, verfielen sie in Schweigen. Nicht einmal mehr Lara gab bissige Kommentare von sich.

Die Sonne stand bereits hoch am Himmel, als die Gruppe vor einem Kreis großer, steil in die Höhe ragender Steine haltmachte. Dahinter befand sich eine Ansammlung hölzerner Unterstände, die vermutlich von den menschlichen Sklaven der Einhörner errichtet worden waren.

Sam sah, wie die Sklaven ihre Geschirre abnahmen. Sie hatten die Käfige stundenlang gezogen, ohne sich ein einziges Mal zu beschweren. Beklommen blickte er zu den Einhörnern in ihren Rüstungen hinüber, die sie umringten. Wahrscheinlich war das der Grund, warum sich keiner beklagte: Sie wussten, welche Strafe sie erwartete. Einhörner schlenderten zwischen den Unterständen umher, während die Menschen geduckt beiseitehuschten, um ihnen nur ja nicht in die Quere zu kommen.

»Raus«, knurrte ein braunes Einhorn. Sam, Lara und die anderen Gefangenen stolperten aus den Käfigen und wurden herumgeschubst und -gestoßen, bis sie in einer Reihe standen.

Ihnen gegenüber hatte sich ein ganzes Regiment aus Einhörnern aufgebaut.

Die Menge teilte sich und die Einhörner neigten ehrfurchtsvoll die Köpfe, während eine Einhornstute, die größer war als alle anderen, auf die Gefangenen zuschritt. Sie ragte hoch über ihnen auf. Jedes noch so kleine Detail an ihrer glänzenden silbernen Rüstung schien wie dafür gemacht, ihre Größe und Macht zusätzlich zu unterstreichen: von den kleinen, garstigen Widerhaken, die sich an ihren Beinen hochzogen, bis zu den Stacheln, die aus ihrem Rücken ragten. Ihr Horn war mit silbernen Ringen eingefasst. Die Spitze war gezackt wie die Klinge eines Messers.

Das braune Einhorn senkte den Kopf so tief, dass sein Horn das Gras streifte. »Verneigt euch vor Maven, der Anführerin des Eisenhornclans«, knurrte er. »Sie wird über euer Schicksal entscheiden, Menschen.«

Sam und die anderen verbeugten sich steif. Maven schritt langsam die Reihe ab und nahm jeden von ihnen in Augenschein. Der Boden erzitterte unter ihren gewaltigen Hufen; Sam konnte die Vibrationen durch die Sohlen seiner Stiefel spüren. »Ein erbärmlicher Haufen«, verkündete sie. »Aber vielleicht haben sie Wertsachen dabei, die wir für die Schmiede verwenden können. Durchsucht sie.«

Das braune Einhorn riss mit seinem Horn einem Mädchen die Kette vom Hals. Er warf sie in eine Tasche, die ein menschlicher Sklave für ihn aufhielt, der an seiner Seite aufgetaucht war.

»Die hat meiner Ma gehört!«, rief das Mädchen und fasste sich mit beiden Händen an den nackten Hals.

»Nicht«, warnte der Sklave leise, doch das Einhorn hatte bereits zugestochen. Eine tiefe Risswunde klaffte im Arm des Mädchens. Sie starrte sie einen Augenblick lang entsetzt an, dann drückte sie die Hand darauf, um die Blutung zu stoppen, und gab keinen Laut mehr von sich.

Danach protestierte niemand mehr, als das braune Einhorn ihnen die Armbänder von den Handgelenken und Amulette von den Hälsen riss. Sogar die Messingknöpfe an der Jacke eines alten Mannes mussten dran glauben. »Durchsucht auch ihre Kleidung«, knurrte das Einhorn, worauf sich zwei weitere menschliche Sklaven daranmachten, die Hosentaschen der Gefangenen auszuleeren. Sie förderten Münzen und andere Wertgegenstände zutage.

Sam löste unauffällig die Brosche seiner Mutter von seiner Tunika und schloss die Finger darum. *Ich darf nicht zulassen, dass sie mir die wegnehmen!* Schweißtropfen rannen ihm über den Rücken. Sein Blick huschte über seine Stiefel, seine Hose, den felsigen Untergrund, verzweifelt auf der Suche nach einem Ort, wo er sie verstecken konnte.

Nur mühsam unterdrückte er einen Aufschrei, als ihm plötzlich jemand die Brosche aus der Hand riss – doch es war bloß Lara. Sie warf ihm einen durchdringenden Blick zu, dass er gefälligst die Klappe halten sollte, und kratzte sich am Kopf.

Als sie die Hand wieder herunternahm, war der geflochtene Kranz auf ihrem Kopf etwas zerzauster als zuvor, aber nirgends blitzte das verräterische Funkeln von Gold hervor. Er sah sie dankbar an.

Als das Einhorn und die Sklaven bei Lara ankamen, nahmen sie ihr ein Armband ab. Sie versuchte dabei so übertrieben auffällig, es zu verstecken, dass sie nicht mal mehr auf die Idee kamen, auch ihre Haare zu durchsuchen. In Sams Taschen fanden sie die Münzen, die Nerissa ihm mitgegeben hatte, aber es war ihm egal. Er war einfach nur erleichtert, dass die Brosche gerettet war.

Dann musste sich jeder von ihnen einmal langsam vor Maven im Kreis drehen und anschließend den Mund aufmachen, damit sie sich ihre Zähne ansehen konnte. »Zu alt«, sagte sie bei einem Mann. »Zu schwach«, sortierte sie eine Frau mit Gehstock aus. »Schickt sie in die Minen.« Bald darauf wurde ein elendes Häuflein Menschen abgeführt.

»Die sehen wir nie wieder«, raunte Lara, als sie ihnen nachblickten.

Sam kam gar nicht dazu, diese schreckliche Erkenntnis sacken zu lassen, denn Maven war bereits zur nächsten Runde ihres Auswahlverfahrens übergegangen. »Was kannst du?«, blaffte sie jeden der Gefangenen an. »Wie kannst du dem Eisenhornclan dienen?« Einem Schreiner und einem Steinmetz erlaubte sie zu bleiben, wie auch der Frau mit dem Kleinkind, die in der Freien Stadt Einhornfohlen betreut hatte. Eine Spitzenklöpplerin und einen Gärtner schickte Maven dagegen in die Minen, und als ein stämmiger Mann prahlte, der beste Geiger von ganz Cavallon zu sein, lachte ihm die Anführerin der Einhörner eiskalt ins Gesicht.

»Für solchen Unsinn hat der Eisenhornclan keine Verwendung«, verkündete sie.

Panik stieg in Sam auf. Wenn die Einhörner Musik nicht mochten, dann hatten sie für einen Juwelier erst recht nichts übrig. Er wünschte sich inständig, er hätte in Nerissas Büchern mehr über Einhörner gelesen, denn dann hätte er jetzt vielleicht gewusst, was ...

Nerissas Bücher! Das ist es! Er hatte ja doch eine nützliche Fähigkeit.

Aber eine Frau im Alter seiner Mutter hatte den gleichen Gedanken. »Ich kann lesen«, beteuerte sie. »Nicht viel, aber ich kann Dinge für Euch aufschreiben. Alles, was Ihr wünscht.«

Maven schnaubte. »Hältst du uns vielleicht für *Zentauren*, Mensch? Bücher sind was für diejenigen, die zu schwach zum Kämpfen sind.« Sie nickte dem braunen Einhorn zu und er stieß die Frau, deren Gesicht aschfahl geworden war, zu dem Grüppchen, das für die Minen bestimmt war.

Sam wurde schwindelig.

Und dann stand Maven vor ihm. Ihr heißer Atem strich durch sein Haar. »Was kannst du?«, fragte sie. Er konnte sich nicht erinnern, sich jemals so hilflos oder voller Angst gefühlt zu haben. Verzweifelt schloss er die Augen. Sein Gehirn war so leer wie ein Stück Goldfolie, bevor seine Mutter anfing, es mit Ornamenten zu verzieren. Ganz sicher würde er gleich in die Minen geschickt werden. Und dann würden sie seine Brosche finden und sie einschmelzen, um daraus ihre schrecklichen Rüstungen zu machen ...

Sam schlug die Augen auf.

»Rüstungen!«, kiekste er. »Ich kann Rüstungen herstellen. Und Waffen.« Die Worte purzelten nur so aus seinem Mund. »Ich ... ich mache die besten Rüstungen und Waffen in der gesamten Freien Stadt. Da könnt Ihr jeden fragen.« Er spürte, wie Lara ihn fassungslos anstarrte, wagte es jedoch nicht, sie anzusehen. »Einmal habe ich einen Schutzpanzer für den Dekan der Einhornakademie in der Freien Stadt hergestellt, der so leicht war, dass er ihn als übernatürlich bezeichnet hat.« Genau genommen, war das bloß eine Schmuckrüstung gewesen und außerdem hatten seine Eltern sie gemacht, aber das musste Maven ja nicht erfahren. »Viele Einhornclans sind nur wegen meiner Helme in die Freie Stadt gekommen. Bessere findet Ihr nirgends in Cavallon. Als Gorinor – der Vertreter der Einhörner im Rat der Freien Stadt – gesagt hat, er wolle ...«

»Genug!«, schnitt ihm Maven das Wort ab. »In die Schmiede.«

Das Blut in seinen Ohren rauschte so laut, dass er beinahe Laras Befragung verpasst hätte. »Ich kann jagen«, versicherte sie schnell. »Ich baue Fallen und Schleudern. Und speerfischen kann ich auch.« Sie wurde umgehend einer Patrouille zugeteilt, die für die Einhörner auf Nahrungssuche ging.

Schließlich war das Auswahlverfahren beendet. »Ihr gehört jetzt dem Eisenhornclan«, verkündete Maven mit erhobener Stimme, um das Schluchzen der Menschen zu übertönen, die währenddessen in die Minen abgeführt wurden. Sie nahm jeden von ihnen mit ihren unergründlichen schwarzen Augen ins Visier. »Kommt euren Pflichten nach oder euch wird ein Schicksal zuteil, das schlimmer ist als die Minen. Wer versucht wegzulaufen, wird hingerichtet. Es gibt kein Entkommen – nur den Tod.« Sie stolzierte davon und ihr Gefolge nahm sich der Menschen an. Sam wurde von einem weißen Einhorn weggeführt, Lara von einem goldenen. »Viel Glück, *Waffenschmied*«, raunte Lara ihm zum Abschied zu.

Sam folgte dem weißen Einhorn einen grasbewachsenen Weg entlang. Er erkundigte sich, ob das die Hauptstraße der Siedlung war, doch der Hengst drehte sich um und bleckte die Zähne. »Du sprichst nur, wenn du dazu aufgefordert wirst, Sklave«, fauchte er.

Danach hielt Sam den Mund.

Das Einhorn führte ihn an Dutzenden hölzerner Bauwerke vorbei. Einige davon erinnerten ihn an die Pferdewohnstätten zu Hause in der Freien Stadt, in anderen wimmelte es von menschlichen Sklaven, die kochten, Rüstungen polierten oder Stoffe webten.

Die Schmiede stand etwas abseits der restlichen Gebäude, was vermutlich an dem dichten Qualm, dem ohrenbetäubenden Dröhnen der Werkzeuge und dem Geschrei der schmutzigen Menschen lag, die darin arbeiteten. Das weiße Einhorn befahl ihnen, ihre Arbeit zu unterbrechen, und sie ließen eilig alles stehen und liegen.

»Sprich, Sklave«, forderte das Einhorn Sam auf. »Sag ihnen, was du kannst.«

Sam schluckte schwer und wandte sich an die Schmiede. Ihre Mienen verrieten ihm, dass sie bereits wussten, dass er keiner von ihnen war, dazu brauchte er nicht mal den Mund aufzumachen.

»Ich ... kann Rüstungen herstellen«, sagte er verzagt. »Und Waffen.« Er schielte zu dem weißen Einhorn hinüber und zwang sich zu einer aufrechteren Körperhaltung, während er den Männern die Lüge von seinen exzellenten Einhornhelmen auftischte.

Ein dünner Mann in Lederschürze zog eine Augenbraue hoch, doch bevor er etwas sagen konnte, schickte das Einhorn sie zurück an die Arbeit und verschwand.

»Ihr habt ihn gehört«, sagte der dünne Mann. Die anderen wandten sich wieder ihren Aufgaben zu, während er Sam näher ans Feuer winkte. »Mein Name ist Geerwald«, rief er, um gegen das lärmende Hämmern anzukommen, das wieder eingesetzt hatte. »Ich bin hier der Vorarbeiter.«

»Ich heiße Sam.«

Geerwald deutete auf einen Schmelztiegel mit flüssigem Metall, der auf dem Feuer stand, und gab ihm ein Paar schwerer Lederhandschuhe. »Also schön, Sam, dann fang doch gleich mal mit einem deiner Einhornhelme an, für die du so berühmt bist. Sollte für einen Meisterschmied wie dich ja kein Problem sein, oder?«

Damit zog er sich zu einem Amboss am anderen Ende der Schmiede zurück.

Sam nahm den Schmelztiegel, den Arbeitstisch aus grobem Stein und das Gestell mit den Werkzeugen in Augenschein. Sie sahen anders aus als die, mit denen er in der Werkstatt seiner Eltern gearbeitet hatte, aber es war nicht schwer zu erraten, was wofür gedacht war: Mit den Hämmern wurde das glühende Metall vorgeformt, mit den schmiedeeisernen Formen in die gewünschte Gestalt gebracht und die Zangen waren für die Feinarbeit. Es gab auch einen etwa hüfthohen Feuerkorb mit glühenden Kohlen, unter dem ein fußbetriebener Blasebalg bereitstand. So etwas hatten seine Eltern auch gehabt, nur entsprechend kleiner. Vielleicht würde er hier ja doch etwas hinkriegen.

Wie sich herausstellte, war das Schmieden eines Einhornhelms *kein bisschen* wie Goldschmieden. Nicht zuletzt, weil der Schmelztiegel mit dem flüssigen Metall deutlich schwerer war als alles, was seine Eltern in ihrer Werkstatt gehabt hatten. Sam schaffte es zwar, ihn irgendwie auf die Arbeitsfläche zu hieven, verschüttete dabei aber gut die Hälfte des Inhalts, was ihm prompt einen Rüffel von Geerwald einbrachte.

Schließlich gelang es ihm, das Metall zu einer dünnen Platte zu schlagen. Er machte sich daran, die Platte über dem Feuerkorb in die richtige Form zu biegen, doch wie es schien, hatte er den falschen Hammer gewählt, denn schon bald war der Helm völlig verzogen und die Öffnung für das Horn saß tiefer als die windschiefen Ausschnitte für die Augen.

Er rang die Panik nieder, die in ihm aufwallte, und hielt den Helm wieder über die Kohlen. Vielleicht konnte er ihn ja noch irgendwie retten, wenn er das Metall stark genug erhitzte.

Aber bevor er den Fuß auf den Blasebalg setzen konnte, nahmen ihm zwei Hände in schweren Lederhandschuhen den Helm ab.

»Guck dir das mal an, Geerwald!«, rief der Mann, der ihn sich geschnappt hatte. »Seinetwegen werden wir noch alle bestraft.«

Geerwalds Gesicht verzog sich zu einer wütenden Grimasse, während die anderen Schmiede herbeikamen, um Sams Katastrophe von einem Helm in Augenschein zu nehmen.

»Lügner!«

»... werden stinkwütend sein!«

»Erinnert ihr euch an letztes Mal? Maven wird ...«

»Gib her«, knurrte Geerwald und griff nach dem Helm. Sam rutschte das Herz in die Hose. Er fürchtete, dass Geerwald ihm das Ding um die Ohren hauen würde, doch er legte das missratene Metallgebilde bloß auf eine schmiedeeiserne Platte und schob es zurück in die Esse. »Wir schmelzen ihn ein, bevor die Einhörner ihn zu Gesicht bekommen. Und du ...« Er stieß Sam mit dem Finger gegen die Brust. »Vielleicht sollten wir den Einhörnern sagen, dass du in die Minen gehörst.«

»Nein!«, rief Sam. »Bitte nicht! Ich kann das besser. Ich bin so eine große Schmiede bloß nicht gewöhnt und ...«

Der gellende Ton einer Trompete schnitt ihm das Wort ab.

Die Einhörner kommen!, dachte Sam, außer sich vor Angst. Sie hatten rausgefunden, dass er sie belogen hatte, und nun würden sie ihn holen!

Doch dann sah er, dass die anderen Schmiede wild durcheinanderliefen. Ihn hatten sie scheinbar völlig vergessen.

»Was ist los?«, schrie Sam und zog Geerwald am Ärmel, während der einen ganzen Stapel Panzerplatten vom Boden hob.

»Das ist der Alarm, du Idiot«, fauchte Geerwald. »Wir werden angegriffen!«

Wie aufs Stichwort kamen die Einhörner in die Schmiede gestürmt. »Fertige Rüstungen und Waffen ins Arsenal!«, brüllte eins.

»Und zwar schnell!«, befahl ein anderes.

Die Menschen beeilten sich zu gehorchen. »Mach dich nützlich«, schrie eine Frau mit dichten schwarzen Locken und drückte Sam einen Stapel Rüstungsteile in die Arme. »Da lang!«

Er folgte ihr aus der Schmiede und nahm ein paar gierige Züge von der süßen, unverqualmten Luft, während sie über das Gras zu einer weiten, mit einem Baldachin überspannten Fläche liefen. Darunter standen Einhörner in allen nur erdenklichen Felltönen, während die menschlichen Sklaven um sie herumflitzten und ihnen die schweren, mit Stacheln und scharfen Haken bewehrten Kampfrüstungen anlegten. Die Einhornkrieger trugen keine Waffen, sie *wurden* zu Waffen.

Sam setzte seine Rüstungsteile auf dem Boden ab und wollte zurücklaufen, doch die Frau hielt ihm einen der Brustpanzer hin. »Du musst sie den Einhörnern anlegen, Dummkopf!«

Schaudernd sah Sam zu den stampfenden, schnaubenden Einhörnern hinüber, die auf ihre Rüstungen warteten. Außerhalb des Lagers brach Geschrei los. Der Boden erzitterte unter Hufschlägen. Die zum Teil erst halb ausgerüsteten Einhörner stießen die menschlichen Sklaven beiseite und stürmten nach draußen, um sich dem angreifenden Einhornclan entgegenzustellen. Sam ließ den Brustpanzer fallen und rannte mit den anderen Menschen zurück zur Schmiede. Aus dem Augenwinkel sah er Blut spritzen, weit aufgerissene Einhornaugen, das Blitzen von Rüstungen, Hufen und Zähnen. Das Getöse war zehnmal lauter und beängstigender als der Lärm der Schmiede: das grelle Scheppern von Horn auf Metall, die dumpfen Schläge, mit denen Hufe auf Fleisch trafen und bei deren Klang sich Sam der Magen umdrehte. Die Luft war von Wiehern und Knurren erfüllt und Sam und die anderen Menschen befanden sich nah am Kampfgeschehen. Entsetzlich nah.

»Was sollen wir tun?«, rief Sam der Frau zu.

»Uns fernhalten!«, fauchte sie. »Es sei denn, du willst, dass dich der Feuerhufclan als Beute mitnimmt!«

Sie floh zurück in die Schmiede. Sam folgte ihr dicht auf den Fersen. Auf der Türschwelle drehte er sich noch einmal um und warf einen letzten Blick auf den Kampf.

Da, mitten im Getümmel, war ein Mensch! Genauer gesagt, ein Mädchen mit einem zerzausten roten Zopf, der wie ein Kranz um ihren Kopf gewunden war. Lara! Sie rannte im Zickzack über die grasbewachsene Straße, um den gewaltigen Hufen auszuweichen.

Sie läuft weg! Sam konnte nicht fassen, dass er nicht selbst darauf gekommen war. Mitten in der Schlacht würden die Einhörner nicht auf ein paar Menschen achten. Mavens eindringlicher Warnung zum Trotz musste er es einfach versuchen ...

Er sprintete in Laras Richtung, wobei er sich unter einem Huf hindurchduckte und gleich darauf einen schnellen Satz nach links machte, um einem herannahenden Horn auszuweichen. Dann wurde er von einem Huf getroffen. Er rollte sich zusammen und wollte um Gnade flehen, doch da erkannte er, dass die beiden Einhörner ihm keine Beachtung schenkten. Sie hatten die Hörner ineinander verkeilt und versuchten, sich gegenseitig niederzuringen. Hastig wälzte er sich herum und sprang auf, schlug einen Haken um zwei sich aufbäumende Hengste und rannte über ein schmales Stück Straße zu der Stelle, wo Lara unter einem Vordach hervorlugte.

»Ich komme mit«, verkündete er atemlos.

Sie beäugte ihn skeptisch. »Sicher, dass du mit mir mithalten kannst, Stadtjunge?«

Er nickte keuchend.

»Und dir ist klar, was passiert, wenn wir geschnappt werden?«

»Ja.« Er ballte die Fäuste.

»Dann komm«, sagte sie. »Renn mir nach und halt nicht an, bis ich es dir sage.«

Er nickte erneut, doch Lara sah es schon nicht mehr. Sie war bereits losgelaufen. Sam folgte ihr, so schnell er konnte. Sie sprinteten von Zelt zu Zelt, an verlassenen Feuerstellen vorbei, aus dem Lager und in den nahe gelegenen Wald. Sam atmete begierig den Duft der Freiheit ein, bevor er seine müden Beine wieder antrieb, mit Lara Schritt zu halten.

Kapitel 11

Aquilla wurde von den tosenden Winden hin und her geworfen. Salziger Regen prasselte ihr in den Mund, was bedeutete, dass der Sturm vom Meer kam und nun ostwärts über Cavallon zog. Sie kämpfte sich flügelschlagend vorwärts, in der Hoffnung, einen Luftstrom zu finden, der sie tragen würde.

Ihre Mähne stellte sich kribbelnd auf, als dicht neben ihr – zu dicht für ihren Geschmack – ein Blitz vorbeischoss und in einen Berggipfel einschlug. Gleich darauf krachte direkt über ihr ein ohrenbetäubender Donnerschlag. Aquilla bäumte sich panisch auf. Sie musste landen, und zwar sofort!

Sie schaffte es, sich auf einen schmalen Felsvorsprung zu retten, der aus einem der Berghänge ragte. Ihre Hufe fanden auf dem glitschigen Untergrund kaum Halt. Sie legte die Flügel an, presste ihre Flanke gegen die Bergwand und tastete sich so Stück für Stück vorwärts, bis sie auf eine Öffnung stieß.

Gepriesen seien die Sterne, eine Höhle! Das Innere der Höhle war groß genug, dass sie sich problemlos darin aufrichten konnte. Sie schüttelte das Wasser aus den Flügeln und lief weiter hinein, bis sie einen trockenen Platz fand. Der Donner hallte von den Felswänden wider, aber wenigstens war sie hier vor dem Wind und dem peitschenden Regen geschützt.

War Aquoro in diesem Sturm irgendwo da draußen? Aquilla

hoffte, dass er wie sie einen sicheren Unterschlupf gefunden hatte.

Sie gähnte. Bevor sich der Sturm gelegt hatte, würde sie ohnehin nicht weitersuchen können, also konnte sie sich genauso gut ein wenig ausruhen. Sie verteilte ihr Gewicht gleichmäßig auf drei ihrer Beine, sodass das vierte solange entspannen konnte, und schloss die Augen.

Im ersten Moment hielt sie das Rascheln für den Wind, der sich irgendwie in der Höhle verfing. Doch als sie ein Auge aufschlug, um sicherzugehen, sah sie eine dunkle Gestalt, die sich vor dem Eingang abzeichnete. Zwei Beine, zwei Arme, ein runder Kopf ... Ein Mensch! Aquilla erstarrte, aber dann zuckte ein weiterer Blitz über den Himmel, in dessen Licht sie erkannte, dass es sich bloß um ein Menschenjunges handelte, einen Jungen mit zotteligem braunem Haar und der gewobenen Kleidung, wie sie die Menschen aus den Bergdörfern trugen.

Trotzdem: Aus den Sagas ihrer Herde wusste sie, wie hinterhältig die Menschen sein konnten. Als der nächste Donnerschlag den Berg erschütterte, nutzte sie die Gelegenheit, sich in eine dunkle Nische in der Rückwand der Höhle zurückzuziehen. Jetzt musste sie sich nur noch still verhalten und warten, bis der Junge weiterzog.

Dennoch konnte sie es nicht lassen, ihn neugierig zu beobachten, vor allem, als er sich hinkniete und anfing, auf dem Boden herumzuscharren. Bald darauf ertönte ein scharfes Zischen und vor dem Jungen flammte ein Funke auf, dann ein Feuer, das langsam größer wurde. Jetzt konnte sie sein Gesicht besser erkennen – seine Haut hatte die Farbe von Erde und er runzelte konzentriert die Stirn. Aquilla trat auf dem Steinboden von einem Huf auf den anderen. Das Feuer sah warm und einladend aus. Gerne hätte sie sich daran ein wenig die Flanken gewärmt. Es war ihr ein Rätsel, wo der Junge hier trockenen Zunder gefunden hatte. Vielleicht hatte er welchen in seinem Rucksack gehabt, der an der Höhlenwand lehnte. Den Sagas zufolge nutzten die Bergbewohner Feuer für ihre Rituale. Manchmal warfen sie sogar ...

Und tatsächlich: Genau in diesem Moment zog der Junge eine lange weiße Feder aus seinem Rucksack. Eine Pegasusfeder. Er ließ sie ins Feuer fallen und murmelte dabei etwas vor sich hin, so leise, dass sie es nicht verstehen konnte. Der Gestank der brennenden Feder breitete sich in der gesamten Höhle aus. Aquilla verzog angewidert die Nüstern. Laut den Ältesten sammelten die Menschen auch ihre Schweifhaare. Wer konnte wissen, wozu solche Kreaturen imstande waren?

Draußen tobte der Sturm unvermindert weiter, doch an Ausruhen war jetzt nicht mehr zu denken. Aquilla ließ den Jungen nicht aus den Augen, der mit jedem Donnerschlag, der die Höhle erschütterte, näher ans Feuer rückte. Das Gewitter musste inzwischen direkt über ihnen sein.

Ein Blitz zuckte unmittelbar vor der Höhle über den Himmel und tauchte deren Inneres in gleißendes Licht. Als sich Aquillas geblendete Augen wieder an die Dunkelheit gewöhnt hatten, stellte sie fest, dass der Junge sie anstarrte.

»Hey!« Er sprang auf, schnappte sich seinen Rucksack und hängte ihn sich mit einer Hand über die Schulter, während er mit der anderen ein Messer zog. »Bleib, wo du bist!«

Ein Pegasus lässt sich von einem Menschen nichts befehlen!

Aquilla schob sich aus der Nische. Sie breitete die Flügel aus, die sich von einer Wand der Höhle zur anderen erstreckten und mit den Spitzen die Felsen streiften. Sie zitterte am ganzen Körper, aber das schien der Junge nicht zu bemerken. Seine Augen waren riesengroß.

»Bitte steck das Messer weg«, sagte sie.

Der Junge wich einen Schritt zurück. »Komm mir nicht zu nahe!«, rief er.

»Ich will dir nichts tun«, erwiderte Aquilla. »Ich bin bloß hier, um mich vor dem Gewitter zu schützen, genau wie du.« Sie trat noch einen Schritt vor. »Wenn du einfach ...«

»Bleib mir vom Leib!«, schrie er. Hastig stolperte er rückwärts – direkt aus der Höhle. Seine Füße glitten auf dem nassen Stein aus und seine Hände ruderten durch die Luft. Dann kippte er über die Kante.

Aquilla legte die Flügel an, stürzte hinter ihm aus der Höhle und ließ sich in den Abgrund fallen. Sie sah, wie er mit weit aufgerissenem Mund ins Dunkel fiel. Sein Schrei wurde ungehört vom tosenden Wind davongetragen und das Messer blitzte ein letztes Mal auf, bevor es unter ihm im Abgrund verschwand. Dann hatte sie ihn eingeholt.

Er landete unbeholfen auf ihrem Rücken. Ein stechender Schmerz jagte durch ihre Wirbelsäule, während der Junge beinahe wieder abrutschte. Schließlich gelang es ihm, ein Bein hinter ihrem Flügel festzuhaken, wodurch Aquilla jedoch für einen Moment das Gleichgewicht verlor. Der Sturm riss ihren Flügel hoch und sie kippte zur Seite weg. Der Junge schrie.

»Festhalten!«, rief sie genervt. Sie schlug mit den Flügeln und schaffte es, so lange ruhig auf der Stelle zu fliegen, bis er seine Finger in ihre Mähne gekrallt und sich in eine aufrechte Sitzposition gezogen hatte.

Dann richtete sie sich himmelwärts und flog den Berghang steil hinauf. Der Junge stieß einen verärgerten Schrei aus und Aquilla drehte den Kopf, um nachzusehen, was das Problem war. Anscheinend hatte sich die Schnalle seines Rucksacks beim Sturz geöffnet, denn hinter ihnen flatterten regennasse

Pegasusfedern in allen möglichen Farben durch die Luft: silberne und weiße, graue und goldene. *Jetzt sind sie wenigstens wieder da, wo sie hingehören,* dachte sie mit einer gewissen Genugtuung.

Sie neigte ihre Schwungfedern und flog wieder in die Höhle. Kaum dass ihre Hufe den Boden berührt hatten, glitt der Junge von ihrem Rücken und wich mit abwehrend erhobenen Händen vor ihr zurück.

Seine Reaktion war so idiotisch, dass Aquilla nur mühsam ein Lachen unterdrücken konnte. »Ich habe dir gerade das Leben gerettet«, stellte sie klar.

Der Junge drückte sich flach gegen die Wand.

Aquilla seufzte. »Solange es da draußen stürmt, sitzen wir beide hier fest. Wie wär's, wenn wir so lange Frieden schließen und uns die Höhle teilen? Einverstanden?« Sie senkte den Kopf in seine Richtung. Dann fiel ihr ein, dass sich Menschen vermutlich gar nicht mit den Nasen anstupsten, um ein Abkommen zu besiegeln.

»Im Ernst?«, fragte der Junge.

»Ja.«

Der Junge sah sie einen Augenblick lang unschlüssig an. Schließlich sagte er: »Einverstanden.« Er streckte die Hand aus. Im ersten Moment dachte sie, dass er ihr etwas geben wollte, bevor ihr auffiel, dass seine Hand leer war. War das so eine Art symbolisches Geschenk? Machten Menschen das so?

Weil sie nicht sicher war, wie sie darauf reagieren sollte, sagte sie schlicht: »Danke.«

Anscheinend war das die richtige Antwort, denn der Junge ließ die Hand sinken und erwiderte: »Danke, dass du mich gerettet hast.«

Aquilla senkte den Kopf, wie es sich gebührte.

Der Junge ließ sich auf dem Boden nieder und setzte seinen Rucksack ab, dann blies er ins Feuer, wodurch die Flammen aufloderten. »Willst ... willst du dich hersetzen, um dich zu trocknen?«

Aquilla war draußen wieder pitschnass geworden. Regenwasser troff aus ihrem Fell und ihren Federn, daher war sie froh, die Flügel anlegen und sich am Feuer aufwärmen zu können. »Vielen Dank«, sagte sie förmlich.

»Das ist ja wohl das Mindeste.« Er blickte durch die Fransen seines zotteligen braunen Haars zu ihr hoch. »Ich ... ich bin noch nie einem Pegasus begegnet.«

»Und ich noch nie einem Menschen«, antwortete sie.

Danach verfielen sie in ein langes, unbehagliches Schweigen, bis der Junge plötzlich fragte: »Warum hast du mich aufgefangen?«

Aquilla starrte ihn an. Was war das denn für eine Frage? »Weil du sonst gestorben wärst.«

»Aber ... Ich dachte ... Mein Pa hat immer gesagt, Pegasus wären ... na ja, gefährlich.«

Aquilla schnaubte entrüstet. »Kein Pegasus würde ein anderes Lebewesen einfach so sterben lassen. Das ist nicht unsere Art.«

»Oh«, meinte er und sah ins Feuer.

»Wie heißt du?«, erkundigte sie sich.

Nach kurzem Zögern antwortete er: »Jaren Quarto.«

»Ich bin Aquilla, Sechsundneunzigste der Herde. Ist ... ist dein Dorf hier in der Nähe?« Sie versuchte, ihre Frage möglichst beiläufig klingen zu lassen, aber bei allen Sternen – hoffentlich lautete die Antwort »Nein«. Was, wenn sie auf der Suche nach ihrem Bruder direkt neben einer Menschensiedlung gelandet war?

Jaren blieb spürbar auf der Hut. »Nee, das ist ziemlich weit weg.«

Aquilla runzelte die Stirn. »Und was machst du dann hier draußen? Noch dazu bei diesem Wetter?« Die Menschen entfernten sich normalerweise nicht weit von ihren Behausungen, es sei denn, sie hatten keine Wahl.

Jaren spielte mit dem Trageriemen seines Rucksacks und seufzte. »Ich laufe weg. Ich will auf die Festungsinsel. Mein Pa war Seemann, als er jung war, und hat immer gesagt, er würde mir irgendwann die Kalte See zeigen. Hat er aber nie. Stattdessen hat er mich zu meinem Onkel und dessen Frau geschickt, damit ich Schäfer werde. Sehe ich aus wie ein *Schäfer?«* Er schnaubte entrüstet. »In den Bergen ist es stinklangweilig. Ich möchte Cavallon sehen, so wie Pa früher. Aber jetzt muss ich wohl zurück.« Traurig betrachtete er seinen Rucksack. »Deswegen hatte ich die ganzen Peg… diese Federn dabei.« Er sah zu ihr hoch und gleich wieder weg. »Ich wollte sie gegen Essen und einen Platz zum Schlafen eintauschen, bis ich Arbeit gefunden hätte. Ich habe über ein Jahr lang gesammelt. Und dann bin ich heute auf die Felder raus und alles war voll davon. Es waren so viele, deswegen bin ich gleich los. Und dann kam der Sturm.«

Die Herde musste über diese Felder geflogen sein, dachte Aquilla. Bei achtundneunzig Pegasus kamen ganz sicher eine Menge Federn zusammen. Sie hatte sich nie Gedanken darüber gemacht, wie sich das Verhalten ihrer Herde auf die Welt dort unten auswirkte … oder was so ein paar ausgefallene Federn für einen Jungen bedeuten konnten, der von zu Hause weglaufen wollte.

»Ich habe vorhin gesehen, wie du eine Feder ins Feuer geworfen hast«, sagte sie. »Was hatte es damit auf sich?«

»Das ist so ein Ritual bei uns.« Sein Mund verzog sich zu einem schiefen Grinsen. »Das soll die Pegasus fernhalten.«

Zu ihrer Überraschung stellte Aquilla fest, dass sie Jaren mochte. Er war ganz anders, als sie es von einem Menschen erwartet hatte. »Du bist also ein Abenteurer«, überlegte sie. »Ich würde auch gerne mal das Meer sehen. Oder die südlichen Wälder, von denen die Sagas erzählen. Vielleicht auch die Städte.« Kurz fragte sie sich, wie sich die warmen Luftströme im Süden wohl unter ihren Flügeln anfühlen würden. »Aber das geht nicht. Wir Pegasus müssen in den Bergen bleiben.«

Jaren warf ihr einen argwöhnischen Blick zu. »Vor allem nach dem, was in der Freien Stadt passiert ist.«

»Was meinst du?«

»Du weißt schon: Der Angriff auf die Freie Stadt? Bei dem eine Horde Pegasus sie in Schutt und Asche gelegt hat?«

Entsetzt starrte Aquilla ihn an. »Was?«

Jaren zog die Augenbrauen hoch. »Ach ... du wusstest nichts davon?«

»Das ist nicht wahr. Wir waren das nicht. Meine Herde ist friedlich!« Sie sprang auf. Ihre Flügel zitterten, so aufgewühlt war sie. »Glaubst du mir etwa nicht?«

Jaren wich ein Stück zurück, lief aber nicht wieder weg. »Keine Ahnung ... Ich meine, ich glaube dir, dass *du* es nicht warst. Aber vor den Pegasus haben alle Angst. Immerhin habt ihr damals den Krieg vom Zaun gebrochen, von daher ist es nicht so unvorstellbar, dass ...«

»Das stimmt auch nicht!« Aquillas Stimme hallte von den Höhlenwänden wider. »Wir verstecken uns in den Bergen, weil wir *keinen* Krieg wollen. Wir würden nie jemandem Leid zufügen. Und das haben wir auch nie!« Sie stampfte aufgebracht mit den Hufen.

»Schon gut, wenn du das sagst«, brummte Jaren. »Tut mir leid.«

Aquilla blickte in die Flammen. Also hielten die Clans von Cavallon die Pegasus mal wieder für ihre Feinde. Das bedeutete neue Armeen und Kriege, neue Sagas voller Blut und Leid. Und ihre Herde hatte keine Ahnung, was ihr bevorstand.

Draußen hatte der Regen nachgelassen und auch der Donner grollte inzwischen über weiter entfernten Berggipfeln. Aquilla lief zum Höhlenausgang. Jaren, der gerade mit einem Stock im Feuer stocherte, sah überrascht zu ihr hoch.

»Komm«, sagte sie und signalisierte ihm mit einem Kopfnicken, dass er wieder auf ihren Rücken steigen sollte.

Er runzelte die Stirn. »Wo gehen wir hin?«

»Du wolltest doch Cavallon sehen, oder? Ich muss meiner Herde erzählen, was passiert ist – und du kannst dir ein Bild davon machen, wie die Pegasus wirklich sind.«

Kapitel 12

Beeil dich, Alexos!«, rief Lysander über seine Schulter, während er die grasbewachsene Hauptstraße von Coropolis entlanggaloppierte.

Alexos verschleppte das Tempo immer wieder. Er beharrte stur darauf zu gehen – zügig zwar, aber für Lysanders Geschmack nicht zügig genug. Anscheinend versuchte er, im morgendlichen Getümmel noch einigermaßen würdevoll zu erscheinen, doch dafür war Lysander viel zu aufgeregt. Gleich würde er zum ersten Mal seine eigenen Worte in einer Chronik lesen!

Na gut, *größtenteils* seine eigenen Worte. Alexos hatte ihm bei dem Bericht geholfen. Lysander hatte befürchtet, dass Alexos wegen des verlorenen Chronistenpostens sauer sein würde, aber er hätte seinen Freund eigentlich besser kennen müssen. Als Lysander aus der Freien Stadt zurückgekehrt war, hatte er ihm sogleich anvertraut, was die alte Zentaurin ihm dort erzählt hatte, und Alexos war beeindruckt und angewidert gewesen. Drei Stunden lang hatte er Lysander geholfen, alles in Worte zu fassen, so wie sein Vater es verlangt hatte – auch wenn Lysander immer noch fand, dass seine Zeichnung es viel besser wiedergab.

Lysander kam schlitternd vor dem Verkaufsstand zum Stehen

und drückte dem Zentauren dort ein paar Cavals in die Hand. Alexos und er schnappten sich je eine Ausgabe der Chronik mit der Überschrift *Angriff auf die Freie Stadt*. Wie alle Chroniken bestand auch diese aus einem einzigen Blatt Papier, das auf beiden Seiten eng beschrieben war. Die Artikel waren in Gemeinsprache verfasst, die von allen Bewohnern gesprochen wurde, und von den menschlichen Schreibern fein säuberlich kopiert worden. Lysanders Blick huschte über die Berichte von Portia, Eppo, Civalla, seinem Vater ...

Stirnrunzelnd drehte er das Blatt um und überflog den Rest. Jeder Chronist, der in der Freien Stadt gewesen war, hatte einen eigenen Abschnitt ... nur er nicht.

»Mein Bericht ist nicht dabei«, stieß er tonlos hervor.

Alexos schüttelte den Kopf. »Bist du ... bist du sicher, dass du dran gedacht hast, ihn einzureichen?«

»Selbstverständlich! Ich würde doch wohl nicht vergessen, meine allererste Chronik abzugeben, oder?«

»Na ja, weißt du noch, wie du damals deinen Geschichtsaufsatz in dein Skizzenbuch gesteckt und dann vergessen hast ...«

»Ich habe ihn meinem Vater persönlich gegeben! Also, einem seiner Chronisten.« Cassio war natürlich mal wieder zu beschäftigt gewesen, um ihn zu empfangen. Lysander drehte das Blatt erneut um, als würde sein Bericht dadurch wie von Zauberhand doch noch auftauchen. »Ich habe ihn definitiv eingereicht. Portia war bei mir, ich weiß noch, dass sie gesagt hat, meine Schrift sei so unordentlich ... Er ist einfach nicht dabei.«

Alexos erwiderte etwas, doch Lysander bekam es schon nicht mehr mit, denn sein Blick war an einer Zeile im obersten Bericht hängen geblieben:

... achtzehn verschiedene Zentauren befragt, die bezeugen

konnten, dass mindestens fünf Pegasus am Himmel über der Freien Stadt zu sehen waren …

Lysander überflog die restlichen Berichte.

Drei Mitglieder des Stadtrats beobachteten, wie die Pegasus den Friedensvertrag mutwillig zerstörten … Alle befragten Zeugen bestätigen, dass der Angriff von den Pegasus verübt wurde … Bei den geflügelten Kreaturen handelte es sich ohne jeden Zweifel um Pegasus, deren offensichtliches Ziel es ist, wie schon vor hundert Jahren, Krieg über Cavallon zu bringen.

»Lysander?«, fragte Alexos, die hellen Augenbrauen besorgt hochgezogen.

Er schüttelte sich. »Tut mir leid, was hast du gesagt?«

»Ich sagte, da muss ein Fehler passiert sein. Vielleicht ist dein Bericht ja in der nächsten Chronik.«

Lysander senkte den Blick wieder auf das Blatt. Das Wort *Pegasus* schien ihm aus jeder zweiten Zeile entgegenzuspringen. »Ja, vielleicht«, erwiderte er skeptisch.

Über ihnen schlug die Turmuhr und erinnerte sie daran, dass sie zur Arbeit mussten. Alexos hatte eine Stelle an der Hochschule angetreten und unterrichtete eine Klasse junger Zentauren in Philosophie. Obwohl Lysander wusste, dass sein Freund tausendmal lieber Chronist geworden wäre, war er sicher, dass er ein guter Lehrer war. Er hatte immer große Geduld bewiesen, wenn er Lysander bei den Mathehausaufgaben geholfen oder ihm irgendwelche wissenschaftliche Theorien erklärt hatte. Sogar als er ihm mit dem Bericht für die Chronik geholfen hatte, hatte er Lysander kein einziges Mal das Gefühl gegeben, dumm zu sein, wenn er mal wieder ein falsches Wort benutzt hatte.

Lysander verabschiedete sich von Alexos und machte sich auf den Weg zum Turm der Chronisten. Statt in sein Büro zu gehen, marschierte er mit der aktuellen Chronik schnurstracks hoch in den obersten Stock. Fabian, der Assistent seines Vaters, stand wie üblich an seinem Schreibtisch und blätterte hektisch durch einen Stapel Papier. Er wirkte noch gestresster als sonst.

»Ich muss mit meinem Vater sprechen«, sagte Lysander.

Fabian blickte nicht einmal auf. »Der Oberste Chronist kann gerade niemanden empfangen, Lysander. Tut mir leid – hier geht es drunter und drüber. Du wirst einen Termin ausmachen müssen.«

Lysander spürte einen Stich in der Magengrube. Er hatte einen *guten* Bericht geschrieben – na ja, Alexos und er –, und wenn dieser trotzdem nicht als wert erachtet wurde, in die aktuelle Chronik aufgenommen zu werden, dann sollte sein Vater ihm zumindest verraten, warum.

»Das kann nicht warten«, sagte Lysander.

»Ly…«, setzte Fabian an, doch Lysander hatte bereits die Tür zum Büro seines Vaters aufgestoßen.

Überrascht sah Cassio Diomedes auf. Er drehte einen Packen Papiere um, in denen er gerade gelesen hatte, und legte sie hinter sich auf einen Haufen. Der Anblick brachte den Künstler in Lysander für einen winzigen Moment aus dem Konzept: ein Flecken Chaos inmitten all der ordentlichen Stapel.

»Warum war mein Bericht nicht in der Chronik?«, fragte Lysander forsch, schrak dann aber vor seinem energischen Tonfall zurück. »… wenn ich fragen darf?«, fügte er hastig hinzu. »Ich … ich war mir sicher, dass ich etwas Wichtiges herausgefunden habe.«

»Es tut mir schrecklich leid, Lord Diomedes«, beteuerte Fabian, der hinter Lysander herbeigeeilt kam. »Er ist einfach reinmarschiert.«

»Lass uns allein, Fabian.« Cassio ließ Lysander nicht aus den Augen. Er schwieg, bis die Tür ins Schloss gefallen war.

»Dein *Bericht«*, antwortete er, »war einseitig und primitiv. Du hast dich allein auf das wirre Geschwafel einer alten Zentaurin berufen, die nach dem Verlust ihres Habs und Guts unter Schock stand.«

Lysander runzelte die Stirn. »Ich hatte nicht den Eindruck, dass sie unter Schock stand. Sie …«

»Du hast den grundlegendsten aller Fehler begangen.« Sein Vater schüttelte den Kopf. »Du hast dich auf eine einzelne Quelle gestützt, die noch dazu vollkommen unzuverlässig war. Mit Portia hast du eine exzellente Mentorin an deiner Seite. Hast du geschlafen, als sie dir alles erklärt hat? Lysander, *du musst endlich zuhören,* sonst lernst du nie etwas.«

Lysander wandte den Blick ab, weil er die Mischung aus Kälte und Enttäuschung im Gesicht seines Vaters nicht länger ertrug. »Es tut mir leid, Vater«, murmelte er.

»Nun«, erwiderte dieser, »bis du deine Fähigkeiten unter Beweis gestellt hast, wirst du dich erst mal mit alltäglicheren Ereignissen befassen. Da kannst du nicht ganz so viel Schaden anrichten. Vielleicht war es ein Fehler, dich so früh in deiner Laufbahn in die Freie Stadt mitzunehmen. Ich hatte gehofft, dass …« Er brach ab. Seine Worte bohrten sich tief in Lysanders Herz. Sein Vater hatte ihm diese Chance gegeben, weil er endlich einmal stolz auf ihn sein wollte. Und Lysander hatte es ganz offensichtlich vermasselt.

Sein Vater legte die Fingerspitzen aneinander. »Du kannst mit dem Wettbewerb im Bogenschießen an der Hochschule für Geschichte beginnen, der heute Nachmittag stattfindet.«

Lysander unterdrückte ein Aufstöhnen. Er *hasste* Bogenschießen und das wusste sein Vater genau. »Ich … ich werde mich würdig erweisen, Vater.«

Lord Diomedes fixierte ihn mit strengem Blick. »Das erwarte

ich auch. Einige Zentauren sind der Ansicht, dass du es nur auf diesen Posten geschafft hast, weil du mein Sohn bist. Ich erwarte, dass du sie eines Besseren belehrst.«

*

Die seidenen Zuschauerzelte auf dem Gelände der Hochschule für Geschichte waren bezaubernd. Die Kissen, auf denen Coropolis' gesellschaftliche Elite mit ihren eleganten Hüten und Hufspangen Platz genommen hatte, waren bezaubernd. Die gefüllten Weinblätter und Zitronen-Lavendel-Kanapees, die menschliche Bedienstete herumreichten, waren bezaubernd. Das Bogenschießen selbst war bezaubernd – gediegen, zivilisiert und voller höflicher Verbeugungen.

Am liebsten hätte Lysander vor lauter Frust den perfekt getrimmten Rasen zertrampelt. Wenigstens hatte sich Alexos bereit erklärt, ihn zu begleiten, sodass er nicht alleine sitzen musste. Oder, was noch schlimmer gewesen wäre, bei den Freunden seines Vaters. Trotzdem fiel es Lysander schwer, bei der Sache zu bleiben. Wie oft musste er denn noch mit ansehen, wie Pfeile auf Zielscheiben geschossen wurden?

»Das war Temoth Greyside«, raunte Alexos und applaudierte leise mit den Fingerspitzen, wie es sich beim Bogenschießen gehörte. »Er hat schon den letzten Durchgang gewonnen.«

Lysander schrak so abrupt aus seinem Tagtraum hoch, dass er beinahe sein Chronistenbuch fallen ließ. Er hatte schon wieder die Seitenränder mit Zeichnungen vollgekritzelt. Auf dem Schießstand gratulierten die Teilnehmer gerade einem groß gewachsenen Zentauren mit einer blauen Schärpe. Verlegen strich Lysander seine Zeichnung einer geflügelten Kreatur durch. »T-e-m-u-t-h?«, fragte er, während er den Namen notierte.

»… o-t-h«, buchstabierte Alexos. Er sah zu Lysander hinüber. »Alles in Ordnung?«

Lysander seufzte und ließ sich auf ein Liegekissen neben ihm plumpsen. »Ich … ich weiß nicht, ob ich das kann. Diese ganze Chronistensache, meine ich. Ich bin die reinste Katastrophe. Kein Wunder, dass alle denken, ich hätte die Stelle bloß wegen Vater bekommen. *Du* hättest sie verdient gehabt, nicht ich! Ich kann ohne deine Hilfe noch nicht mal einen dämlichen Wettbewerb im Bogenschießen dokumentieren.«

Alexos öffnete den Mund, schloss ihn aber gleich wieder. Schließlich erwiderte er: »Du hast doch gerade erst angefangen, oder? Da ist es normal, dass man Fehler macht. Das heißt noch lange nicht, dass du es nicht kannst.«

»Danke«, sagte Lysander. Er war froh, dass Alexos nicht versucht hatte abzustreiten, dass eigentlich er und nicht Lysander Chronist hätte werden sollen. Denn das wäre eine glatte Lüge gewesen und das wussten sie beide. Mochte ja sein, dass Lysander eine Enttäuschung für seinen Vater war. Sein bester Freund hielt trotzdem weiter zu ihm.

Erneut brandete höflicher Applaus auf und Lysander merkte, dass er auch den nächsten Schützen verpasst hatte. »Wer war das?«

»Wieder Greyside, glaube ich.« Alexos versuchte, einen Blick auf den Schießstand zu erhaschen. »Was ist denn da los?«

Lysander hörte es auch. Die Menge um sie herum hatte sich schon den ganzen Nachmittag in gedämpfter Lautstärke unterhalten, ein leises Hintergrundraunen, das jetzt jedoch spürbar die Tonlage änderte. Zwei Zentaurinnen stolzierten aufgeregt gestikulierend an ihrem Zelt vorbei und er fing einen Teil ihres Gesprächs auf: »… hier in Coropolis! Ist das zu glauben?«

Verwirrt sah Lysander an ihnen vorbei zum Schießstand, wo sich gerade ein großer grauer Zentaur verbeugte und gemäß der Tradition des Bogensports seine Pfeile mit einem kleineren Rotschimmel tauschte. *Über diesen langweiligen Wettbewerb können sie ja wohl nicht so außer sich sein …*

Offenbar dachte Alexos dasselbe. »Verzeihung, die Damen«, rief er, während er sich von seinem Kissen erhob und auf die Zentaurinnen zuging. Lysander sprang ebenfalls auf und folgte ihm. »Könnt Ihr uns vielleicht sagen, was passiert ist?«

»Es ist gerade erst bekannt gegeben worden«, erwiderte die eine Zentaurin, die einen breitkrempigen Hut mit Blumenschmuck trug, der perfekt auf die Blüten an ihrem Schweif abgestimmt war. »In Coropolis soll demnächst ein Gipfeltreffen wegen des Angriffs auf die Freie Stadt stattfinden.«

Lysander und Alexos warfen einander einen Blick zu. Bei dem letzten Gipfeltreffen, das es in Cavallon gegeben hatte, war das Friedensabkommen ausgehandelt worden. Vor genau hundert Jahren.

Die zweite Zentaurin nickte nachdrücklich, sodass die Glöckchen an ihrem Hut bimmelten. »Ja, demnächst versammeln sich Gesandte aller Clans in unserer Stadt. Bis auf die Pegasus natürlich«, ergänzte sie mit einem pikierten Schnauben.

»Coropolis wird der Mittelpunkt von ganz Cavallon sein!«, verkündete die erste, während sie weiterzogen. »So, wie es sein sollte.«

Lysander grinste Alexos an. »Ein Gipfeltreffen! Da gibt es garantiert jede Menge zu dokumentieren. Vater wird gar nichts anderes übrig bleiben, als mich vom Bogenschießen abzuziehen, meinst du nicht auch?«

Alexos nickte eifrig. Seine Augen glänzten. »Und es kommen Angehörige aller Clans zu uns nach Coropolis! Ich habe schon mal ein Einhorn gesehen, aber noch nie ein Kelpie. Außer in Büchern. Und du?«

»Ja, in der Freien Stadt«, antwortete Lysander.

Alexos' Lächeln erlosch. Lysander hätte sich in den Hintern beißen können – schließlich wollte er Alexos nicht andauernd unter die Nase reiben, welche Vorzüge sein Chronistenposten mit sich brachte.

»Aber noch nie ein Kelpie aus der Kalten See«, fügte er schnell hinzu. »Die sind doch ganz anders, oder?«

»Ich frage mich, wann der Gipfel stattfindet«, überlegte Alexos. »Und wo. Im Palast?«

»Komm, lass es uns rausfinden!«, schlug Lysander vor. Jetzt würde er sich noch weniger aufs Bogenschießen konzentrieren können. »Vielleicht können wir ... Ich meine, vielleicht kann *ich* ja einen Bericht darüber schreiben und meinen Vater damit überraschen.«

»Gute Idee!«

Lysander rannte zurück ins Zelt, um seine Tasche zu holen. Vor lauter Eile purzelte ihm der Inhalt beinahe vor die Hufe. Hastig stopfte er seine Bücher und Stifte – und einen angebissenen Muffin – wieder hinein und rannte dann hinter Alexos her nach draußen.

Erst als sie auf der Straße standen, fiel ihm auf, dass seine Tasche zu leicht war. Mit einem Anflug von Panik schaute er hinein, um sich vergewissern, dass er sein Chronistenbuch nicht irgendwo zwischen den Kissen vergessen hatte.

Doch nein, es lag gleich obenauf. Er durchwühlte seine Tasche, um rauszufinden, was fehlte, und stellte fest, dass er das Skizzenbuch und die Mappe mit seinen Lieblingszeichenstiften verloren hatte.

»Was ist los?«, erkundigte sich Alexos. »Hast du was verloren?«

Lysander strich über den Samteinband seines Chronistenbuchs. Worte, keine Zeichnungen. Damit würde er seinen Vater stolz machen.

»Nein«, sagte er. »Ich habe alles, was ich brauche.«

Kapitel 13

Nixis Finger erwachten als Erstes. Sie strichen über etwas Weiches unter ihr. Es fühlte sich angenehm an, ein bisschen wie das taufeuchte Gras im Garten, wo sie früher immer mit ihrer Schwester Mari gespielt hatte.

Langsam öffnete sie die Augen. Ein Teil von ihr erwartete beinahe, blauen Himmel zu sehen, doch stattdessen war sie umgeben von Wänden aus Stein, die in waberndes Licht getaucht waren. Es dauerte zwei Atemzüge, bevor sie erkannte, dass die Wände gar nicht aus Stein waren, sondern aus Korallen. Genauer gesagt, aus lebendigen Korallen. Zwei weitere Atemzüge später ging ihr auf, dass das, was da durch ihren Mund und ihre Nase strömte, keine Luft war, sondern Wasser.

Nixi fuhr erschrocken in die Höhe. *Bin ich tot?* Panisch blickte sie sich um und rechnete schon fast damit, ihre toten Eltern und Geschwister neben ihr zu sehen, doch sie war ganz allein in einer Unterwasserhöhle. Das Weiche unter ihr war Seegras.

Verwirrt strich sie mit der Hand darüber. Dabei fiel ihr Blick auf ihre Arme, die nicht mehr blass und sommersprossig waren, sondern mit silbern, grün und blau schimmernden Schuppen überzogen. Ihr wurde schlecht. Genau solche Schuppen hatte sie gesehen, bevor alles um sie herum schwarz geworden war – und zwar an den Kelpies, die sie angegriffen hatten.

An diesen seltsamen, fremden Armen befanden sich zwei Hände – sie brachte es nicht über sich, sie als *ihre* Hände zu betrachten. Denn da waren lange, scharfe Nägel und Schwimmhäute zwischen den Fingern. Mit wachsendem Entsetzen erkannte sie, dass auch ihre Beine geschuppt waren. Sie hatte Schwimmhäute zwischen den Zehen und klauenartige Fußnägel. Sie fuhr sich mit den Händen übers Gesicht und ertastete scharfe Zähne und spitze Ohren. Ihre kurzen, geflochtenen Zöpfe waren verschwunden und etwas gewichen, das wie Seegras im Wasser wogte. An ihrem Hals zuckten gummiartige Kiemen.

Ein Schrei stieg in ihr auf. Nein, sie war nicht tot. Das hier war viel, viel schlimmer. Sie war noch am Leben, aber sie hatte sich in ein Monster verwandelt!

Nixi sprang von ihrem Seegrasbett auf. Das konnte sie nicht zulassen! Sie musste nach Hause.

Sie hatte es beinahe bis zum Ausgang geschafft, was unter Wasser und mit den ungewohnten Schwimmhäuten zwischen den Zehen gar nicht so einfach war, als plötzlich ein weibliches Kelpie hereinkam. Erschrocken taumelte Nixi zurück.

»Du bist wach!«, rief die Kelpiestute. Ihre Stimme war hoch und schrill. Sie hatte eine blassgrüne Mähne und vielfarbig schillernde Schuppen, die in einer violetten Schwanzflosse endeten. Die Blesse auf ihrer Stirn besaß denselben Violettton. »Mein Name ist Sorsha. Ich werde mich um dich …«

»Hast du mir das angetan? Komm mir ja nicht zu nahe!«, schrie Nixi. Zu ihrer eigenen Überraschung ertönte ihre Stimme genauso klar und deutlich wie die des Kelpies. Sie sah an der Stute vorbei zu der Öffnung zwischen den Korallen und sprintete los, wie sie es zu Hause auch immer getan hatte, um Simeons Gang bei den Docks zu entwischen. Aber die Schwimmhäute waren nicht fürs Rennen gemacht. Sie stolperte und ruderte wie wild um sich.

Das Kelpie streckte einen Huf aus, um ... sie zu stützen? Aber darauf fiel Nixi nicht rein. Sie schubste es beiseite – die Schuppen fühlten sich ganz glitschig an – und arbeitete sich paddelnd und strampelnd zum Ausgang der Höhle vor.

»Warte!«, rief das Kelpie, doch Nixi blickte nicht zurück. Sie stieß sich vom Boden ab und schwamm nach oben. Dank ihrer gruseligen neuen Füße kam sie schnell voran.

Sie schoss förmlich durchs Wasser. Beklommenheit schnürte ihr den Hals zu und sie wünschte, sie könnte vor ihrem monströsen Körper davonschwimmen. Doch mit jedem Schlag ihrer schwimmhautbesetzten Füße gewöhnten ihre Arme und Beine sich ein wenig mehr an das neue Körpergefühl und schon bald pflügte sie locker und geschmeidig durchs Wasser.

Das Licht der Oberfläche lag immer noch in weiter Ferne. Sie schaute zurück, um nachzusehen, ob sie verfolgt wurde – und erblickte zum ersten Mal das Unterwasserreich der Kelpies. Unter ihr lagen eine Seegraswiese und ein riesiges Gebilde aus Felsen und Korallen, das den gesamten Meeresgrund zu ihren Füßen bedeckte. Überall schwammen Kelpies ein und aus oder schlenderten über den felsigen Grund. Ganz in der Nähe kreisten drei Kelpies einen Schwarm Fische ein und trieben sie in ein Netz, das von der Oberfläche herabhing.

Wo sie auch hinsah, entdeckte sie weitere Monster wie sie selbst: menschliche Gestalten mit Kelpieschuppen und Klauen und Schwimmhäuten an Händen und Füßen. Sie schwamm weiter aufwärts, konnte den Blick aber nicht abwenden. Das Licht aus der weit entfernten Welt an Land tanzte auf den schimmernden Kelpieschuppen und verwandelte sie in lebendige Regenbögen. Es war ... wunderschön.

Von wegen wunderschön! Sie haben dich angegriffen!, ermahnte sie sich. So zauberhaft es auch aussah, sie durfte nicht vergessen, was sie ihr angetan hatten. Ihr Herz – war das wenigstens noch dasselbe? – schlug so schnell wie die Flügel eines Vogels, wenn er gegen einen Sturm ankämpfte. Sie musste hier weg, bevor sie sie aufhalten konnten. Sie hatte Dinge zu erledigen, Menschen, die sich auf sie verließen. Sie musste auf Floss und die anderen aufpassen.

Sie brach durch die Wasseroberfläche und sah sich um. In der Ferne konnte sie die Docks der Festungsinsel ausmachen. Unter normalen Umständen wäre diese Strecke schwimmend kaum zu bewältigen gewesen, doch dank ihres neuen Körpers hatte sie die Stege im Nu erreicht und trieb nun leise im Seegras zwischen den hölzernen Pfeilern umher. Im hellen Tageslicht traute sie sich nicht, an Land zu klettern. Sie wartete dicht unter der Wasseroberfläche, bis die letzten Sonnenstrahlen erloschen waren. In der Dunkelheit fühlte sie sich deutlich wohler.

Erleichtert zog sie sich auf die rauen Planken des Docks. Ihre nasse Tunika und Hose klebten ihr am Körper und sie hustete und spuckte eine Weile Wasser. Schließlich jedoch war ihre Lunge frei und nahm den Kiemen das Atmen ab. Sie sog den vertrauten Fischgeruch in der Luft ein, während ihre Muskeln sich erst langsam an das Gewicht ihres Körpers an Land gewöhnen mussten. Vorsichtig schlich sie an den Kistenstapeln vorbei auf das Kopfsteinpflaster der Straße hinaus.

Hinter der Kneipe lungerte eine Gruppe dunkler Gestalten herum. Ihr schlug das Herz bis zum Hals. *Also spukt es hier ja doch!* Aber wenn Monster wie sie real waren, warum dann nicht auch Geister?

Da streifte das Licht einer Straßenlaterne die Gruppe. Die Gestalten waren zu zwölft – und sie schimmerten. Das waren keine Geister. Es waren Monster wie sie! Menschen, die von der dunklen Magie der Kelpies verwandelt worden waren.

Unter Wasser war sie ihnen noch aus dem Weg gegangen, aber hier war das etwas anderes. Sie waren hier, an Land, genau wie sie. Waren sie auch vor den Kelpies geflohen? Vielleicht konnten sie ihr ja helfen.

Nixi schlich sich näher heran. Oder jedenfalls versuchte sie es. Jahrelang hatte sie daran gearbeitet, sich vollkommen geräuschlos zu bewegen, doch mit den Schwimmhäuten zwischen den Zehen war das unmöglich. Zu ihrem großen Ärger platschten ihre Füße laut über das Pflaster.

Noch bevor sie den Mund aufmachen konnte, hatten die anderen sich lächelnd zu ihr umgedreht.

»Oh, eine Neue!«, sagte eine groß gewachsene Frau, die sich Muscheln ins nasse Haar geflochten hatte.

»Willkommen, Liebes«, begrüßte sie ein alter Mann in einer tropfenden grauen Tunika mit abgetrennten Ärmeln. Viele in der Gruppe trugen Kleidung mit abgeschnittenen Ärmeln und Beinen, wahrscheinlich, damit sie sich unter Wasser besser bewegen konnten und der nasse Stoff an Land nicht so schwer war. Was bedeutete, dass sie genügend Zeit gehabt haben, sich mit solchen Dingen zu beschäftigen.

»Wann haben die Kelpies euch erwischt?«, wollte Nixi wissen. Zu ihrer Erleichterung klang ihre Stimme genau wie früher.

»Du meinst, wann sie uns zu Meervolk gemacht haben?«, erwiderte der alte Mann. Als er ihren verwirrten Gesichtsausdruck bemerkte, erklärte er geduldig: »So nennt sich unsere Art. Meervolk. Oder auch Meermenschen, wenn du willst. Jedenfalls sind wir keine Geister, egal, was sich die Inselbewohner erzählen mögen.«

Die anderen lachten.

»Mal sehen. Ich bin jetzt seit … einunddreißig Jahren Meermann, glaube ich. Aber mit Persa kann ich nicht mithalten.« Er deutete auf eine alte Frau mit einem spitzbübischen Ausdruck im faltigen Gesicht. »Sie wurde schon als Kind verwandelt, das heißt, sie ist seit fast sechzig Jahren Meerfrau. Und es gibt einige von uns, die sind noch älter, aber die kommen nicht mehr an Land. Allerdings sind die wenigsten schon so lange dabei.« Er stellte ihr ein paar andere vor. Einen von ihnen erkannte Nixi wieder, einen Austernfischer, der für Kapitän Dobber gearbeitet hatte. Er war vor zwei Jahren auf dem Meer verschollen.

Die große Frau neigte den Kopf und sah Nixi an. »Bist du auch gekommen, um nach deinen Lieben zu sehen?«

»Nein«, antwortete Nixi. »Ich kehre zu ihnen zurück.«

Die Meermenschen wechselten einen Blick, bei dem Nixi unwillkürlich mit ihren neuen scharfen Zähnen knirschte.

»Ach, Schätzchen«, sagte die Frau. »Das ist nicht möglich. Als Meervolk halten wir uns von den Menschen lieber fern. Sie werden sich bloß vor dir fürchten.«

Nixi reckte entschlossen das Kinn. »Meine Freunde werden wissen, wer ich bin.« Sie warf den Meermenschen einen vernichtenden Blick zu. Wie armselig es war, Familie und Freunde heimlich aus der Ferne zu beobachten, weil sie zu viel Angst hatten, sich ihnen zu nähern! »Und *ich* gebe nicht so schnell auf.«

Sie bog in eine der schmalen Gassen, froh, diese Leute hinter sich zu lassen. Mühelos ging sie den Fischern, die ihre Schiffe für die nächtlichen Ausfahrten bereit machten, und den Wachpatrouillen aus dem Weg. Nixi kannte die Abkürzungen und Schlupfwinkel der Festungsinsel wie ihre Westentasche.

Nur das Schleichen fiel ihr deutlich schwerer. Entnervt blickte sie auf ihre schuppigen Füße. Sie glänzten immer noch feucht, obwohl sie schon eine ganze Weile aus dem Wasser raus war. Probehalber berührte sie ihre Hand – sie fühlte sich nass und kalt an. Nixi schauderte, jedoch nicht, weil sie fror. Im Gegenteil: So klamm ihre Haut auch war, ihr selbst war angenehm warm. Sie ballte die Hand zur Faust.

Je schneller alles wieder normal ist, desto besser. Sie musste es einfach nur zum Unterschlupf schaffen, dann konnte sie sich in Ruhe überlegen, wie es weitergehen sollte.

Ihr wurde warm ums Herz, als sie über den Schiffsfriedhof schlich und das wurmstichige alte Schiff in Sicht kam. Sie öffnete den Mund, um die erste Zeile des Erkennungsliedes zu singen, doch die Worte blieben ihr im Hals stecken.

Tief ist der Ozean, dunkel und weit … Warum nur hatte sie ausgerechnet *dieses* Lied ausgewählt?

Vermutlich war es sowieso klüger, sich nicht der ganzen Gang auf einmal zu zeigen, sondern lieber auf jeden einzeln zuzugehen. Sie schob sich durch eine Luke am Heck ins Schiff und schlich die stillen Gänge entlang.

Wahrscheinlich sind sie auf Beutezug, dachte Nixi zufrieden. Gut zu wissen, dass sie in ihrer Abwesenheit nicht auf der faulen Haut lagen. Garantiert hatte Rye versucht, das Kommando an sich zu reißen, doch sie hoffte, dass die anderen schlau genug waren, auf Sylvie zu hören.

Aber im Grunde war das egal. Denn jetzt war sie ja zurück und damit war klar, wer hier der Boss war.

Nixi folgte dem Lichtschein in die Kombüse und fand dort Floss vor, die in einem Topf mit Tomatensoße rührte.

»Floss«, sagte sie zögerlich.

Floss ließ den Löffel fallen und stürmte auf sie zu. »Nixi!«, rief sie. »Du lebst!« Sie schlang ihre dünnen Ärmchen um sie.

»Wie bist du zurückgekommen? Und warum bist du so kalt? Brauchst du eine Decke? Wir ...«

»Es geht mir gut«, versicherte Nixi schnell und machte sich los, bevor Floss die Schuppen an ihren Armen ertasten konnte. Dabei fiel das Licht auf Floss' Gesicht. Nixi schnappte entsetzt nach Luft, als sie den riesigen violetten Bluterguss auf ihrer rechten Wange sah. »Was ist passiert?«

Floss berührte ihre Wange und zuckte zusammen. »Das war... Simeon. Als er mitbekommen hat, dass du weg bist, hat er behauptet, dass er jetzt unser Boss ist. Sylvie hat ihm gesagt, dass wir nicht für ihn arbeiten, aber seine Gang ... Sie schlagen uns, wenn wir uns weigern.«

Nixi biss so fest die Zähne zusammen, dass sie sich in ihre Unterlippe bohrten. Sie schmeckte Blut. »Ich sorge dafür, dass das aufhört«, versprach sie Floss. »Aber ... aber vorher muss ich dir noch was sagen. Als ich untergegangen bin, ist ... etwas mit mir passiert.«

»Was denn?«, fragte Floss und kam näher.

Nixi wich zurück. »Die Kelpies haben mich erwischt und ...«

»Tief ist der Ozean, dunkel und weit«, sang eine Stimme draußen, die nach Rye klang, wenn auch deutlich kratziger, als sie sie in Erinnerung hatte.

»Oh! Die anderen werden sich riesig freuen, dich zu sehen!«, rief Floss, bevor sie das Bullauge öffnete und sang: *»Es lauert in den Wellen manch Kummer und Leid.«*

Nixi zog sich in die dunkle Ecke zurück, wo die erbeuteten Säcke mit Mehl und Getreide lagerten, während die anderen lachend und schwatzend in die Kombüse kamen.

»Das glaubst du nie, Floss!«, krähte Rye. »Wir haben vierzehn Hennen vom Karren eines Bauern geklaut. Er hat es nicht mal mitbekommen, weil die anderen so laut waren.« Seine Stimme klang wirklich sehr kratzig. Ob das mit dem Verband an seinem Hals zusammenhing?

Karah johlte. »Und eine Ecke weiter stellt Sylvie sich ihm dann ganz dreist in den Weg und erzählt ihm, sie wäre ein Bauernmädchen und zum ersten Mal in der Stadt. Fragt ihn, ob er ihr ein Dutzend Hühner abkaufen will, die ihre Ma ihr mitgegeben hat. Und der Trottel macht das auch noch!« Sie hatte einen dicken roten Striemen auf dem Unterarm. Bei dem Gedanken daran, dass Simeons Gang dafür verantwortlich war, genau wie für den Verband um Ryes Hals und Tamins blaues Auge, ballte Nixi die Fäuste.

Sylvie grinste. Nixi war sich sicher, dass die Lücke zwischen ihren Schneidezähnen neu war. War das auch Simeons Werk? »Zwei habe ich für uns aufgehoben«, verkündete Sylvie und zog zwei gerupfte Hühner aus ihrer Tasche. Dann entdeckte sie Nixi. Sie blieb wie angewurzelt stehen und wurde leichenblass.

Die anderen folgten ihrem Blick. Rye stieß einen heiseren Schrei aus.

»Ich bin's«, sagte Nixi, während sie hinter den Mehlsäcken hervorkam und die Arme ausbreitete, um den anderen zu signalisieren, dass sie nichts zu befürchten hatten.

»Bleib, wo du bist!«, schrie Sylvie und hob die Hühner wie einen Schutzschild.

Tamin kreischte auf. »Ein Monster!«

»Geh da weg, Floss!«, rief Karah und zerrte Floss von Nixi weg.

»Wartet, bitte …«, setzte Nixi an, musste sich dann jedoch schnell ducken, weil Granit einen Topf nach ihr warf. Er verfehlte sie und krachte hinter ihr in das Regal mit den Tellern.

»Was ist los mit euch?«, protestierte Floss. »Nixi ist zurück. Seht ihr? Sie lebt!«

»Nein!«, widersprach Sylvie. »Das ... das ist ein Monster. Es tut nur so, als wäre es Nixi. Wahrscheinlich will es uns alle ins Meer locken!«

Verwirrt wandte Floss den Kopf hin und her. »Es ist Nixi!«, wiederholte sie flüsternd, doch niemand hörte auf sie.

Die anderen schnappten sich Kochlöffel und Tellerscherben und umzingelten Nixi. Sie fingen an, mit allem, was sie hatten, sogar mit den beiden gerupften Hühnern, auf sie einzuschlagen. Nixi kauerte sich zusammen und verschränkte ihre klauenhaften Hände über dem Kopf, um sich zu schützen.

»Wir brauchen Feuer, um es zu töten!«, krächzte Rye und die anderen gröhlten zustimmend.

Rye griff sich die Petroleumlampe vom Tisch und schlug damit nach Nixis linkem Arm. Die Flamme leckte zischend an ihrer nassen Haut und gleich darauf versank Nixis Welt in Schmerz. Sie stieß einen gurgelnden Schrei aus. Höllische Qualen fraßen sich durch ihren Körper und sie sah nur noch rot.

Als sie ihre Sinne wieder beisammenhatte, stiegen Dampfwolken aus ihrer Wunde auf. Ihr Atem ging rasselnd und keuchend. Triumphgeheul dröhnte in ihren Ohren.

»Erwischt!«, brüllte Rye.

Jemand verpasste ihr einen Fußtritt. »Verzieh dich, du Freak!«, fauchte Sylvies Stimme.

Nixi schlug mit ihren Krallen nach ihnen und sie wichen hastig zurück. Sylvie zog Floss hinter sich, um sie vor Nixi zu schützen. Nixi stieß ein schmerzerfülltes Heulen aus, rappelte sich auf und ergriff die Flucht, raus aus der Kombüse und runter vom Schiff.

Sie rannte und rannte, bis sie wieder bei den Docks ankam. Tränen strömten über ihre Wangen und sie hielt sich den immer noch dampfenden Arm. Sie hatte sich schon unzählige

Male an der Lampe verbrannt, aber in ihrer neuen Gestalt war der Schmerz um ein Vielfaches schlimmer.

Inzwischen hatten sich weitere Meermenschen hinter der Kneipe versammelt. Nixi versuchte, ungesehen an ihnen vorbeizuhuschen, doch der alte Mann entdeckte sie. »Wir haben ja versucht, dich zu warnen ...!«, rief er und seufzte.

Nixi brachte keine Antwort heraus. Sie schluchzte auf und rannte auf den Steg hinaus.

Zum ersten Mal im Leben war sie erleichtert, endlich unterzutauchen.

Kapitel 14

Sam hatte einen Stein im Schuh, der sich bei jedem Schritt in seine Ferse bohrte, doch er durfte nicht anhalten. Obwohl Lara und er das Lager der Einhörner bereits weit hinter sich gelassen hatten, wagten sie es nicht, langsamer zu werden.

»Du hast die anderen Sklaven doch gesehen!«, hatte Lara gefaucht, als Sam vorgeschlagen hatte, eine kleine Pause einzulegen. »Wenn sonst niemand geflohen ist, als die Schlacht losging, dann deshalb, weil sie wissen, was mit denen passiert, die es probieren. Die Einhörner werden uns jagen.«

»Vielleicht gewinnt ja der andere Clan und sie vergessen uns einfach«, hatte Sam gekeucht und sich die Seite gehalten.

Lara hatte bloß geschnaubt und noch einen Zahn zugelegt. Sam war nichts anderes übrig geblieben, als hinter ihr her- und von Baum zu Baum durch die Heide zu sprinten.

Sie waren um die Mittagszeit aus dem Lager geflohen und die Sonne stand schon tief, als Lara auf einer Hügelkuppe zum ersten Mal anhielt. Sam nutzte die Gelegenheit, sich auf den Boden fallen zu lassen und den Stein aus seinem Schuh zu schütteln.

Lara ließ den Blick über die Ebene zu ihren Füßen schweifen. »Da«, sagte sie und deutete auf ein dichtes Waldstück rechts von ihnen. »Da können wir uns verstecken und kurz ausruhen.

Wenn sie uns folgen, hängen wir sie zwischen den Bäumen leichter ab.«

»Gute Idee«, erwiderte Sam, auch wenn seine Meinung nicht wirklich eine Rolle spielte. Lara war diejenige, die dafür sorgte, dass sie am Leben blieben.

Sie klopfte ungeduldig mit dem Fuß auf den Boden, während er seinen Schuh zuband. Sie wartete, bis er fertig war, bevor sie wieder loslief. Es versetzte ihm einen Stich, als ihm aufging, an wen ihn Lara mit ihrer schroffen Freundlichkeit erinnerte: Nerissa. Wie es der alten Zentaurin in den Ruinen der Freien Stadt wohl erging? Es erschien unvorstellbar, dass er ihr strenges Stirnrunzeln und das verschmitzte Funkeln in ihren Augen nie wiedersehen würde. Dass er nie wieder nach einer Lesestunde aus ihrem Laden schlüpfen, über die Straße laufen und mit seinen Eltern zu Abend essen würde …

Im ersten Moment glaubte Sam, dass es seine traurigen Gedanken waren, die ihn langsamer werden ließen, während er hinter Lara den Hügel hinabstolperte. Doch dann merkte er, dass sein Körper ihm nicht mehr richtig gehorchte: Jedes Mal, wenn er ein Bein hob, zog ihn etwas zurück, weg von dem Wald, auf den Lara zulief, und hinaus in die offene Heide.

»Was machst du denn da drüben?«, rief Lara.

Sie hatten den Fuß des Hügels erreicht, aber sie stand ein ganzes Stück entfernt, viel näher am Wald als er. Sam wusste selbst nicht so recht, wie er mitten auf dieser Wiese gelandet war.

Hier lang, drängte eine Stimme in seinem Kopf. *Beeil dich.* Sam runzelte die Stirn. Die Stimme fühlte sich vertraut an, auch wenn er sicher war, sie noch nie zuvor gehört zu haben.

Er blickte in die Richtung, in die seine Füße laufen wollten. Der Wind strich durchs hohe Gras und rauschte im Laub der vereinzelt stehenden Bäume.

Schließlich ergab er sich der unbekannten Macht und ließ sich von ihr vorwärtsziehen. Er kam sich vor wie das Fährboot auf dem Fluss Avalla in der Freien Stadt, das von einem Fährmann an gespannten Seilen übers Wasser gezogen wurde.

Laras Stimme klang wie aus weiter Ferne, selbst dann noch, als sie direkt neben ihm stand und an seiner Tunika zerrte. »Wir wollten in den Wald, schon vergessen? Um uns zu verstecken? Sam! Was ist los mit dir?«

»Ich weiß nicht«, antwortete Sam schwach. Er hatte nur einen Bruchteil seiner Aufmerksamkeit für sie übrig, der ganze Rest galt dem kleinen Hain vor ihm. Irgendetwas sagte ihm, dass er dort den Eigentümer der Stimme finden würde.

»Sam!« Lara packte ihn am Arm, doch er schüttelte sie ab und rannte los. Seine Erschöpfung war vergessen. Seine Füße rutschten auf dem feuchten Gras immer wieder weg, während ihm das Herz bis zum Hals schlug.

Ich muss ihn finden, dachte er. Er hatte keine Ahnung, wen er suchte; er wusste nur, dass derjenige ganz in der Nähe war, dass er verletzt war, dass er auf ihn wartete ...

Sam bog die Zweige auseinander und blieb abrupt stehen. Seine Nerven waren zum Zerreißen gespannt. Dort, auf dem Boden zwischen den Bäumen, lag ein schwarzes Einhorn.

Es lag ausgestreckt auf der Seite. Seine Augen waren geschlossen und unter der Rüstung hob und senkte sich seine Brust zitternd im Takt seiner flachen Atemzüge. Das rechte Vorderbein war blutverkrustet, wodurch es silbern schimmerte, und stand noch dazu in einem unnatürlichen Winkel ab. Sam war sich sicher, dass es gebrochen war. Das Einhorn war kleiner als die, denen Sam bisher begegnet war – vielleicht war es noch nicht ausgewachsen? –, doch sein dunkles Horn war beeindruckend lang und sah ziemlich tödlich aus.

Es trug die Rüstung des Eisenhornclans.

»Was machst du da?«, zischte Lara. »Wenn wir erwischt werden, bringen sie uns um, erinnerst du dich? Wir müssen hier weg!«

»Ich ... kann nicht«, erwiderte Sam. Er kniete sich neben das Einhorn und betrachtete die schlaffe Unterlippe, die nachtschwarze Mähne. Warum nur kam es ihm so vertraut vor? Sam war sich sicher, dass er es noch nie zuvor gesehen hatte.

Hilf mir, sagte die vertraute Stimme in seinem Kopf.

Schon gut. Ich weiß, was zu tun ist, antwortete er. Das Vorderbein war gebrochen. Hatte er in seiner letzten Stunde bei Nerissa nicht irgendetwas darüber gelesen, wie man einen Knochenbruch schiente?

Verspürte er deshalb diesen überwältigenden Drang, das Einhorn zu versorgen? Weil er in Gedanken bei seiner Freundin, der Apothekerin, gewesen war?

»Wir müssen ihm helfen«, sagte er zu Lara. »Sonst stirbt er.« Während er sprach, suchte er die Umgebung bereits nach Kräutern ab, die die Heilung beschleunigen würden.

»Was?« Lara baute sich so vor ihm auf, dass er sie ansehen musste. »Glaubst du, dieses Einhorn würde das Gleiche für dich tun? Es würde dich mit seinem Horn durchbohren, statt dir zu helfen!«

Sams Blick huschte zu dem glänzenden Horn hinüber, doch es machte ihm keine Angst. »Ich ... ich glaube nicht, dass er das tun würde.« Er schüttelte den Kopf. »Ich kann es nicht erklären, aber ...«

Lara packte seinen Arm und zog. »Wir verschwinden auf der Stelle. Deinetwegen gehen wir noch beide drauf!«

Sam riss sich los. »Dann geh«, erwiderte er. »Ich kann nicht.«

»Du bist doch verrückt.« Lara funkelte ihn wütend an. »Wenn

du gerne dein Leben aufs Spiel setzen willst, bitte. Viel Glück noch, Stadtjunge.« Sie warf ihm einen letzten entnervten Blick zu und verschwand dann so schnell zwischen den Bäumen, dass Sam schon wenige Atemzüge später nicht mehr sagen konnte, in welche Richtung sie gelaufen war.

Er wandte sich wieder seiner Aufgabe zu. Als Erstes machte er sich daran, Kräuter zu sammeln und zwei Äste zu suchen, die nicht zu lang und nicht zu dick waren. Als er gerade den zweiten Ast abbrach, fiel es ihm wieder ein: Lara hatte immer noch die Brosche seiner Mutter im Haar. Das Letzte, was ihm noch von seinen Eltern geblieben war, war fort.

Doch selbst den Schmerz über diesen Verlust spürte er kaum. Lara, Nerissa, seine Eltern – sie alle erschienen ihm wie Gestalten aus einem vergangenen Traum. Nur das Einhorn war real. Nachdem er einige hochgewachsene Blumen gepflückt hatte, mit deren Stängeln er die Schiene befestigen konnte, ging er zu dem Einhorn zurück und berührte nervös das gebrochene Bein. Das schwarze Fell des Einhorns hatte den gleichen Ton wie Sams Augen.

Sam schluckte und machte sich daran, das Bein mit den Ästen zu schienen. Er wusste, dass er bereit sein musste, jederzeit beiseitezuspringen, falls das Einhorn aufwachte und beschloss, ihn aufzuspießen. Und doch spürte er tief in seinem Innersten, dass das Einhorn ihm nichts tun würde.

Während er die Schiene festzog, begann das Einhorn, sich zu regen, und stieß ein tiefes Stöhnen aus. Sam wich zurück, wobei er mit der Hand die Spitze des Horns streifte.

Ein seltsames Gefühl durchfuhr seinen Körper. Ihm wurde heiß, dann kalt und er fühlte sich gleichzeitig atem- und irgendwie schwerelos, als wäre er an einem Sommertag in einen kalten Fluss gesprungen. Er schnappte nach Luft.

Was war das?, fragte die Stimme in seinem Kopf. Sie klang genauso verwirrt, wie er sich fühlte.

Sam schüttelte den Kopf. Er hatte seit dem Vorabend nichts mehr gegessen. Außerdem hatte er kaum geschlafen, seit er aus der Freien Stadt geflohen war. *Vielleicht bin ich so müde, dass ich anfange, mir Dinge einzubilden,* dachte er, auch wenn er insgeheim wusste, dass das nicht stimmte.

Mithilfe eines Steins zerrieb er den Beinwell, den er gesammelt hatte, mit etwas Schlamm zu einer Paste und schmierte die offene Wunde des Einhorns damit ein. Dann begab er sich auf Nahrungssuche. Er fand ein paar Walderdbeeren und Haselnüsse, die er mit einem Stein knackte. Die Früchte waren unglaublich süß und ihr Saft rann wohltuend durch seine ausgetrocknete Kehle.

Er erneuerte die Schlammpackung jede Stunde und nutzte die Zeit dazwischen, um sich, gegen den Stamm einer großen Eiche gelehnt, ein wenig auszuruhen. Währenddessen ging im Westen langsam die Sonne unter. Viel gebracht hatten die paar Beeren und Nüsse offenbar nicht, denn als Sam sich in der Dämmerung aufrappelte, um erneut nach der Wunde des Einhorns zu sehen, war er so schwach, dass seine Beine unter ihm wegknickten wie bei einem neugeborenen Fohlen. Sein Kopf fühlte sich bleischwer an und er kroch auf allen vieren auf das Einhorn zu.

Vorsichtig schabte er die Schlammpackung ab und nahm die Wunde in Augenschein. Er hatte Mühe, scharf zu sehen, konnte aber immerhin noch erkennen, dass der Riss in der Haut bereits kleiner geworden war. Er blinzelte verwirrt. Eine derartige Wunde brauchte normalerweise Wochen, um zu verheilen. Hatte er die Zeit aus den Augen verloren? Vielleicht waren inzwischen Tage verstrichen, nicht bloß Stunden?

In seinem Kopf dröhnte ein hämmernder Kopfschmerz. Er legte sich auf den Boden und atmete tief durch den Mund ein und aus. Seine Hände krallten sich ins Gras.

Er nahm ein Rasseln neben sich wahr. Unter Schmerzen drehte Sam den Kopf. Die Rüstung des Einhorns klapperte, als es Luft holte und das gebrochene Bein streckte, wobei einer der Blumenstängel riss. Es hielt die Augen weiter geschlossen, doch seine Züge entspannten sich sichtlich und seine Atmung ging jetzt gleichmäßiger.

Panik stieg in Sam auf. Irgendwie wurde das Einhorn kräftiger, während er selbst immer schwächer wurde. Probehalber streckte er einen zitternden Finger aus und berührte das Einhorn am Hals. Wieder durchfuhr ihn dieses kalte Gefühl und er zuckte zurück. Das Einhorn stieß einen zufriedenen Seufzer aus.

Sams Herz raste. Darauf hatte Nerissas Buch ihn nicht vorbereitet. Was hatte er sich nur gedacht? Er hätte auf Lara hören sollen ...

Er schaffte es, sich auf den Bauch zu rollen und auf die Ellbogen zu stützen. Vielleicht war es noch nicht zu spät, Lara einzuholen. Vielleicht wusste sie ja, was zu tun war. Mit einer Kraftanstrengung, als würde er einen ausgewachsenen Zentauren heben, stemmte er sich vom Boden hoch. Er war kaum in der Lage, sich auf den Beinen zu halten, und musste sich an einem Baumstamm abstützen. In Sams Kopf drehte sich alles. Nach zwei wackeligen Schritten erkannte er, dass er außerstande war, Lara zu folgen. Er musste einfach nur schlafen. Dringend schlafen ...

Nicht auf dem Boden, du Dummkopf, sagte die Stimme in seinem Kopf.

»Ich weiß«, nuschelte Sam. Sein Blick war inzwischen so verschwommen und seine Muskeln so schwach, dass er drei Anläufe brauchte, bis es ihm gelang, sich am Baumstamm hochzuziehen und in einer Astgabel niederzulassen. Sein ganzer Körper war schweißgebadet. Er lehnte sich gegen die Rinde und verlor das Bewusstsein.

Kapitel 15

Aquilla hätte es nie auch nur im Traum für möglich gehalten, dass sie einmal hier enden würde: versteckt hinter einer Mauer, von der aus sie das Dorf unter ihr beobachtete. Ihre Nüstern kribbelten, weil der Menschengeruch so intensiv war – *zu nah!,* schrien all ihre Instinkte und drängten sie zur Flucht –, und der grüne Rauch, der von einem großen Holzhaufen in der Dorfmitte aufstieg, tat sein Übriges.

»Grün heißt, dass es Neuigkeiten gibt!«, hatte Jaren gerufen, als sie die Rauchzeichen aus der Ferne bemerkt hatten. »Vielleicht geht es um den Angriff auf die Freie Stadt!«

Sosehr sie auch zu ihrer Herde zurückwollte, sie gab Jaren recht, dass es schlauer war, zuvor so viele Informationen zu sammeln wie möglich. Also hatte sie sich am Rande des Dorfes versteckt, während er hineingelaufen war, um mehr in Erfahrung zu bringen.

Oder zumindest hatte er das *behauptet.* Je länger sie wartete, desto eindringlicher fragte sie sich, ob es ein Fehler gewesen war, ihm zu vertrauen. Bei allen Sternen, sie hatte ihm sogar von ihren Sorgen um Aquoro erzählt! Vielleicht hatte er bloß eine Ausrede gebraucht, um von ihr wegzukommen. Oder schlimmer noch: Vielleicht versammelte er gerade die Dorfbewohner, um sie anzugreifen. Hatten die Ältesten sie nicht gewarnt, dass die anderen Bewohner Cavallons nicht so friedliebend waren wie die Pegasus?

Ich gebe ihm noch bis zum Sonnenuntergang, dachte sie, *dann verschwinde ich.*

Doch der Nachmittag zog sich dahin. Während ihr Risiko, entdeckt zu werden, mit jeder Stunde größer wurde, nahm die Wahrscheinlichkeit, dass Jaren wieder auftauchen würde, immer weiter ab. Dreimal hatte sie die Flügel schon ausgebreitet, um davonzufliegen, und dreimal hatte sie es sich im letzten Moment anders überlegt.

Sie beobachtete gerade, wie sich der Himmel am Horizont langsam zartrosa verfärbte, als sie Schritte näher kommen hörte.

»Aquilla!«, zischte Jaren. »Bist du da?«

»J-ja«, stotterte Aquilla erleichtert.

Jaren kletterte über die Mauer und strich ihr über die Mähne. Hatte er etwa auch Angst gehabt, dass sie ohne ihn verschwinden könnte?

»Hast du Hunger?«, fragte er und wühlte in seinem Rucksack, bis er einen gegrillten Hähnchenschlegel zutage förderte. »Ich dachte, am ehesten erfährt man wohl in der Taverne, was es Neues gibt, deswegen habe ich im Austausch gegen Essen das Klo geputzt. Ich hab was für dich aufgehoben.«

Aquilla wusste die Geste zu schätzen, doch der beißende Geruch von verbranntem Fleisch ließ sie den Kopf abwenden. »Lieb von dir, aber nein danke. Ich gehe nachher im Wald auf die Jagd.«

Jaren zuckte mit den Schultern und biss herzhaft in den Hähnchenschlegel. »Das ganze Dorf redet über die Freie Stadt«, berichtete er mit vollem Mund. »Die Zentauren haben unten im Süden ein Gipfeltreffen wegen des Angriffs einberufen.« Er schluckte und wischte sich mit dem Ärmel den Mund ab. »Da solltet ihr Pegasus unbedingt auch hin.«

Aquilla sträubte ihre Federn. »Du weißt, dass wir uns lieber von den anderen Clans fernhalten.«

»Ja, aber keiner versteht, warum.« Er nahm noch einen Bissen. »Sie glauben, ihr hättet sie angegriffen. Ihr müsst ihnen klarmachen, dass ihr nichts damit zu tun hattet.«

»Würden sie uns denn glauben?«

Jarens Augen waren groß und dunkel. »Keine Ahnung. Aber wenn ihr nicht hingeht, werden sie euch garantiert für schuldig halten.«

Aquilla nickte. Sie reckte den Hals und lugte über die Mauer, um sicherzugehen, dass niemand in der Nähe war, dann breitete sie die Flügel aus. »Komm.«

Jaren nahm noch zwei schnelle Bissen von seinem Hähnchenschlegel, bevor er ihn wegwarf und auf ihren Rücken kletterte. Schwankend erhob sie sich in die Lüfte. Ihre Muskeln zuckten unruhig, weil sie sich immer noch nicht ganz an das fremdartige Gefühl seiner Beine hinter ihren Flügeln gewöhnt hatten. Jaren dagegen schien sich in der Luft schon deutlich wohler zu fühlen als bei ihrem Aufbruch aus der Höhle. Sein Körper war nicht mehr so angespannt und er stieß sogar ein freudiges Juchzen aus, als sie sich von einem Luftstrom hoch über die Wolken tragen ließ.

Aquilla musste lachen. »Festhalten!«, rief sie und flog ein paar Loopings. Sie drehte den Kopf nach hinten, um sein begeistertes Grinsen zu sehen.

Es war also doch kein Fehler gewesen, ihm zu vertrauen. Jaren war wirklich ihr Freund.

Aquilla kreiste am Himmel, bis sie wieder wusste, wo sie war, und machte sich dann auf den Weg zum neuen Schlafplatz der

Herde. Sie landete auf einem lang gezogenen Felsvorsprung, der ein ganzes Stück unterhalb des Gipfels aus dem Berghang ragte, und setzte Jaren hinter einer Schneewehe ab.

»Keinen Mucks«, warnte sie.

Sein Blick verriet ihr, dass sie sich diesen Hinweis hätte sparen können. Auch wenn er ihr inzwischen vertraute, galt das noch lange nicht für den Rest der Herde.

Aquilla breitete die Flügel aus und schwang sich zum Gipfel auf. Sie landete auf der eisglatten Oberfläche, reckte den Hals und stieß das hohe, schrille Wiehern aus, das die Herde zusammenrief. Wenige Augenblicke später erschienen die ersten Pegasus am Abendhimmel und sanken im Licht der aufgehenden Sterne zu ihr herab. Wie immer zählte Aquilla mit. Auch nachdem die kleine Zadia als Siebenundneunzigste der Gruppe gelandet war, suchte Aquilla den Himmel noch nach Aquoros nebelgrauem Fell ab. Wieder spürte sie den schmerzhaften Kloß in ihrem Bauch, als sie ihn nirgends ausmachen konnte.

Rostro senkte sein ergrautes Haupt. »Sprich, Aquilla, Sechsundneunzigste der Herde«, sagte er. »Warum hast du uns herbeigerufen?«

Aquilla schluckte schwer. »Es gab einen Angriff auf die Freie Stadt«, berichtete sie. »Ganz Cavallon glaubt, dass wir dahinterstecken.«

Die Herde verfiel in fassungsloses Schweigen.

»Wie können sie so was nur denken?«, fragte Rostro schließlich.

Jetzt wurden auch die Stimmen der anderen laut. Es war, als hätte Rostro mit seinen Worten eine Lawine losgetreten.

»Wir hatten seit dem Krieg nichts mehr mit den restlichen Clans von Cavallon zu tun!«

»Hundert Jahre ist es her und sie denken noch immer …«

»Warum sollten wir die Freie Stadt angreifen?«

Odelia schlug mit den Flügeln, um die anderen zum Schweigen zu bringen. »Wie hast du davon erfahren, Aquilla?«

»Als ich auf der Suche nach Aquoro war.« Aquilla wählte ihre Worte mit Bedacht. »Ich habe mich in der Nähe eines Dorfs versteckt und einen Menschen darüber reden hören.«

Odelias Flügel zuckten. »Was hattest du in der Nähe der Menschen zu ...«

Sie wurde von einem erschrockenen Wiehern unterbrochen. Aquilla fuhr herum und sah Zadia, die von der Bergkante auf sie zugaloppiert kam. »Ein Mensch!«, rief Zadia. »Da unten!«

Aquillas Herz setzte einen Schlag aus. Zadia musste Jaren gewittert haben und neugierig geworden sein.

»Ein Spion!«, brüllte jemand.

Fetos und ein paar andere Hengste schwangen sich auf und segelten auf den Felsvorsprung zu, doch Aquilla stürzte hinter ihnen her und versperrte ihnen den Weg.

»Zur Seite!«, blaffte Fetos.

»Er ist kein Spion!«, schrie sie. »Er ist mein Freund!« Auf dem Felsvorsprung unter ihnen war Jaren hinter der Schneewehe hervorgekommen. Er blickte ihnen entgegen und hielt die geöffneten Hände ausgestreckt vor sich – vermutlich, um zu zeigen, dass er keine Gefahr darstellte, dachte Aquilla. Er zitterte am ganzen Leib.

»Das ist Jaren«, erklärte Aquilla. »Er war es, der mir von dem Angriff auf die Freie Stadt erzählt hat. Er ist mein Freund.«

Inzwischen hatte sich die gesamte Herde in die Luft erhoben. Sie umkreisten den zitternden Jungen auf dem Felsvorsprung. Zadia hielt sich dabei eng an ihren Vater und auch einige der anderen wirkten verängstigt. Nur wenige von ihnen waren einem Menschen je so nahe gekommen.

Rostro ließ sich hinabsinken, bis er auf einer Höhe mit Jaren war, und verharrte neben dem Felsvorsprung in der Luft. Seine Flügelschläge wirbelten Schneewehen auf, die hinter Jaren ins Tal stoben. Jaren fiel auf die Knie und stotterte: »Bitte tötet mich nicht!«

Die Pegasus wechselten einen verwirrten Blick. Ein paar Jungtiere bäumten sich überrascht auf.

»Natürlich töten wir dich nicht, Mensch«, erwiderte Rostro sanft. »Wofür hältst du uns?«

»Aber du musst sofort verschwinden«, ergänzte Odelia, die an Rostros Seite herabgeschwebt war. Die restlichen Ältesten nickten bekräftigend.

Das mussten sie Jaren nicht zweimal sagen. Er sprang auf, hangelte sich über den Rand des Felsvorsprungs und kletterte den Hang hinunter.

Verzweifelt sah Aquilla ihm nach. Was würde er jetzt von ihrer Herde denken?

»Aquilla«, sagte Odelia streng und Aquilla stellte fest, dass die gesamte Herde sie wütend anfunkelte. »Du hast etwas Schreckliches getan.«

»Aber der Angriff!«, rief sie. »Die Zentauren berufen deswegen ein Gipfeltreffen ein und wir müssen dahin und ihnen sagen ...«

Odelia schüttelte den Kopf. »Mag sein, dass der Mensch die Wahrheit gesagt hat.« Ihr Tonfall ließ jedoch vermuten, dass sie das für eher unwahrscheinlich hielt. »Aber du hast den Aufenthaltsort der Herde preisgegeben, indem du ihn hierher gebracht hast. Das heißt, wir müssen wieder weiterziehen. Wie bei allen Angelegenheiten, die die Herde betreffen, stimmen wir darüber ab.«

Ihre Worte schmerzten. Die Herde landete wieder auf dem

Berggipfel und die Abstimmung begann. Rostro stimmte fürs Weiterziehen und die anderen schlossen sich ihm an. Auch Aquilla murmelte »Weiterziehen«, als sie an der Reihe war – obwohl es für Aquoro dadurch noch schwieriger wurde, sie zu finden. Außerdem würden sie die anderen Clans nur in ihrer Einschätzung bestärken, dass die Pegasus für den Angriff verantwortlich waren, wenn sie dem Gipfeltreffen fernblieben. Aber sie hatte die Enttäuschung in den Mienen der anderen gesehen. Sie hatte ihre Herde heute schon einmal in Gefahr gebracht. Das konnte sie nicht noch mal tun.

Als auch Zadia, die von ihrer Begegnung mit Jaren immer noch so erschüttert war, dass sie kaum mehr als ein verängstigtes Piepsen zustande brachte, ihr Votum abgegeben hatte, erhob sich die Herde in die Lüfte. Sie würden im Schutz der Dunkelheit auf die Jagd gehen und sich dann auf die Suche nach einem neuen Schlafplatz machen. Rostros Stimme schallte durch die Lüfte, als er begann, die Saga vom Rückzug der Pegasus in die Berge zu erzählen.

Aquilla ließ die anderen vorausfliegen. Sie hatte keine Lust zuzuhören. In ihr brodelte es. Erkannten Rostro und die anderen denn nicht, dass es ihrer Herde kein bisschen geholfen hatte, sich vor dem Rest von Cavallon zu verstecken? Sie saßen hier in den Bergen fest und ihre Herde schrumpfte zusehends, während die anderen Clans sie unvermindert weiter hassten und fürchteten.

Das konnte sie nicht akzeptieren.

Sie musste Cavallon die Wahrheit über den Angriff auf die Freie Stadt erzählen.

Und sie musste ihren Bruder finden.

Als die Nacht am dunkelsten war, löste Aquilla sich heimlich aus der fliegenden Herde. Schweren Herzens sah sie zu, wie die anderen sich langsam entfernten. Sie ließ die rauschenden Luftströme, die ihr Auftrieb gaben, über sich hinwegziehen, während sie immer weiter zurückfiel.

Ihr werdet mir fehlen, dachte sie, als sie in die dichten Wolken abtauchte, *aber vor der Welt davonzufliegen, bringt uns auch nicht weiter.*

Die Wolkendecke war so dicht, dass das Mondlicht kaum bis zum Berghang durchdrang, doch dank ihrer empfindlichen Nüstern konnte sie Jaren trotzdem leicht aufspüren. Sie war überrascht, wie weit er gekommen war; er hatte beinahe den Fuß des Berges erreicht und kämpfte sich gerade durch ein Gestrüpp aus gefrorenen Ginsterbüschen. Die Angst musste ihm Beine gemacht haben.

Aquilla landete neben ihm. »Tut mir leid«, brach es aus ihr hervor. »Ich hätte dich nicht herbringen ...«

»Ist schon gut«, erwiderte Jaren schnell. »Meine Familie hätte wahrscheinlich auch nicht anders reagiert, wenn ich dich nach Hause gebracht hätte, oder?« Er legte die Stirn in Falten. »Wie hast du mich eigentlich so schnell gefunden?«

»Ich habe dich gewittert«, antwortete Aquilla. »Erinnerst du dich noch an das Klo, das du geputzt hast?«

Jaren fing an zu lachen und Aquilla wurde es ein wenig leichter ums Herz.

»Ich will zu dem Gipfeltreffen der Zentauren«, verkündete sie. »Um für meine Herde einzutreten.«

Jaren nickte ernsthaft. »Cavallon muss die Wahrheit erfahren. Aber ... das wird ziemlich gefährlich für dich.«

Aquilla spürte einen Kloß im Hals. Das war ihr längst klar. Wenn die anderen Clans glaubten, dass die Pegasus hinter dem Angriff steckten, wie würden sie dann auf sie reagieren? Doch in allen Sagas hieß es, die Zentauren seien kultiviert und gerecht, daher hoffte sie, dass sie sie zumindest anhören würden. »Ich muss da einfach hin. Sie müssen erfahren, dass …«

»Das ist gefährlich für dich«, wiederholte Jaren. »Deswegen komme ich mit und werde für dich aussagen.«

Aquilla sah ihn ungläubig an. »Obwohl dich meine Herde so behandelt hat?«

Jaren erwiderte ihren Blick. »Betrachte es als Wiedergutmachung dafür, dass du mir das Leben gerettet hast.«

Aquilla war sprachlos.

»Können wir gleich losfliegen oder ist es dafür zu dunkel?«, fragte er und schielte hoch zum Himmel.

Wie aufs Stichwort teilten sich die Wolken und der Berghang erstrahlte im Mondlicht. Aquilla fühlte eine Mischung aus Hoffnung und aufgeregter Vorfreude in sich aufsteigen. Sie würde ihrer Herde helfen und ihren Bruder finden – mit Jaren an der Seite.

»Na, dann los«, sagte sie und ging in die Knie, damit Jaren auf ihren Rücken klettern konnte.

Sie drückte sich ab, wobei sie etwas Geröll lostrat, das hinter ihr den Berghang hinunterprasselte, und erhob sich in die Lüfte. Ein letztes Mal umkreiste sie den Gipfel, um sich von ihrem Zuhause, dem Wolkengebirge, zu verabschieden, dann wandte sie sich in Richtung Süden. Auf nach Cavallon.

Kapitel 16

Der Hain rief nach Sam, als er die Grasebene überquerte, deren Halme um ihn herum im Wind wogten.

Ich bin hier, sagte die Stimme in seinem Kopf.

Sam drückte einen Ast beiseite, doch der Ast schob ihn zurück. Und dann erwachten die Bäume um ihn herum zum Leben, zerrten an seinen Kleidern, peitschten auf ihn ein.

Aber Sam konnte nicht umkehren. Das Einhorn wartete hinter den Bäumen auf ihn. Das wusste er. Er kämpfte sich durch die widerspenstigen Äste und brach einen ab, um die anderen zur Seite zu schlagen. Schließlich erreichte er die Lichtung.

Dort stand das schwarze Einhorn aufrecht in seiner stachelbesetzten silbernen Rüstung. Von der Verletzung war nichts mehr zu sehen. Sein dunkles Horn glänzte im Mondlicht.

Tordred, sagte Sam in Gedanken. Es war Feststellung und Begrüßung zugleich. Dies war der Name des schwarzen Einhorns, das wusste Sam tief in seinem Inneren.

Sam, erwiderte das Einhorn. Es kannte ihn also auch.

Sam trat näher. Dabei schossen ihm Bilder durch den Kopf – Bilder aus Tordreds Vergangenheit, begriff er instinktiv. Der Tod seiner Eltern in der Schlacht gegen den Flammenschweifclan. Seine Ausbildung beim Waldregiment, dem er sich gegen seinen Willen hatte anschließen müssen. Das Lachen der anderen Einhörner über seine eher schmächtige Gestalt.

Tordred stand da und hielt den Blick auf Sam gerichtet. Seine Miene war ernst, aber entspannt. Sah er auch Bilder, Bilder aus Sams Vergangenheit? Es schien fast so. Vor allem, als Tordred den Kopf senkte und in Gedanken zu Sam sagte: *Mein Beileid wegen deiner Eltern.*

Gleichfalls, erwiderte Sam. Er versuchte, den Mund zu öffnen und Sam zu fragen, warum er nicht bei seinem Clan war, doch stattdessen nahmen die Worte den Weg über die Gedankenbrücke, die irgendwie zwischen ihnen existierte.

Ich wurde zurückgelassen, um zu sterben, antwortete Tordred und musterte sein rechtes Vorderbein. *Im Eisenhornclan gelten Verletzungen als ein Zeichen von Schwäche.*

Sam folgte seinem Blick. Tordreds Bein war vollständig verheilt, als sei es nie gebrochen gewesen. Sams Schiene und Schlammpackung waren verschwunden und auf dem dunklen Fell war keine Spur von Blut mehr zu erkennen.

Wie ist das möglich?, fragte Sam.

Bevor Tordred antworten konnte, verschoben sich die Bäume um sie herum. Die Äste tanzten im Wind. Plötzlich neigte sich der Boden und Sam verlor das Gleichgewicht.

Als er sich wieder aufrichtete, standen Tordred und er auf einem hölzernen Untergrund. Ratlos starrte er die grün angemalten Formen unter seinen Füßen an.

Wo sind wir?, fragte er Tordred.

Er spürte, dass das Einhorn ebenso verwirrt war wie er. Dann polterte etwas auf sie zu und sie sprangen hastig beiseite. Sam schaute den beiden hüfthohen Klötzen nach, die sie beinahe überrollt hätten. Sie hatten Punkte auf allen sechs Seiten.

Würfel, dachte er. *Genau wie bei ...*

Sam hob ruckartig den Blick. Dort hinten stand der Turm am Marktplatz der Freien Stadt, doch er war hundertmal größer, als Sam ihn in Erinnerung hatte. Was daran lag, dass Tordred und er nicht auf dem Marktplatz standen und »Waffenstillstand« spielten – nein, sie selbst waren die Figuren auf dem Spielfeld.

Wir befinden uns in einer Partie »Waffenstillstand«, sagte er zu Tordred, als würde das auch nur irgendetwas erklären. Er kniff die Augen zusammen und konnte eine dunkle Gestalt ausmachen, die über ihnen kreiste. Das Sonnenlicht spiegelte sich funkelnd in den Schuppen an ihrem langen Hals und blitzte hinter ihren fledermausartigen Flügeln auf. Sie sah aus wie eine der Kreaturen, die die Freie Stadt angegriffen hatten.

Wer ist das?, wollte Tordred wissen. Vor Sams innerem Auge tauchte das Bild eines Menschen auf, den Tordred an einem Ende des Spielfelds erspäht hatte. Sam fuhr herum und entdeckte ein blasses, sommersprossiges Mädchen mit kurzen geflochtenen Zöpfen, das auf dem blauen Teil des Spielfelds stand, der die Festungsinsel umgab. Dies musste ihr Spielzug sein, denn sie sah unglücklich zu den riesigen Würfeln hinüber, bevor sie die Arme ausstreckte und ins Blau sprang.

Doch das Blau vor ihr war kein Wasser, sondern nur bemaltes Holz. Sie traf mit solcher Wucht darauf auf, dass das Brett zerbarst. Die Haut des Mädchens riss auf und fiel wie Scherben von ihr ab. Darunter kam ein schuppiges Wesen mit Klauen zum Vorschein. Sie kauerte sich auf ihre Hinterbeine und wartete.

Sind wir jetzt an der Reihe?, fragte Tordred.

Sam wusste nicht, warum Tordred so sicher war, dass sie als Team zusammenspielen sollten – kein anderer schien einen Partner zu haben –, aber er spürte instinktiv, dass er recht hatte. Tordred und er würden von nun an gemeinsam weiterziehen.

Das Brett erzitterte unter dem nächsten Würfelwurf. Hinter ihnen ertönte ein gewaltiges Brüllen. Sie fuhren herum und entdeckten eine gehörnte Gestalt auf dem braunen Teil des Spielfelds, der für das Wolkengebirge stand.

Sam kniff die Augen zusammen. Seine Angst wuchs mit jedem Detail, das er ausmachen konnte: spitze, gebogene Hörner. Ein Gesicht, das an einen wütenden Stier erinnerte. Muskulöse Arme, große, menschenähnliche Hände. Zwei stämmige Beine mit gewaltigen Hufen. Es war eine Kreatur aus einer längst vergangenen Zeit, einer Zeit vor dem Krieg, vor der Herrschaft der Menschen und Pferdeclans.

Ein Minotaurus. Das Wesen zog mit drei Riesenschritten durch das aufgemalte Gebirge. *Ich glaube, wir sollen ihn bekämpfen,* sagte er zu Tordred. *Ich vermute, deswegen sind wir hier.*

Wenn wir den Minotaurus besiegen, lässt das Spiel uns dann gehen?, fragte Tordred.

Es gibt nur einen Weg, das herauszufinden, erwiderte Sam.

Als die Würfel das nächste Mal über das Spielfeld donnerten, spürte Sam, wie ihn etwas in Richtung des Minotaurus zog. Der Sog war fast so stark wie das Gefühl, das ihn in den Hain und zu Tordred gelenkt hat. Mit Tordred an seiner Seite machte er vier große Schritte auf das Gebirge zu. Dann rührten sich ihre Füße und Hufe nicht mehr vom Fleck, was bedeutete, dass ihr Zug beendet war.

Macht ihr Menschen so was zum Spaß?, fragte Tordred, während sie zusahen, wie sich das Spiel um sie herum weiter entspann. In der Ferne nutzte eine Gruppe Einhörner ihren Zug, um sich untereinander zu bekämpfen. Dann flogen die Pegasus mit den Fledermausflügeln Feuer speiend auf die Zentauren zu, die sich an der Küste versammelt hatten. Durch den Qualm konnte Sam nicht mehr viel erkennen. Als sie schließlich wieder an der Reihe waren, spürte er, dass seine Füße erneut in Richtung Gebirge gezogen wurden.

Doch plötzlich standen die Zentauren zwischen ihm und dem Minotaurus und verstellten ihm den Blick. Dass zusätzlich etwas Weißes, Fedriges in seinem Augenwinkel herumflatterte, machte es nicht besser.

Komm, sagte Sam und lief los, dorthin, wo er den Minotaurus vermutete. Tordred hob sein Vorderbein, um ihm zu folgen, aber in dem Moment ertönte ein schriller Trompetenton, ähnlich dem aus der Schmiede der Einhörner, als der Feuerhufclan angegriffen hatte.

Der braun gestrichene Teil unter den Zentauren löste sich aus dem Spielfeld, flog in die Luft und zerbrach in viele Tausend Steine, die auf ihre eleganten Westen und kompliziert geflochtenen Zöpfe herabprasselten und ihnen die Bögen und Speere aus den Händen schlugen. Inmitten der Zentauren waren gefiederte Kreaturen aufgetaucht – hatten sie das Brett zerbrochen? Wie waren sie so schnell dorthin gekommen?

So funktioniert das Spiel aber nicht!, dachte Sam empört, während unter ihm erneut der Boden bebte. Er hielt sich an Tordred fest, um nicht hinzufallen.

Doch die Würfel waren verschwunden und anscheinend galten nun keine Regeln mehr. Die Zentauren schossen mit Pfeilen auf die gefiederten Wesen und aus den grün bemalten Wäldern stürmte eine Gruppe Einhörner herbei. Über allem zogen die Pegasus mit ihren Fledermausflügeln kreischend ihre Kreise und öffneten die Mäuler, um noch mehr Feuer zu spucken.

Lauf zum Wasser, drängte Tordred. Sam folgte ihm nach Osten, zum blau gemalten Teil des Spielfelds.

Als sie dort ankamen, kippte das Brett unter ihnen weg und sie verloren den Halt. Sam rutschte über die blaue Fläche und stürzte über den Rand. Er schrie. Seine Füße hingen in der Luft, unter ihm nichts als gähnende Schwärze.

Gleich darauf war Tordred bei ihm. Mit seinen Zähnen packte er Sam am Kragen und stellte sich breitbeinig hin, um ihn hinaufzuziehen, aber das Brett ruckte erneut – und sie stürzten beide ins Nichts ...

Sam landete auf dem Rücken. Er lag auf weicher Erde und sah hinauf ins dichte Blätterdach eines Waldes, während ihm der Duft von feuchter Erde und nassen Blättern in die Nase stieg. Er war wieder normal groß.

Steh auf, sagte jemand neben ihm. Tordred.

Sam setzte sich auf und wurde um ein Haar von zwei Einhörnern über den Haufen gerannt. Um ihn herum wirbelten donnernde Hufe, flohen Einhörner in wildem Galopp. Er hörte ihr schrilles, angstvolles Wiehern. Hinter ihnen brach ein weiterer Einhornclan in blitzenden Kupferrüstungen durchs Unterholz. *Der Flammenschweifclan,* begriff Sam. Die, die Tordreds Familie getötet hatten.

Tordred stupste Sam mit der Nase an. Mehr brauchte Sam nicht, um loszurennen. Mit Tordred an seiner Seite stürmte er durch den Wald, wobei er immer wieder über Wurzeln stolperte und sich die Kleidung an Dornen zerriss. Trotzdem schafften sie es gemeinsam aus dem Hain, hinaus auf die Grasebene.

Sie mussten das Wäldchen bereits einige Wegstunden hinter sich gelassen haben, als Sam aufging, dass es nicht länger seine eigenen Füße waren, die ihn trugen. Er saß auf Tordreds Rücken und galoppierte vor dem Flammenschweifclan davon, der hinter ihnen herjagte.

Schneller, trieb er Tordred an.

Aber auch das stimmte nicht – er saß nicht auf Tordreds Rücken. Es waren seine eigenen Beine, die da liefen – vier Beine, die durch die Graslandschaft preschten. Irgendwie war er Tordred und Tordred war er.

*

»Da ist er! Da oben, in dem Baum!«

Sam fuhr aus seinem Traum hoch. Nur sein Instinkt hielt ihn davon ab, laut aufzuschreien.

Letzten Endes hätte aber auch das keinen Unterschied gemacht – denn durch die Zweige konnte er unter sich sechs Einhörner in den Rüstungen des Eisenhornclans erkennen, die im Licht des frühen Morgens zu ihm hochsahen.

Lara hatte recht, dachte er. *Sie sind uns gefolgt.* Sein Herz schlug ihm bis zum Hals.

Zwei der Einhörner erhoben sich auf die Hinterbeine und stießen mit ihren Hörnern nach Sam. Eins schlitzte Sams Hose auf und verfehlte nur knapp sein Bein.

Sam packte den Ast über seinem Kopf und zog sich hastig daran hoch, sodass er außerhalb ihrer Reichweite war. *Den Sternen sei Dank, ich bin wieder bei Kräften.* Er warf einen Blick auf die Einhörner, deren Hörner ihm für seinen Geschmack immer noch deutlich zu nahe kamen, und kletterte weiter.

Doch als er nach dem nächsten Ast griff, rutschte er mit dem Fuß auf einem Stück Moos aus. Erschrocken japste er auf, als er den Halt verlor und nur noch mit einer Hand am Ast hing. Er verzog das Gesicht, fest überzeugt, dass er sich durch die abrupte Bewegung etwas gezerrt haben musste, aber der Schmerz blieb aus. Zu seinem Erstaunen konnte er sich mühelos halten und musste nicht mal die zweite Hand zu Hilfe nehmen.

Unter sich hörte er das grässliche Lachen der Einhörner. »Spießt ihn auf, wenn er abstürzt«, sagte ein großer weißer Hengst. Sam erkannte ihn. Es war der, der Sam zur Schmiede gebracht und ihn angeschnauzt hatte, dass er als Sklave den Mund nur dann aufmachen durfte, wenn er etwas gefragt wurde.

Aus irgendeinem Grund wusste Sam, dass er nicht abstürzen würde. Wenn nötig, konnte er sich den ganzen Tag so festhalten. Es war, als hätte er seine Kräfte nicht nur wiedererlangt, sondern noch welche dazugewonnen. Er fühlte sich stärker denn je.

Das Lachen der Einhörner erstarb. »Bringt den Baum zu Fall«, knurrte das weiße Einhorn. »Du entkommst uns nicht, Sklave.«

Die Einhörner stellten sich in einer Reihe auf und begannen abwechselnd, den Baum zu rammen. Manche gingen mit gesenkten Köpfen zu Werke, andere warfen sich mit ihren gepanzerten Schultern dagegen. Es dauerte nicht lange und das Holz ächzte und schwankte unter ihrem Gewicht, das durch die schweren Rüstungen noch massiger war als ohnehin schon. Sam spürte jede Erschütterung mit voller Wucht.

Es stimmt, dachte Sam. *Ich kann nicht entkommen.* Sein Magen fühlte sich an, als würde ein ganzer Schwarm Vögel darin herumflattern. Ihm ging nicht aus dem Kopf, was Maven zu ihnen gesagt hatte: *Wer versucht wegzulaufen, wird hingerichtet. Es gibt kein Entkommen – nur den Tod ...*

Er schwang sich zu einem höheren Ast hinauf und klammerte sich mit Händen und Knien daran fest, aber er wusste, dass auch das nichts nützen würde, wenn sie den Baum erst umgestürzt hatten. Gab es einen anderen Baum, auf den er sich retten konnte? Er fühlte sich stark genug, um wie ein Eichhörnchen hinüberzuspringen ... Aber vielleicht war das auch nur die Verzweiflung, die er in sich spürte.

Mit einem lauten Krachen brach der Stamm und der Baum fiel um. Sam landete rücklings auf dem Boden, alle viere von sich gestreckt. Wenigstens hatten die Äste und Zweige seinen Sturz abgefedert. Dank seiner neu gewonnenen Kräfte war er im Nu auf den Beinen und hatte sich aus dem Gewirr der Baumkrone befreit, doch er kam keine zwei Schritte weit, bevor ihn ein Huf im Rücken traf und zu Boden drückte.

Sam lag mit dem Gesicht in der Pfütze, deren Schlamm er am Abend zuvor noch benutzt hatte, um die Heilpaste anzurühren. Aus diesem Blickwinkel konnte er das schwarze Einhorn sehen, das hinter den anderen schlafend auf dem Boden lag. Sein Vorderbein steckte immer noch in der Schiene und war mit Kräutern und Matsch verschmiert.

Vier kräftige gepanzerte Beine liefen vor Sam auf und ab und versperrten ihm die Sicht. »Maven wird sich um ihn kümmern«, verkündete das weiße Einhorn. »Aber vorher wollen wir noch ein bisschen Spaß haben.«

»Er hat eine ordentliche Lektion verdient«, stimmte eines der anderen Einhörner mit einem schadenfrohen Wiehern zu. »Lassen wir ihn um Gnade winseln.«

Die anderen fielen mit ein und machten einen Vorschlag nach dem anderen. Sam bekam nicht alles mit – sein Ohr war vom Schlamm verstopft und die Einhörner redeten wild durcheinander –, aber allein die Wörter *aufschlitzen, zerreißen, aufspießen* und *zerteilen* fielen so oft, dass ihm vor Angst ganz schwindelig wurde.

»Nein«, verkündete das weiße Einhorn schließlich entschlossen und die anderen verstummten. »Wenn er wegläuft, dann sollten wir ihn laufen lassen. Und ihn jagen.«

Die anderen Einhörner wieherten bösartig. Vor Sams innerem Auge blitzten Bilder aus seinem Traum auf, die Erinnerung daran, wie er in eine Spielfigur verwandelt worden war. Eine plötzliche Wut kochte in ihm hoch, die stärker war als seine Angst. »Was ihr auch tut«, fauchte er, »ich werde euch und eurem grausamen Lager entkommen.« Er hob den Kopf und blickte dem weißen Einhorn trotzig entgegen.

Halt die Klappe!, zischte eine Stimme in seinem Kopf. Dieselbe Stimme, die er letzte Nacht gehört hatte.

Tordreds Stimme.

Die Einhörner lachten Sam bloß aus. Doch hinter ihnen stand das schwarze Einhorn langsam auf und schüttelte sich. Die restlichen Blumenstängel, die die Schiene zusammengehalten hatten, rissen und die Äste fielen zu Boden.

Sam starrte es sprachlos an. Das Einzige, was von Tordreds Wunde noch zu erkennen war, war verkrusteter Schlamm. Wie in Sams Traum war das Bein komplett verheilt. Und mehr noch: Das Einhorn sah deutlich größer aus als letzte Nacht. Stärker. Irgendwie … Furcht einflößend. Die todbringende Spitze seines Horns funkelte im Licht der Sonne, das durchs Blätterdach fiel. Die Schlamm- und Blutflecken auf seiner Rüstung ließen ihn nicht länger wie ein verletztes Opfer erscheinen, sondern wie einen mächtigen Krieger.

»Geht lieber sorgsam mit dem Jungen um«, warnte Tordred. Seine Stimme klang fest und selbstbewusst. »Er ist Eigentum des Eisenhornclans und muss unversehrt zurückgebracht werden. Also spar dir deine Spielchen, Bastion.«

Das weiße Einhorn fuhr herum. »Tordred«, sagte er kühl. »Wie nett von dir, dass du uns Gesellschaft leistest.«

Tordred ignorierte ihn. »Kein Grund, den Jungen in den Schlamm zu drücken, Arion. Lass ihn los.« Das Gewicht, das auf Sams Rücken lastete, verschwand. Er setzte sich mühsam auf. Er wischte sich mit seiner Tunika das Gesicht ab.

»Außerdem war die Flucht ganz allein die Idee des Mädchens«, ergänzte Tordred wie beiläufig. »Sie hat dem Jungen Flausen in den Kopf gesetzt.«

»Dann finden wir sie und töten auch sie«, erwiderte Bastion.

Sam schluckte und versuchte verzweifelt, sich irgendetwas einfallen zu lassen, um die Einhörner von Laras Fährte abzubringen. Doch bevor er den Mund aufmachen konnte, warf Tordred ihm einen Blick zu und sagte: »Nicht nötig. Das habe ich bereits erledigt.«

Danke, dachte Sam. Tordred nickte kaum merklich.

Die Einhörner umringten Sam und führten ihn aus dem Hain. Tordred schloss sich ihnen an, sah Sam dabei jedoch nicht an.

Sam dagegen kostete es alle Mühe, Tordred nicht unverhohlen anzustarren. *Was passiert mit uns?* Es war genau wie in seinem Traum. Warum hatte Tordred ihm geholfen? Warum wussten sie so viel übereinander, sogar was der jeweils andere dachte? Und wieso konnten sie auf diese Weise miteinander kommunizieren – ohne ein Wort sagen zu müssen? Er fragte sich, ob das, was Tordred ihm in seinem Traum gezeigt hatte, real war. War seine Familie wirklich tot?

Die Einhörner bewegten sich in gleichmäßigem, zügigem Tempo vorwärts. Sam ging zwischen den massigen Pferdekörpern. Sie überragten ihn um mehrere Köpfe. Mit jedem Schritt drängten sie ihn weiter in ihre Mitte und Sam hatte keine Wahl, als sich ihrem Tempo anzupassen, wenn er nicht unter die gewaltigen Hufe geraten wollte. Tordred lief rechts von Sam. Die anderen waren schweißnass und ihre Mähnen wirkten strähnig und verfilzt, während Tordreds Fell seidig glänzte. Hatte er vorher auch schon so ausgesehen? Sam konnte sich nicht daran erinnern. Er blickte unentwegt zu Tordred hinüber, doch das schwarze Einhorn ignorierte ihn. Es hielt die Augen starr auf den Wald gerichtet, der sich vor ihnen über den gesamten Horizont erstreckte.

Und doch fing Sam, während sie einen schmalen Bach überquerten, Tordreds Gedanken auf, als wären es seine eigenen. *Das darf nicht passieren. Das hier ist kein Band. Das geht nicht. Sie werden uns beide umbringen.*

Band? Was meinst du damit?, versuchte Sam zu fragen, doch Tordred schüttelte bloß seine Mähne, als wolle er ein aufdringliches Insekt verscheuchen.

Sie näherten sich jetzt dem großen Wald. Das hohe Gras wich dornigen Ginsterbüschen, die an Sams Kleidung zerrten. Tordred schritt erhobenen Hauptes voran, selbstbewusst und mit festem Tritt. Doch hinter dieser Fassade nahm Sam eine brodelnde Angst wahr – vielleicht, weil er sich vor dem, was auch immer hier gerade passierte, mindestens genauso fürchtete wie er selbst.

»Ein Wunder, dass du dich so schnell erholt hast, Tordred«, bemerkte Bastion. »Dein Kommandant hat berichtet, dass du bei einer Auseinandersetzung mit dem Feuerhufclan verwundet wurdest. Hätte nicht damit gerechnet, dich noch mal wiederzusehen.«

Sam schielte beklommen zu Tordred hinüber, der seine Worte sehr genau abzuwägen schien.

»Vielleicht war er ja gar nicht verletzt«, warf eine Stimme von der anderen Seite der Kolonne ein. »Vielleicht hat er bloß gekniffen.«

»Was für ein Glück, dass du so schnell rennen kannst«, spottete ein graues Einhorn und zwickte Tordred mit den Zähnen in die Hinterbacke, sodass dieser aus dem Tritt geriet. »Da kannst du vor einem Kampf einfach davonlaufen!«

Die anderen Einhörner wieherten vor Lachen. Sam spürte Tordreds kochende Wut, als wäre es seine eigene.

»Das stimmt nicht«, erwiderte Tordred hitzig. Sein Blick huschte zu Sam. »Ich … ich habe mich mit ein paar Kräutern geheilt.«

Nach kurzem Schweigen brachen die anderen erneut in Gewieher aus.

»Ach wirklich?«, fragte Bastion. »Na, dann ist das ja wirklich ein Wunder.« Mit einem wilden Blick in den Augen wandte er sich zu Tordred um. Sam stolperte in einen Distelstrauch, um nicht umgerempelt zu werden. Die Kolonne war bei Bastions Worten stehen geblieben und die Einhörner musterten Tordred argwöhnisch.

»Ich weiß nichts über Heilkräuter«, knurrte Bastion weiter, »aber dafür weiß ich, dass du Menschen gegenüber zu nachgiebig bist. Du nimmst die Sklaven einfach nicht hart genug ran.« Er bleckte die Zähne. »Ich hoffe für dich, dass du nicht versuchst, den Jungen und das Mädchen zu schützen.«

Tordred zeigte keine Regung, doch Sam konnte seine Angst spüren. Sie war noch größer als vorhin. Sein eigenes Herz schlug ihm bis zum Hals. »Ich hab doch gesagt, was passiert ist«, entgegnete Tordred knapp.

Bastion durchbohrte ihn mit einem weiteren mörderischen Blick, bis er sich nach einer gefühlten Ewigkeit wieder nach vorn wandte. Sam wäre vor Erleichterung am liebsten auf die Knie gefallen, doch als die Einhörner sich wieder in Bewegung setzten, blieb ihm nichts anderes übrig, als mit ihnen mitzulaufen.

Danach verhörten die anderen Tordred nicht mehr, sondern ignorierten ihn und tauschten lieber Geschichten aus ihrem Kampf gegen den Feuerhufclan aus. Sam entnahm ihren lebhaften Schilderungen, dass sie den Angriff nicht nur abgewehrt hatten, sondern dass sich die überlebenden Mitglieder des rivalisierenden Clans ihnen angeschlossen hatten.

»Wir werden immer stärker«, prahlte Bastion, als sie ins grüne Dämmerlicht des Waldes eintauchten. »Irgendwann werden wir alle Clans unterworfen haben.«

Als sie das Lager erreichten, war Sam daher nicht sonderlich überrascht, zwischen den glänzenden Stacheln des Eisenhornclans auch eine Reihe dunkelgrauer Rüstungen zu erblicken. Die geschlagenen Einhörner wirkten müde, schienen sich jedoch mit den neuen Gegebenheiten abgefunden zu haben. Es war kurz vor Mittag, daher hätte Sam vor Hunger und Erschöpfung vollkommen ausgelaugt sein müssen, doch er fühlte sich immer noch stark und frisch. Und während das Fell und die Mähnen der Einhörner, die ihn eingefangen hatten, schmutzverkrustet waren, glänzte Tordreds schwarzes Fell wie die Tintenfläschchen auf Nerissas Schreibtisch.

Maven nahm sie persönlich in Empfang. Ihre Rüstung war mit silbernen Blutflecken aus der gewonnenen Schlacht übersät. Sam hatte vergessen, wie riesig sie war: Sie überragte selbst Bastion, als er ihr berichtete, wie sie Sam und Tordred in dem Hain gefunden hatten.

Sie musterte Tordred eindringlich. Ganz offensichtlich kaufte sie ihm die Geschichte mit den Heilkräutern genauso wenig ab wie Bastion. »Ich behalte dich im Auge«, sagte sie. »Verlass dich drauf.« Dann wanderte ihr Blick weiter zu Sam. »Der Sklave wird ausgepeitscht, weil er zugelassen hat, dass das Mädchen ihm Flausen in den Kopf setzt.«

Sam gefror das Blut in den Adern. Er war so mit der seltsamen neuen Verbindung zwischen ihm und Tordred beschäftigt gewesen, dass er seine bevorstehende Bestrafung ganz vergessen hatte.

»Ich übernehme das«, verkündete Tordred und trat vor.

Maven und Bastion wechselten einen Blick.

»Ich habe schon das Mädchen erledigt«, sagte Tordred. »Daher werde ich auch die Bestrafung für den Jungen übernehmen.«

Maven nickte. »In Ordnung. Zeig uns, dass du wieder bei Kräften bist.« Sie wandte sich an die anderen. »Und ihr: Zurück auf eure Posten.«

Die restlichen Einhörner verzogen sich. Tordred deutete mit einer Kopfbewegung auf einen Unterstand am Rand des Lagers und Sam lief gehorsam darauf zu. Hinter sich hörte er das Knirschen von Tordreds Hufen. Erst als er den Unterstand erreicht hatte, erkannte er, warum dieser so viel kleiner war als die restlichen Gebäude. Darin war gerade genug Platz für ein schulterhohes hölzernes Gestell mit einem Riegel, das auf die Körpermaße eines Menschen abgestimmt war. Daneben befand sich ein Ständer mit Peitschen, deren Griffe so beschaffen waren, dass sie zwischen den Zähnen gehalten werden konnten.

Logisch, dachte Sam fast schon hysterisch. *Die Sklaven verrichten die Arbeit, aber das Auspeitschen übernehmen sie am liebsten selbst.*

Sam blieb stehen und starrte das Gestell an. Er sah die Aussparungen für seine Hände und den Riegel, den ein Einhorn mühelos mit dem Horn vorschieben konnte, um einen Menschen darauf zu fixieren.

Hast du wirklich vor, mich auszupeitschen?, fragte Sam in Gedanken.

»Lass das«, knurrte Tordred. Er trat einen Schritt zurück und sah sich mit angelegten Ohren um. Anscheinend war gerade Essenszeit, denn dieser Bereich des Lagers wirkte wie ausgestorben. Ohne Sam eines Blickes zu würdigen, ergänzte er: »Und bleib mir vom Leib. Ich will dich nicht sehen und noch weniger hören. Halte deine Gedanken aus meinem Kopf raus.

Kapiert?« Es war das erste Mal, dass Tordred ihn direkt ansprach. Seine Worte klangen harsch in Sams Ohren.

»Du hast gesagt, wir hätten ein Band«, erwiderte Sam. »Warum sagst du mir nicht, was das ist, und …«

»Halt die Klappe!«, zischte Tordred. »Und nimm dieses Wort nie wieder in den Mund oder ich sorge dafür, dass du es bereust.«

Sam biss sich auf die Lippe. Tordred war genauso brutal wie die anderen. Wie dumm von ihm zu glauben, dass er anders war. »Keine Sorge«, fauchte er. »Ich werde kein Wort mehr zu dir sagen. Ich will mit dir und den anderen Einhörnern nichts zu tun haben.«

Er wandte sich zum Gehen, doch Tordred raunte: »Warte. Sonst wissen sie, dass ich dich nicht bestraft habe.«

Mit verschränkten Armen wartete Sam neben dem Holzgestell. Er kochte vor Wut. Dank der gruseligen Verbindung zwischen ihnen wusste er, dass Tordred ebenso wütend war. Als er fand, dass genug Zeit verstrichen war, stapfte er zur Schmiede zurück, ohne sich noch einmal umzudrehen.

Kapitel 17

In Krisenzeiten«, schallte Cassio Diomedes' Stimme durch den großen Hörsaal, während er die Chronisten vom Podium aus ins Visier nahm, »haben die Clans von Cavallon immer zu uns Zentauren aufgesehen. Sie erwarten von uns, die Wahrheit ans Licht zu bringen. Die Führung zu übernehmen. Und das gilt auch für das morgige Gipfeltreffen.«

Lysander trat unbehaglich von einem Bein aufs andere, was ihm prompt einen finsteren Blick von Portia einbrachte, die neben ihm stand. Die Luft im Hörsaal war warm und stickig – die Blumen in den großen Vasen neben dem Podium sahen schon ziemlich mitgenommen aus und die Flanken und Stirnen der versammelten Chronisten glänzten vor Schweiß. Zweihundert von ihnen standen im Saal, jeder an einem eigenen Pult, und schrieben eifrig mit, während sie förmlich an Cassios Lippen hingen. Sein Vortrag über die Geschichte der Gipfeltreffen bis hin zu dem, bei dem vor einem Jahrhundert das Friedensabkommen getroffen worden war, schien kein Ende zu nehmen. Lysander merkte, wie seine Gedanken abschweiften. Die Stimme seines Vaters nahm er bald bloß noch als gleichmäßiges Brummen wahr, während er sich auf die Gesichter der anderen Chronisten im Publikum konzentrierte. Wenn er sie zeichnen wollte – was er nicht tun würde, schon allein, weil er kein Skizzenbuch und keine Zeichenstifte mehr hatte –, würde er den Ausdruck auf ihren Mienen am besten mit kurzen, scharfen Linien einfangen können. Denn was er dort sah, war nicht nur bewunderndes Staunen, sondern auch Furcht.

Die erhobene Stimme seines Vaters riss Lysander aus den Gedanken. »Mit eurer Arbeit formt ihr die Geschichte Cavallons. Wir, die wir uns in dieser außerordentlichen Machtposition befinden, müssen uns dieser Verantwortung mit allen Konsequenzen bewusst sein. Nicht alle sind so feinsinnig und gebildet wie wir Zentauren. Würdet ihr ein verängstigtes Fohlen inmitten eines tobenden Unwetters zu beruhigen versuchen, indem ihr ihm die Gesetze der Physik erklärt, die hinter Blitz und Donner stecken? Gewiss nicht. Das Fohlen würde in Panik geraten und vielleicht sogar davonlaufen und sich in noch größere Gefahr begeben. Klüger ist es, besonnen vorzugehen und nur die Informationen bereitzustellen, die nötig sind, um für allgemeine Sicherheit zu sorgen.«

Die anderen Chronisten nickten zustimmend. Lysander dagegen runzelte die Stirn. War es nicht Aufgabe der Chronisten, *alles* zu dokumentieren und weiterzugeben?

Als hätte er quer durch den überfüllten Hörsaal seine Gedanken gelesen, blickte sein Vater ihn direkt an. »Als Chronisten seid ihr stets dem Gemeinwohl verpflichtet«, redete er weiter. »Ein Chronist darf nicht einfach irgendein altes Märchen in die Welt hinaustragen. Damit würde er das sensible Gleichgewicht zwischen den Clans aufs Spiel setzen. Seid gewarnt, ihr alle: Bei dem Gipfeltreffen werden viele sprechen, aber nicht jeder von ihnen wird die Königswahrheit sagen.«

Lysanders Wangen brannten vor Scham. Er sah, wie Portia ihm einen Blick zuwarf, und schrumpfte innerlich noch mehr zusammen. Galt dieser ganze Vortrag etwa nur ihm? Bei allen

Sternen, wahrscheinlich ja. Und vermutlich wussten alle anderen das auch. Seit die Chronik über den Angriff auf die Freie Stadt ohne seinen Bericht erschienen war, wurde hinter Lysanders Rücken getuschelt, wo immer er auch hinging. Er hatte sogar gehört, wie Timon Phaestros, der alte Kelpiespezialist, behauptet hatte, dass Lysander nur deshalb noch eine zweite Chance bekommen hatte, weil er der Sohn des Obersten Chronisten war.

Lysander war zu sehr damit beschäftigt, sich in Grund und Boden zu schämen, als dass er von dem Vortrag noch viel mitbekam. Erst nach weiteren fünfzehn Minuten Redezeit hob sein Vater die Arme und rief: »Tragt eure Pflicht stets im Herzen, denn ihr seid die Bewahrer der Königswahrheit!«

Die Chronisten klatschten und stampften mit den Hufen. Lysander sah, wie nun auch andere Gefühle auf den Gesichtern um ihn herum zu lesen waren. Neben Furcht und Bewunderung konnte er Leidenschaft, Entschlossenheit und Vorfreude auf das Gipfeltreffen erkennen. Der Saal füllte sich mit fröhlichen Stimmen, während sie langsam zurück an die Arbeit gingen.

Lysanders Vater stand immer noch am Rednerpult und winkte ihn zu sich. Lysander schluckte. Die Miene hinter dem akkurat gestutzten schwarzen Bart war unergründlich. Lysander sammelte seine Notizen zusammen und bahnte sich durch die Flut der hinausströmenden Chronisten einen Weg nach vorne.

»Du wirst zusammen mit den anderen über das Gipfeltreffen berichten«, verkündete sein Vater ohne Umschweife.

»Ich ... danke, Lord Diomedes«, stammelte Lysander. »Ich hätte nicht gedacht, dass ...«

»Du wirst darüber berichten. Aber da du bewiesen hast, dass du noch nicht in der Lage bist, Texte für die Öffentlichkeit zu verfassen, wird nichts davon irgendwo erscheinen.« Er schob seine Unterlagen zusammen und klopfte sie auf dem Pult zu einem ordentlichen Packen zurecht. »Betrachte es als Übung. Ich muss jetzt weiter, mich vorbereiten.«

Übung. Das Wort brannte auf Lysanders Haut wie Brennnesselstiche.

»Ich sorge dafür, dass du stolz auf mich sein kannst, Vater«, brachte er trotz des Kloßes in seinem Hals hervor.

Doch sein Vater hatte sich bereits umgedreht und das Podium verlassen.

*

Der Innenhof des Königspalasts galt als eines der architektonischen Wunder Cavallons und nun, da Lysander ihn mit eigenen Augen sah, verstand er auch, warum. Rund um eine Fläche aus dichtem, saftig grünem Gras ragten Stelen aus hellem Stein empor. Sie waren mit filigran gemeißelten Mustern verziert und in jede waren bunte Glasmosaike eingelassen, die im Sonnenlicht funkelten.

Das gesamte Atrium war gut doppelt so groß wie die Gärten der Hochschule für Philosophie. Ringsum standen Säulen, auf denen die steinernen Abbilder vergangener Könige Wache hielten, und von den Decken der zweistöckigen Galerie hingen blühende Pflanzen aller Formen und Farben. Im Zentrum des weitläufigen Hofs plätscherte ein ausladender Springbrunnen. Herzstück des Brunnens war die Skulptur eines Zentauren, der sich auf die Hinterbeine aufbäumte. Er hielt ein aufgeschlagenes Buch in seinen Händen und ein bronzener Minotaurus wich davor zurück. An einem Ende des weiträumigen Atriums stand eine Bühne mit Rednerpult, die vermutlich speziell für das Gipfeltreffen errichtet worden war. Über der mit Gras bewachsenen Bühne ragte ein leuchtend grüner Seidenbaldachin auf, der die gleiche Eleganz ausstrahlte wie alles um sie herum.

Lysander stand im Seitenflügel der unteren Galerie und nahm das alles staunend in sich auf. In seinen Fingern verspürte er das altbekannte Kribbeln, wie immer, wenn er seine Zeichenstifte herbeisehnte. Um sich davon abzulenken, krallte er die Finger um die Balustrade aus geschmiedetem Silber. Er war froh, dass Alexos sich mit ihm aufs Gipfeltreffen geschlichen hatte. Noch froher aber war er, dass Portia drüben bei den restlichen Chronisten am anderen Ende der Galerie stand und dass sie offenbar zu sehr mit ihrer eigenen Arbeit beschäftigt war, um sich um ihn zu kümmern.

»Das muss Juliana Meridian sein, die Ratsvorsitzende der Freien Stadt«, bemerkte Alexos und deutete auf eine füllige Zentaurin mit einem feinen blauen Umhang, die Lysander als eine der drei Amtsträger wiedererkannte, mit denen sein Vater sich in der Freien Stadt unterhalten hatte. »Und die Menschen da kommen entweder aus den Bergdörfern oder von der Festungsinsel. Ich tippe auf die Berge, wegen dem Pelzbesatz an ihren Mützen. Wahrscheinlich sind sie kältere Temperaturen gewöhnt. Sag mal, Lysander, solltest du das nicht mitschreiben?«

»Oh!«, entfuhr es Lysander. Er war so in den Aufmarsch der Würdenträger dort unten im Hof vertieft gewesen, dass er ganz vergessen hatte, weswegen er eigentlich hier war. Hastig wühlte er in seiner Tasche und förderte das Chronistenbuch und einen Stift zutage.

Alexos fuhr mit seiner Berichterstattung fort, während die Anführer der verschiedenen Clans eintrafen. Er konnte den meisten von ihnen einen Namen zuordnen, noch bevor der

Herold sie offiziell ausrief und sie ihren Platz auf der Bühne einnahmen. Dankbar schrieb Lysander alles mit, so schnell er konnte. »Das werde ich niemals alles wissen«, murmelte er.

»Ach was, das lernst du schon noch«, versicherte Alexos. Er klang deutlich überzeugter, als Lysander sich fühlte.

Die Anführer der Einhornclans trugen ihre Rüstungen voller Stacheln und Widerhaken zur Schau. Sie waren größer als alle Einhörner, die Lysander in der Freien Stadt gesehen hatte. Ihnen folgte ein Dutzend Kelpies mit schimmernden Schuppen und seegrasähnlichen Mähnen in verschiedenen Grüntönen. Ihre Haut glänzte feucht, offenbar waren sie gerade erst dem Fluss entstiegen, durch den sie angereist waren. Die Einhörner knurrten und stießen ihre Hörner gegeneinander, was eine Art feierliche Begrüßung zu sein schien, bevor ihre Anführer auf die Bühne stiegen und die anderen sich unter das Publikum unten auf dem Platz mischten. Die Kelpies warteten das Gerangel der Einhörner schweigend ab und zogen dann weiter, bis sie ein schattiges Plätzchen gefunden hatten. Die Menschen zwängten sich in die Freiräume zwischen den Angehörigen der Pferdeclans – so wie sie es im Grunde in ganz Cavallon taten, dachte Lysander. Zentaurische Garden standen rund um das Atrium Wache. Der Rat des Königs hatte sich beim Springbrunnen versammelt und unterhielt sich.

Von der Menge im Hof ging eine angespannte Stimmung aus. Viele der Delegierten blickten immer wieder zu dem runden Balkon hoch, der gegenüber von ihnen, auf Höhe des Springbrunnens, aus der Galerie ragte.

»Sie warten auf König Orsino«, meinte Alexos, der seine Vorfreude nicht länger verbergen konnte. »Von dort hält er seine Ansprachen.«

Lysander beobachtete den Balkon ebenfalls. Denn wenn er

den König vor allen anderen sah, fiel ihm vielleicht irgendetwas an ihm auf, das den anderen entging – irgendein Detail, das er in seinen Bericht schreiben konnte, um seinen Vater zu beeindrucken.

Doch der Balkon blieb leer. Stattdessen schritten Cassio Diomedes und der restliche Rat des Königs die Rampe zur Bühne hinauf. Ein Gong ertönte und das Stimmengewirr im Hof verstummte.

Lysanders Vater hob die Hand zum Gruß. »Willkommen, Clans von Cavallon«, sagte er. Seine tiefe Stimme schallte mühelos durch den weiten Innenhof. »Zu unserem großen Bedauern müssen wir Euch leider mitteilen, dass sich der König noch nicht vollständig erholt hat und daher nicht in der Lage sein wird, dem heutigen Gipfeltreffen beizuwohnen.« Aus dem Publikum erhob sich enttäuschtes Murren. »Er hat jedoch eine Botschaft verfasst, die die königliche Rätin Hillira nun verlesen wird.«

Eine elegante Zentaurin mit blonder Mähne und goldbraunem Fell trat vor. Die Perlen in ihrem Schweif hatten die gleiche Farbe wie die an ihrer Brille, die sie jetzt aufsetzte, um das Schreiben vor ihr vorzulesen. »Ich, Orsino, siebenundachtzigster Monarch von Corlandia, heiße die Delegierten aus ganz Cavallon bei diesem Gipfeltreffen willkommen. Vor einhundert Jahren haben wir einen Weg gefunden, unsere Differenzen beizulegen und uns zusammenzufinden, um gemeinsam eine neue Ära zu begründen: das große Friedensabkommen. Herzstück dieses Friedens sollte die Freie Stadt sein, als Symbol all dessen, was wir mit vereinten Kräften erschaffen haben. Nun wurde ausgerechnet dieser Ort des Friedens und der Freiheit zerstört. Wie sollen wir darauf reagieren? Ich habe die tief empfundene Hoffnung, dass wir im Rahmen dieses Gipfeltreffens eine gemeinsame Antwort auf den schrecklichen Angriff auf die Freie Stadt finden werden.«

Die Zentauren und Menschen applaudierten, während die Kelpies behutsam auf den Boden klopften. Die Einhörner dagegen stampften wie wild mit den Hufen. Dann begann der offizielle Teil des Gipfels. Als Erstes verlas Cassio die Chronik, die sein Team vorbereitet hatte. Lysander hatte natürlich gewusst, dass sein Vater ein wichtiger Teil des Rats war, aber er war dennoch überrascht – und ein bisschen stolz –, dass er die Leitung des Treffens übernahm und die restlichen Ratsmitglieder ihm ernst und aufmerksam zuhörten.

Doch als die eigentliche Debatte losging, war schnell klar, dass den anderen Clans herzlich egal war, wer Cassio Diomedes war oder was er zu sagen hatte.

»Wir sollten zum Gegenschlag gegen die Pegasus ausholen! Und zwar sofort!«, donnerte einer der Einhornanführer, dessen Schweif mit tödlich aussehenden Stacheln bewehrt war.

»Hemlock«, raunte Alexos Lysander zu. »Anführer des Flammenschweifclans.«

Hemlock stampfte mit seinem gewaltigen Huf auf und brachte die gesamte Bühne zum Erzittern. Die anderen Einhörner brüllten ihre Zustimmung, während eine der Kelpiedelegierten, die Hemlock gerade mal bis zur Schulter reichte, nach vorne an den Rand der Bühne trat. Was gut war, denn ihre Stimme war so leise, dass sonst niemand mitbekommen hätte, dass sie überhaupt etwas sagte.

»Ruhe, bitte!«, rief Cassio. »Lasst sie sprechen.« Die Kelpiedelegierte räusperte sich und fing noch mal von vorne an. »Wir als Abgesandte der Kelpies möchten keinen neuen Krieg. Wir wünschen uns, dass es bei diesem Gipfeltreffen nicht nur um Vergeltung geht. Stattdessen sollten wir alle denkbaren Lösungen in Betracht ziehen, nicht nur den Einsatz von Gewalt.« Bei diesen Worten warf sie den Einhörnern einen verächtlichen Blick zu, die prompt in erneutes Gebrüll ausbrachen.

Alexos stupste Lysander an und machte eine schreibende Geste – er hatte schon wieder vergessen, sich Notizen zu machen. Die anderen Chronisten auf der Galerie schrieben wie wild mit. Mit einem verzweifelten Seufzer wandte sich Lysander seinem Chronistenbuch zu. Wie sollte er da nur mitkommen? Inzwischen hatten sich drei weitere Delegierte in den Streit eingemischt.

»Wie hieß das Kelpie noch mal?«, flüsterte er.

Doch bevor Alexos antworten konnte, erhob ein Mensch in der Zuschauermenge seine Stimme und übertönte alle anderen. »Lasst mich durch! Lasst mich sprechen!«

Als der Mann auf die Bühne zulief, merkte Lysander, dass er ihn kannte. Er war dünn, mit blauen Flecken übersät und wirkte ziemlich ungepflegt, was nicht nur an seiner schmutzigen grünen Tunika lag. Genauso hatte er ausgesehen, als er in den Turm der Chronisten gestürmt und von einem Minotaurus gefaselt hatte. Cassio musterte ihn mit unbewegter Miene, während der Mann neben den Ratsmitgliedern auf die Bühne kletterte.

»Dieser Angriff war erst der Anfang!«, schrie er mit angstverzerrtem Gesicht. »Das sollen alle wissen! Die Minotauren stecken dahinter. Ich habe sie gesehen! Ihre spitzen Hörner und ihre alles verschlingenden Augen.« Er schauderte. »Wir sind dem Untergang geweiht! Ihr müsst sie aufhalten, und zwar schnell!«

»Faszinierend«, bemerkte Cassio trocken und winkte mit einer dezenten Geste zwei Palastwachen herbei. »Diese beiden Wachleute werden sich deine Geschichte gerne anhören«, sagte er zu dem Mann, der dankbar nickte und den Wachen hinter die Steinsäulen folgte. »Rätin Hillira«, fuhr Cassio fort, »ich glaube, Ihr wart als Nächste an der Reihe. Ich gehe davon aus, dass Euer Beitrag etwas weniger ... exzentrisch sein wird als der Eures Vorgängers.«

Die Zentauren gluckten belustigt und der Großteil der Menschen, Einhörner und Kelpies fiel mit ein. Lysander, der gerade hatte aufschreiben wollen, was der Mann gesagt hatte, hielt inne. Hatte sein Vater ihn nicht ausdrücklich davor gewarnt, unglaubwürdigen Zeugen zu vertrauen?

Portia hatte behauptet, der Mann sei verrückt, als er damals ins Ostium gestürmt war ... Aber genau wie damals hatte Lysander das Gefühl, dass in der Aussage des Mannes zumindest ein Körnchen Wahrheit steckte. Sein Blick huschte zu der Statue in der Mitte des Springbrunnens. Obwohl der Minotaurus dort vor dem sich aufbäumenden Zentauren zurückwich, strahlte er mit seinen todbringenden Hörnern und dem muskulösen Körper eine unheimliche Kraft aus. Lysander lief es kalt den Rücken bis zu seinem Schwanzwirbel hinunter. *Irgendwas hat der Mann gesehen,* dachte er. *Etwas, das ihm solche Angst gemacht hat, dass er wieder und wieder versucht, uns zu warnen.* Also schrieb er auf, was der Mann gesagt hatte. Alexos warf einen Blick auf die Seite und nickte zustimmend.

Rätin Hillira beschrieb in aller Ausführlichkeit eine Reihe von Angriffen, die sich in den vergangenen hundert Jahren ereignet hatten. »Keiner davon wurde seinerzeit als Angriff der Pegasus gewertet«, erklärte sie, »doch rückblickend muss man sie wohl als Vorboten der schrecklichen Ereignisse in der Freien Stadt betrachten ...« Lysander notierte alles, so gut er konnte, fand aber, dass die Vorfälle, die sie beschrieb – »... heimtückischer Hinterhalt ... Angst und Schrecken verbreitet ...

Habseligkeiten vom Rücken gerissen …« – mehr nach Einhörnern auf Sklavenjagd klangen. Ihm war nicht klar, was das alles mit den Pegasus zu tun hatte.

»Vielen Dank, Rätin Hillira«, sagte Cassio schließlich. »Angesichts dieser Beweislage sollten wir einen Gegenangriff in Betracht …« Er blickte verärgert zum Eingang des Innenhofs hinüber, wo schon wieder ein Mensch stand und etwas rief.

»Ich muss zu den Gipfelteilnehmern sprechen!« Diesmal war es ein Junge mit zerzaustem braunem Haar, dunkler Haut und schmutziger Kleidung aus Webstoff, die für das milde Klima von Coropolis viel zu warm war.

»Was ist denn das hier für eine Veranstaltung, Cassio?«, donnerte Hemlock. »Eine Versammlung menschlicher Spinner und Streuner?« Einige Delegierte nickten zustimmend und tuschelten empört mit ihren Sitznachbarn.

Cassio winkte den Wachleuten zu, dass sie den Eindringling zügig entfernen sollten, doch der Junge entwischte ihnen und wandte sich an die versammelten Delegierten auf der Bühne. »Ich komme im Auftrag der Pegasus!«, rief er. »Ich überbringe eine Botschaft von ihnen!«

Damit hatte niemand gerechnet. Lysander hörte, wie allseits überrascht nach Luft geschnappt wurde. Alexos und er lehnten sich erwartungsvoll vor. Die Delegierten starrten den Menschenjungen an.

Cassio winkte den Wachleuten erneut, dass sie ihn fortziehen sollten, doch im Publikum regte sich Widerspruch.

»Lasst ihn ausreden, Lord Diomedes!«

»Wenn die Pegasus meinen, sich erklären zu können, sollten wir sie anhören!«

Cassio runzelte die Stirn. »Dann komm nach vorn«, sagte er zu dem Jungen und zeigte auf die Rampe.

Der Junge trat, während alle Augen im Atrium auf ihn gerichtet waren, in die Mitte der Bühne. Lysander stellte erstaunt fest, dass er ungefähr in seinem Alter war. Er konnte sich nicht vorstellen, so zu den versammelten Teilnehmern eines Gipfeltreffens zu sprechen.

»Ich bringe eine Botschaft von den Pegasus«, wiederholte der Junge mit lauter, klarer Stimme, als hätte er vorher geübt. »Sie wollen, dass Ihr wisst, dass sie nicht für den Angriff auf die Freie Stadt verantwortlich sind.«

Wieder wurde ringsum nach Luft geschnappt. Sämtliche Blicke waren jetzt auf den Jungen gerichtet und selbst die Chronisten legten ihre Stifte weg.

»Was für eine ungeheuerliche Behauptung«, sagte Cassio Diomedes. »Hast du irgendwelche Beweise dafür?«

Der Junge reckte das Kinn. »Ich war bei den Pegasus in den Bergen. Sie wussten nicht mal von dem Angriff, bevor ich es ihnen erzählt habe.«

»Unmöglich!«, verkündete Hemlock. »Lord Diomedes, ihr Zentauren habt doch gerade erklärt, es gäbe Zeugen, die eindeutig erkannt haben wollen, dass es die Pegasus waren!«

Die anderen Einhornanführer brüllten ihre Zustimmung. Die Kelpies im Schatten steckten ihre schuppigen Köpfe zusammen und unterhielten sich leise, während unter den Menschen und Zentauren hitzige Diskussionen entbrannten.

Lysander und Alexos wechselten einen Blick. Lysander wusste, dass sein Freund das Gleiche dachte wie er: Ja, es gab Zeugen, die ausgesagt hatten, dass es sich bei den Angreifern um Pegasus gehandelt hatte – aber wie viele von ihnen wussten eigentlich, wie die Pegasus aussahen? Nerissa hatte es gewusst, weil sie Bilder von ihnen in ihren Büchern gesehen hatte, und auch sie war der Ansicht, dass die Pegasus unschuldig waren.

»Warum schicken sie dann einen Menschenjungen?«, rief ein Zentaur aus den vorderen Reihen des Publikums. »Sie halten es demnach nicht für nötig, zum Gipfel zu kommen und für sich selbst zu sprechen? Das zeigt doch eindeutig, dass sie schuldig sind!«

»Die Pegasus haben den letzten Krieg angezettelt und jetzt tun sie es schon wieder!«, brüllte Hemlock.

»Das liegt in ihrer Natur!«, ergänzte ein weiteres Einhorn.

Andere bekundeten lautstark ihre Zustimmung. Die Kelpiedelegierte versuchte erneut, etwas zu sagen, konnte sich in der lautstarken Debatte jedoch kein Gehör verschaffen. Zwischen Cassio und den anderen Ratsmitgliedern entspann sich eine erregte Diskussion.

Unterdessen beobachtete Lysander, wie der Junge mit den zerzausten Haaren, der all das verursacht hatte, inmitten des Trubels von zwei zentaurischen Wachleuten abgeführt wurde. *Wo bringen sie ihn hin?*, fragte er sich, während er beklommen mit dem Stift auf sein Chronistenbuch trommelte.

Alexos beugte sich über die Balustrade und versuchte, der Debatte unter ihnen zu folgen. Lysander dagegen schwirrte der Kopf. Schließlich griff sein Vater nach einem silbernen Hammer und schlug damit den Gong hinten auf dem Podium an. Umgehend kehrte Ruhe ein. Cassio Diomedes trat in die Mitte der Bühne und strich sich eine Weile nachdenklich über den Bart. Mit derselben würdevollen Haltung wie neulich im Hörsaal ließ er den Blick über die versammelten Menschen, Einhörner, Kelpies und Zentauren schweifen.

»Wir wenden uns gegeneinander, wo der wahre Feind doch die Pegasus sind«, sagte er so leise, dass diejenigen im hinteren Teil des Publikums sich vorbeugten, um ihn besser zu verstehen. Nach all dem Tumult eben rieselten seine Worte wie ein sanfter Wasserfall auf die Zuhörer herab. Seine Stimme verhieß Vernunft und Trost. »Stellt Euch nur vor, wie erfreut die Pegasus wären, uns derart uneins zu sehen. Für so etwas haben wir keine Zeit. Wir müssen *jetzt* handeln. Wir müssen unseren Gegnern Einhalt gebieten, bevor sie ganz Cavallon in Schutt und Asche legen. Der Rat der Zentauren empfiehlt daher, den Pegasus den Krieg zu erklären.«

Die Einhörner bekundeten ihre Zustimmung mit viel Gebrüll und Hufstampfen. Die Anführer der Menschen und Zentauren reagierten ähnlich enthusiastisch, wenn auch nicht ganz so lärmend. Einzig die Kelpies waren dagegen. »Wir wollen keine Gewalt«, wandte ihre Anführerin mit gewohnt leiser, aber eindringlicher Stimme ein. »Sollten wir nicht erst versuchen, einen anderen, friedlichen Weg zu finden, bevor wir in den Krieg ziehen?«

Hemlock schnaubte angewidert. »Ihr lebt doch sowieso unter Wasser. Die Angriffe können Euch nichts anhaben, also tut Eure Meinung nichts zur Sache.«

Die offizielle Abstimmung dauerte nicht lange. Schon nach wenigen Minuten trat Cassio wieder in die Mitte der Bühne und hielt das Papier mit dem Ergebnis hoch. »Die Gipfelteilnehmer haben einen gemeinsamen Entschluss gefasst«, verkündete er. »Um Cavallon vor weiteren Angriffen zu schützen, erklären wir den Pegasus den Krieg.«

Die Teilnehmer brachen in Jubel aus. Alexos verrenkte sich förmlich den Hals, um nur ja nichts zu verpassen. Lysander konnte die Erleichterung der Anwesenden über die Entscheidung nicht so recht teilen. Er kaute so fest auf seinem Füller herum, dass er zerbrach und ihn mit Tinte vollkleckste. Was, wenn Nerissa und der Menschenjunge recht hatten und die Pegasus keine Schuld traf? Wenn Nerissas Aussage in der

Chronik erschienen wäre, wäre den Worten des Jungen dann Glauben geschenkt worden?

Was, wenn sein Vater und die Gipfelteilnehmer einen schrecklichen Fehler machten?

Kapitel 18

Nixi ließ sich durchs Meer treiben. Das kalte Wasser kühlte die Verbrennung an ihrem Arm und ihre Tränen wurden vom Salzwasser fortgespült. Ihre Freunde hielten sie für einen Freak. Und vielleicht hatten sie sogar recht.

Sie konnte nirgends hin – außer zurück zu den Kelpies.

Auf halber Strecke dorthin kam ihr die Kelpiestute mit der hellgrünen Mähne und der violetten Blesse und Schwanzflosse entgegen, vor der sie aus der Unterwasserhöhle geflohen war.

Als sie Nixi sah, huschte ein Ausdruck der Erleichterung über ihr Gesicht. »Den Wellen sei Dank, es geht dir gut! Wenn dir etwas zugestoßen wäre, hätte ich mir das nie ...« Sie seufzte tief und stieß einen Schwall Luftblasen aus. »Ich soll für dich sorgen. Normalerweise kümmert sich Egeria um die neuen Meermenschen, aber sie ist gerade bei einem Gipfeltreffen in Coropolis. Ich gebe mir echt Mühe, aber ... ich glaube, ich habe dir Angst gemacht, oder? Können wir noch mal von vorne anfangen?« Sie legte ihren schlanken und mit glänzenden Schuppen übersäten Pferdekopf schief, sodass ihre Kiemen zum Vorschein traten, was anscheinend eine Art höfliche Geste unter Kelpies war. Dann sagte sie: »Mein Name ist Sorsha.«

Nixi zuckte mit den Schultern. *Glaubt sie jetzt echt, dass wir Freundinnen werden?*

»Komm, ich zeig dir alles«, schlug Sorsha fröhlich vor. »Wie heißt du?«

»Nixi«, grummelte sie und folgte dem Kelpie hinab ins dunkle Wasser. Dank der Schwimmhäute zwischen ihren Fingern und Zehen und der glatten Schuppen auf ihrer Haut konnte sie mühelos mit Sorsha mithalten. Mehr noch: Sie konnte die Säulen und Bögen aus schimmernden gelben und orangefarbenen Korallen erkennen, die überall um sie herum aus dem Meeresboden ragten. Und das, obwohl kein Licht bis hier unten vordrang, nicht bei Tag und schon gar nicht jetzt, weit nach Sonnenuntergang.

Freak, Freak, Freak. Mit jedem Schlag ihrer flossenartigen Füße hallte das Wort so laut durch ihren Kopf, dass die kaum mitbekam, was das Kelpie erzählte.

»Wir mussten natürlich eine Delegation zum Gipfel schicken, klar«, berichtete Sorsha, strampelte ein wenig mit allen vier glänzenden Hufen und schlug kraftvoll mit ihrem Fischschwanz. Ein Makrelenschwarm flitzte an ihnen vorbei, dicht gefolgt von zwei Kelpies, die ihre langen Hälse reckten und erst Sorsha, dann Nixi freundlich zunickten. Sorsha erwiderte die Geste, Nixi setzte bloß eine finstere Miene auf. »Wir beobachten die Situation schon seit Längerem mit Sorge«, fuhr Sorsha fort. »Wir fürchten, dass in Cavallon ein neuer Krieg ausbricht. In letzter Zeit sind jede Menge Kelpies verschwunden. Manche glauben, dass das mit dem Angriff auf die Freie Stadt zusammenhängt. Haben die Menschen auf der Festungsinsel auch Angst vor einem neuen Krieg?«

Nixi hatte keine Ahnung, wovon Sorsha redete, und um ehrlich zu sein, interessierte es sie auch nicht. So nett Sorsha auch schien, sie war eine der Kreaturen, die Nixi in ein Monster verwandelt hatten.

»Das ist die Speiselagune, wo wir gemeinsam unsere Mahlzeiten einnehmen«, erklärte Sorsha und deutete mit einer ausholenden Bewegung ihrer seidigen Schwanzflosse auf einen Ring aus Steinen, die mit Anemonen und Seesternen übersät waren. »Und da drüben …«

»Warum habt ihr mir das angetan?«, fragte Nixi.

Sorsha hielt inne und drehte sich zu ihr um. Ihre Hufe wirbelten durchs Wasser, während sie auf der Stelle schwamm. »Um dich zu retten, natürlich. So wie wir das mit allen ertrunkenen Menschen machen.«

»Was?«

»Du bist ertrunken. Dich in ein Meermädchen zu verwandeln, war der einzige Weg, dich vor dem Tod zu bewahren. Ich weiß, das ist hart für dich, aber du wirst bald merken, dass die Meermenschen hier unten glücklich sind. Sieh mal.« Mit ihrer violetten Schwanzflosse zeigte sie auf einen Korallenbogen, wo einige Meermenschen mit zwei übermütigen Kelpiefohlen durchs Wasser tollten.

Nixi knirschte mit ihren neuen scharfen Zähnen. »Ich wäre um einiges glücklicher, wenn ich mein altes Leben zurückhätte«, fauchte sie.

»Ich weiß«, erwiderte Sorsha und schaute sie sanft aus ihren tiefseedunklen Augen an.

Nixi wandte sich ab. Als sie merkte, dass Sorsha schweigend neben ihr herschwamm, bekam sie ein schlechtes Gewissen. Die Kelpiestute gab sich offensichtlich Mühe, so wie Nixi sich immer bemüht hatte, für ihre Gang zu sorgen. Und obwohl sie sich niemals freiwillig in einen Meermenschen hätte verwandeln lassen, musste sie doch zugeben, dass es immer noch besser war, als tot zu sein. Sie hatte auch keinen Zweifel daran, dass Sorsha die Wahrheit sagte. Denn nun, da sie sie aus der

Nähe gesehen hatte, war ihr klar, dass die Kelpies keine menschenfressenden Ungeheuer waren. Schließlich wäre sie ohne sie jetzt tot.

Nicht dass das irgendetwas besser machte.

Sorsha schwamm weiter neben Nixi her, ließ sie aber in Ruhe ihren Gedanken nachhängen, bis sie zum nächsten Punkt ihrer Führung kamen und sie ihren Vortrag fröhlich fortsetzte. Sie rief den Kelpies und Meermenschen, die gerade dabei waren, die Seetangfelder zu beackern, einen Gruß zu. Anschließend erklärte sie Nixi, dass hier der Großteil der Nahrung für die Riffbewohner gewonnen wurde. Sie kamen wieder an den beiden Kelpies vorbei, die dem Makrelenschwarm nachjagten und nun damit beschäftigt waren, die Fische in ein großes Netz zu treiben. »Warum machen sie das?«, fragte Nixi fast gegen ihren Willen.

»Um den Fischern zu helfen«, antwortete Sorsha. »Das machen wir jede Nacht.«

Nixi war sprachlos. Deswegen also war die Kalte See so ein ergiebiges Fanggebiet – nicht dank ihrer außerordentlichen Fähigkeiten, wie Kapitän Dobber behaupten würde, kehrten die Fischer jedes Mal mit vollen Netzen zur Festungsinsel zurück, sondern weil die Kelpies dafür sorgten. Nixi kniff argwöhnisch die Augen zusammen.

»Verstehe«, sagte sie. »Und was springt für euch dabei raus?«

Sorsha runzelte verwirrt die Stirn. »Was meinst du?«

Nixi streckte den schuppigen Arm aus und deutete auf das Netz, das inzwischen randvoll mit zappelnden Makrelen war. »Ihr treibt uns die Fische in die Arme und rettet uns vor dem Tod. Dafür müsst ihr doch irgendeine Gegenleistung erwarten. Also, was verlangt ihr?«

»Oh, nein«, widersprach Sorsha und blähte die Nüstern. Sie klang entsetzt. »Wir wollen nichts von den Menschen. Wir …

empfinden eine gewisse Zuneigung für sie. Sie sind Außenseiter in Cavallon, genau wie wir. Deswegen helfen wir ihnen.«

Nixi musterte sie eingehend. Das Kelpie wirkte vollkommen aufrichtig und doch ergab das alles keinen Sinn.

Als Nächstes brachte Sorsha Nixi zu den Unterkünften im Kelpieriff.

»Wir Kelpies verbringen die meiste Zeit hier«, erklärte sie und zeigte auf eine weitläufige Seegraswiese. Einige Kelpies trieben sanft im wogenden Gras und schnarchten leise, wobei jedes Mal kleine Luftblasen aus ihren Mäulern blubberten. »Die Meermenschen bevorzugen die Höhlen. Ich vermute, die erinnern sie an ihr Zuhause da oben. Für dich haben wir auch einen Platz dort.«

»Super«, antwortete Nixi trocken. Insgeheim war sie jedoch froh, dass sie nicht wie die Kelpies im offenen Meer schlafen musste. Bevor sie das wurmstichige Schiffswrack gefunden hatte, in dem ihre Gang jetzt hauste, hatte sie in einer ganzen Reihe schrecklicher Behausungen gelebt: in einer alten Vorratskiste draußen vor einem Lagerhaus, unter einem umgedrehten Ruderboot und sogar im hohlen Stamm einer Eiche. Doch das Erste, was sie als Waisenkind auf der Straße gelernt hatte, war, nur zu schlafen, wenn sie ein sicheres Versteck gefunden hatte.

»Sind das die Höhlen?«, fragte Nixi und deutete auf einen dunklen Punkt in der Ferne, den sie hinter dem Wrack eines versunkenen Schiffs entdeckt hatte. Sie schwamm darauf zu. Sie konnte es kaum erwarten, Sorsha loszuwerden, um endlich in Ruhe nachdenken zu können.

»Nein!«, rief Sorsha warnend. Sie schwamm an Nixis Seite. »Das ist der Schlund. Ich kann ihn dir zeigen, aber schwimm nicht zu nahe ran. Da ist es gefährlich.«

Sie glitten in einiger Höhe über die Seegraswiese und das mit Anemonen besetzte Wrack hinweg und auf die dunkle Stelle zu. Als sie näher kamen, tat sich die Düsternis dort unten wie eine Schlucht vor ihnen auf. Nixi spürte, wie kalte Strömungen um sie herum aufstiegen. Der Meeresboden hörte abrupt auf und fiel steil in die Dunkelheit ab, die so finster war, dass Nixi sogar mit ihren neuen lichtempfindlichen Augen absolut nichts erkennen konnte.

»Der Schlund ist selbst für Kelpies gefährlich«, erklärte Sorsha. »Halte also lieber Abstand.«

Nixi musste sich zusammenreißen, um nicht über ihren ängstlichen Tonfall zu lachen. »Ganz ehrlich? So wie du über diesen Schlund redest, könnte man fast meinen, die Minotauren wären wieder zum Leben erwacht und ...«

Plötzlich packte die Strömung Nixis Füße und zog sie hinab in die finstere Tiefe. Nixi schrie. Das eisige Wasser ließ ihre Kiemen förmlich erstarren.

Sorsha senkte den Kopf und eilte Nixi zu Hilfe. Mit ihrer Flanke schob sie sie zurück, in Sicherheit. »Der Schlund ist gefährlich«, bekräftigte sie. »Am besten hältst du dich von ihm fern.«

Nixi nickte zitternd. Sie hätte nicht gedacht, dass sie solche Angst vor dem Wasser haben könnte, erst recht nicht, nachdem sie bereits ertrunken war, doch ihr Herzschlag beruhigte sich erst wieder, als sie das dunkle Wasser weit hinter sich gelassen hatten und Sorsha sie in ein gemütliches kleines Unterwasserdorf geführt hatte.

Nixis neues Zuhause war ein weitläufiges Gewölbe aus graubraunem Fels, das sie sich mit acht anderen Meerfrauen und -mädchen teilte. In den Wänden waren hier und da feine Risse und Spalten, aus denen kleine, leuchtende Pflanzen wuchsen, die die Umgebung in ein unheimliches grünes Licht tauchten. In verschiedenen Höhen waren breite Nischen in den Stein gehauen worden, die mit dem gleichen weichen Seegras ausgekleidet waren, auf dem Nixi erwacht war. Offenbar dienten diese Kojen den Meermenschen als Betten. Nixis neue Mitbewohnerinnen kamen angeschwommen und umarmten sie überschwänglich, während Sorsha eine Reihe Namen aufzählte, die Nixi jedoch sogleich wieder vergaß. Sie wich vor ihren schuppigen Körpern zurück. »Willkommen«, sagte die älteste Meerfrau lächelnd, wobei ihre scharfen Zähne aufblitzten. »Wir freuen uns so, dass du hier bist.«

Das kleinste Meermädchen zog an Nixis Hand. Sie hatte ein herzförmiges Gesicht und ihre Schuppen schimmerten bläulich. »Lass uns was spielen!«

Nixi machte sich sanft von ihr los. »Vielleicht später.«

»Ich könnte mir vorstellen, dass Nixi ganz schön müde ist«, meinte Sorsha. »Lassen wir sie erst mal ein bisschen ausruhen.« Sie verabschiedete sich und die alte Meerfrau führte Nixi zu einer der Felsnischen. Dankbar ließ sich Nixi auf das weiche Seegras sinken. Endlich konnte sie in Ruhe ihre Gedanken sortieren. In ihrem Kopf wimmelte es wie in einem Eimer voller Aale. Trotzdem konnte sie den Blick nicht von den anderen abwenden, die nach und nach wieder ihre Beschäftigungen aufnahmen. Drei ältere Meerfrauen zogen sich in ihre Betten am hinteren Ende der Höhle zurück. Das kleine Meermädchen saß auf dem Boden und spielte eine Art Muschelspiel mit einer anderen Meerfrau von vornehmer Anmut, die ganz offensichtlich ihre Mutter war. Sie hatten beide das gleiche herzförmige Gesicht und selbst die Muster ihrer blauen Schuppen ähnelten sich. Als sie sah, wie strahlend das kleine Mädchen zu seiner Mutter aufsah, spürte Nixi einen Kloß im Hals. Die Kleine konnte nicht viel Zeit an Land gehabt haben, bevor sie ertrunken war.

Ein kleines Stück weiter unterhielten sich eine Frau mittleren Alters und ein Mädchen, das nur ein paar Jahre älter war als Nixi, während sie zusammen ein altes, verknotetes Fischernetz entwirrten. Nixi hätte das diamantförmige Muster überall wiedererkannt.

»Das ist ein Netz von der Festungsinsel«, sagte sie.

Die Ältere der beiden sah überrascht auf und lächelte. Das grünliche Licht verlieh ihrem hellen, seegrasähnlichen Haar die Farbe frischer Erbsen. »Kapitän Dobber kann sich kein neues leisten, deswegen dachten wir, wir richten dieses alte Netz für ihn her. Das hat sich bei dem Sturm letzte Nacht im Treibholz verfangen.«

Die Jüngere kicherte. »Er ist Mays *Liebster.*«

»Er *war* es«, korrigierte die Ältere, die demnach May sein musste, ruhig. »Ich war mit Aldric Dobber verlobt, aber das ist Jahre her. Damals habe ich mich als Glücksbringerin auf den Fischerbooten verdingt, um Geld zu verdienen. Wir wollten uns nach der Hochzeit ein eigenes Haus kaufen. Aber drei Tage vor unserer Hochzeit bin ich bei einem Sturm ertrunken.« Sie seufzte. »Ich weiß nicht, ob er sich das jemals verziehen hat.«

Nixi kratzte sich unbehaglich am schuppigen Arm, weil ihr einfiel, dass sie ihn neulich erst bestohlen hatte.

»Wie auch immer«, fuhr May brüsk fort. »Mich um seine Netze zu kümmern, gibt mir das Gefühl, ihm ein bisschen näher zu sein.«

»Ich bin auch bei einem Sturm ertrunken«, murmelte Nixi und setzte sich auf ihrem Bett aus Seegras auf.

Die Meerfrau lächelte. »Das wissen wir. Jenera hier auch.« Sie zeigte auf das Mädchen, das ihr mit dem Netz half.

Jenera seufzte und sagte dann schnell, als hätte sie es satt, die Geschichte wieder und wieder zu erzählen: »Ich wollte rüber aufs Festland, nach Hittum, und hab mich im Frachtraum eines Schiffes versteckt. Dann ist es voll Wasser gelaufen und ich bin ertrunken. Was soll's?« Sie lächelte und ließ die spitzen Zähne aufblitzen. »Hier unten ist es eh besser. Wirst schon sehen.«

Nixi setzte sich auf und deutete auf die elegante Meerfrau mit dem kleinen Kind. Obwohl die Kleider der Mutter zerfetzt und abgetragen waren, sahen sie aus, als seien früher einmal Goldfäden eingewebt gewesen. »Und was ist mit ihnen?«, fragte sie leise.

May folgte ihrem Blick. »Dalyas Mann war Kaufmann auf dem Festland. Er hat ihr auf der Festungsinsel ein Sommerhaus gebaut. Eines Tages war sie mit der kleinen Reba spazieren und das Mädchen ist ins Wasser gefallen. Dalya ist hinterhergesprungen, um sie zu retten, aber eine Strömung hat beide erfasst und unter Wasser gezogen.«

Nixi versuchte, sich vorzustellen, wie sich Dalyas Mann gefühlt haben musste, nachdem er seine Frau und seine Tochter auf einen Schlag verloren hatte. »Ist ... jemals ein Meermensch an Land zurückgekehrt? Also, für immer?«, fragte sie.

Jenera prustete los, doch May lächelte bloß traurig. »Nein«, antwortete sie. »Aber immerhin können wir unseren Familien helfen, indem wir das Meer schützen und ihre Netze entwirren.«

Das war ja alles schön und gut, aber wie bitte schön sollte Nixi ihre Gang vor Simeon beschützen, wenn sie nicht an Land gehen konnte, ohne sie zu erschrecken? Sie trommelte nachdenklich mit ihren scharfen Krallen gegen die Felswand, während sie zu den drei alten Meerfrauen hinüberblickte, die am hinteren Ende der Höhle schliefen. Sie konnte sehen, wie ihre Münder sich im Schlaf öffneten und schlossen. Ihre Gesichter schienen schuppiger zu sein als die der anderen. Entsetzt stellte Nixi fest, dass zwei von ihnen keine Beine mehr hatten, sondern Fischschwänze, die in breiten Schwanzflossen endeten. Als wären ihre Beine im Lauf der Zeit zusammengewachsen.

Nixi wurde ganz flau im Magen. Es fühlte sich an, als würde ein Schwarm kleiner Fische darin herumflitzen. Sie durfte nicht zulassen, dass ihr das auch passierte. *Dann sitze ich für immer hier fest! Ich muss einen Weg finden, an Land zurückzukehren …*

Im Wasser um sie herum kam Unruhe auf, ein seltsames Vibrieren, das sie zunächst auf ihre Angst schob. Doch dann hörte sie die Stimmen der Kelpies. Sie und die anderen standen auf und schwammen darauf zu. Nixi musste sich gegen eine der Höhlenwände drücken, um einer der alten Meerfrauen auszuweichen, die dank ihres Fischschwanzes mit erstaunlicher Geschwindigkeit an ihr vorbeizischte.

Nixi und die anderen folgten ihr. Am Rand der Seegraswiese hatte sich bereits eine große Menge um ein Dutzend Kelpies geschart, die ziemlich müde und abgekämpft aussahen. Ihre Schuppen wirkten stumpf und ihre Mienen waren ernst.

»Sie sind vom Gipfeltreffen zurück!«, rief Jenera. Das mussten also diese Abgesandten sein, die Sorsha erwähnt hatte. Was sie wohl zu berichten hatten?

In der Menge verbreitete sich die Botschaft, dass sie sich in der Großen Grotte versammeln sollten. Wenig später hatten sich alle in einem langen, gedrungenen Saal aus Fels und Korallen eingefunden. Erst jetzt begriff Nixi langsam, wie groß die Unterwasserkolonie wirklich war: Um sie herum schwammen Hunderte Kelpies, deren Schuppen in allen nur erdenklichen Farben schimmerten, und dazu mindestens hundert Meermenschen. Nixi fand einen Platz neben Sorsha, die zur Begrüßung Nixis Hand mit ihrer Schwanzflosse berührte.

»Das ist Egeria«, erklärte Sorsha und deutete mit einem Kopfnicken auf eine schlanke Kelpiestute, die gerade einen Felsen erklomm, der als Bühne zu dienen schien.

»Die Anführerin?«, fragte Nixi.

Sorsha schüttelte den Kopf. Ihre Mähne wirbelte im Wasser umher. »Wir haben keine Anführer«, sagte sie. »Egeria gilt als die Weiseste unter uns, daher haben wir beschlossen, dass sie im Namen der Delegation sprechen soll.«

Egeria war nicht viel größer als Sorsha. Nixi rechnete damit, dass sie kaum zu verstehen sein würde, doch als Egeria zu sprechen begann, hallte ihre Stimme, mehrfach verstärkt von den Wänden der Grotte, wider. Deshalb also nutzten sie diesen Raum für ihre Versammlungen.

»Die Gipfelteilnehmer haben einen Entschluss gefasst«, berichtete Egeria. »Die anderen Clans haben entschieden, den Pegasus den Krieg zu erklären.«

Ringsum wurden Proteste laut. Wieder schwappte dieses merkwürdige Vibrieren durchs Wasser, das unangenehm in Nixis Magengrube kribbelte. Nixi erwartete, dass Egeria die Stimme erheben oder auf andere Weise versuchen würde, sich Gehör zu verschaffen, doch sie wartete geduldig ab, bis sich die Unruhe legte wie ein Regenschauer nach einem Gewitter.

»Vor allem die Zentauren schienen sehr auf eine Kriegserklärung aus zu sein«, fuhr Egeria fort, als habe es keine Unterbrechung gegeben.

»Die führen wieder irgendwas im Schilde«, meinte ein Kelpiehengst und trat neben Egeria auf den Fels.

»Daran besteht kein Zweifel«, erwiderte sie niedergeschlagen.

Aus der Menge kam zustimmendes Gemurmel. Selbst Sorsha nickte energisch.

»Was habt ihr gegen die Zentauren?«, erkundigte sich Nixi,

als sich die Versammlung kurz darauf auflöste. Sie selbst war nur ein paar Mal welchen begegnet, die als Vertreter der wohlhabenden zentaurischen Kaufleute vom Festland auf die Festungsinsel gekommen waren. Viele der Inselbewohner waren von ihren tadellosen Manieren und ihrer Bildung beeindruckt und fast ein bisschen eingeschüchtert gewesen. Für Nixi waren sie nichts als eingebildete Snobs.

»Die Zentauren waren diejenigen, die uns in den Norden und damit in die Kalte See getrieben haben«, erklärte Sorsha mit einem Hauch von Ärger in ihrer sonst so sanften Stimme. »Unsere Vorfahren lebten überall, in den Flüssen und Seen von ganz Cavallon. Die Zentauren haben uns vertrieben, weil wir ihr Geheimnis kennen.«

»Was für ein Geheimnis?«

Sorsha schüttelte ihre Seegrasmähne. »Die Zentauren waren nicht immer das, was sie heute sind. Früher, vor langer Zeit, waren sie Menschen und ...«

»Halt, Moment!«, unterbrach Nixi. »Was soll das heißen, die Zentauren waren früher Menschen?«

»Genau das«, antwortete Sorsha. »Die ersten Zentauren waren Menschen, die mit einer gefährlichen Magie herumexperimentiert und sich schließlich verwandelt haben.«

Nixi fühlte sich wie ein Schiff, das auf einen Felsen aufgelaufen war. *Sie haben sich verwandelt?* Diese Erkenntnis erschütterte sie zutiefst und brachte ihr gesamtes Wissen über Cavallon ins Wanken. »Warum weiß niemand davon?«

»Nicht mal die Zentauren kennen ihren Ursprung. Jedenfalls die allermeisten nicht«, erwiderte Sorsha. »Und die wenigen, die es wissen, schämen sich vermutlich dafür. Aber einige Dinge ändern sich wohl nie. Schon die allerersten Zentauren konnten offenbar den Verlockungen der Macht nicht widerstehen. Und wie man sieht, können sie das bis heute nicht. Kein Wunder, dass sie jetzt in den Krieg ziehen wollen.«

»Aber warum?«, fragte Nixi. »Sie würden doch bestimmt auch darunter leiden, wenn ...«

»Der Elite der Zentauren geht es nur um eins: ihr Geheimnis und damit ihre Überlegenheit zu bewahren. Das ist alles. Die Menschen und anderen Pferdeclans mögen ihnen vielleicht vertrauen, aber wir Kelpies wissen es besser. Wir haben unsere Geschichte nicht vergessen.«

Sorsha schlug mit der Schwanzflosse und schwamm davon, doch Nixi blieb noch einen Moment zurück.

Menschen, die mit einer gefährlichen Magie herumexperimentiert und sich schließlich verwandelt haben ...

Sorshas Worte gingen ihr nicht aus dem Kopf. Wenn die Zentauren sich mit magischen Verwandlungen auskannten, konnten sie ihr ja vielleicht helfen, sich zurück in einen Menschen zu verwandeln.

*

Nixi saß mit Sorsha, May und Jenera in der Speiselagune und kaute auf ihrem Mahl aus Fisch und Seetang herum, während sie insgeheim Pläne schmiedete. Wie konnte sie mehr über diese Magie herausfinden? Wie konnte sie Kontakt zu den Zentauren aufnehmen? Auch später, als sie schlaflos in ihrer Koje lag, vermochte sie an nichts anderes zu denken.

Kurz vor Sonnenaufgang nahm Sorsha sie mit zu den Docks der Festungsinsel, um Seepocken von den Fischerbooten zu kratzen. Sorsha brach die Seepocken mit ihren Hufen vom Holz, doch Nixis lange Nägel waren dafür nicht stark genug, also behalf sie sich mit einem Speer, den May aus einem

Schiffswrack geborgen hatte. Die Arbeit war ziemlich eintönig, wenn auch überraschend befriedigend, und gab Nixi genügend Zeit nachzudenken.

Ich bin eine geschickte Diebin, dachte sie. *Vielleicht kann ich die Magie der Zentauren stehlen.*

Denn wenn die Kelpies recht hatten und man den Zentauren wirklich nicht trauen konnte, würden sie ihr niemals freiwillig helfen.

Sorsha schabte mit dem Huf sorgfältig eine Reihe Seepocken vom Boot. Ihre Seite sah viel ordentlicher aus als Nixis und war schon fast fertig. Nixi hebelte mit dem Speer eine Seepocke los, die taumelnd in der Tiefe verschwand, wo sie prompt von einer hungrigen Spitzschnecke vertilgt wurde. Gerade als Nixi sich an die nächste Seepocke machte, drang von oben eine unangenehme, laute Stimme durchs Wasser, die Nixi nur allzu gut kannte. Sie verzog das Gesicht, stieß sich vom Boot ab und schwamm unter den Anlegesteg, wo sie den Kopf aus dem Wasser stecken konnte, ohne gesehen zu werden.

Simeon stand ganz in der Nähe auf einem Handelsschiff und redete auf eine stämmige Frau ein, an deren elegantem Wollmantel Nixi erkannte, dass sie für einen Kaufmann vom Festland arbeiten musste. Die Frau rümpfte die Nase, als hätte sie etwas Unangenehmes gerochen, allerdings konnte Nixi nicht erkennen, ob das an Simeon lag, am Geruch der Docks oder ob sie immer so aussah.

»Und alle sind kräftig?«, fragte die Frau. »Ich bezahle nicht für Schwächlinge. Die halten in den Zinnminen keine Woche durch.«

»Oh ja, das sind sie«, beteuerte Simeon. »Jeder von denen trägt locker ein Bierfass.«

Was hat er jetzt schon wieder vor?, fragte sich Nixi und

schwamm näher heran. Sie hatte ein ungutes Gefühl bei der Sache.

»Hmm«, machte die Frau vom Festland. »Bring sie bei Sonnenuntergang zum Warenlager in Hittum. Wenn sie annehmbar sind, kriegst du dort dein Geld.«

Simeon grinste. »Ihr werdet sehen, Waisenkinder wie diese sind perfekt für Eure Mine. Wer auf der Straße überleben will, muss stark sein.« Er lachte bellend und stieß der Frau seinen Ellbogen in die Rippen, dann sprang er zurück auf den Steg. »Sogar die kleine Blinde – sie arbeitet hart und bei ihr muss man sich wenigstens keine Sorgen machen, dass sie da unten das Augenlicht verliert, hab ich recht?«

Nixi vergaß, weiter Wasser zu treten. Sie war so geschockt, dass sie kaum mitbekam, wie sie unterging und ihr Körper von Lungen- wieder auf Kiemenatmung umstellte. Simeon hatte vor, Floss und die anderen an die Zinnminen auf dem Festland zu verkaufen ...!

Nicht wenn ich es verhindern kann.

Egal, wie sie auch aussah – Nixi musste ihre Gang retten, und zwar schnell!

Kapitel 19

Aquilla streifte die Wolken über den Marmortürmen und Parks von Coropolis. Ihr Schweif zuckte nervös. Das Gipfeltreffen musste längst zu Ende sein – und immer noch war Jaren nirgends zu sehen.

Sie hatte ihn in einem Wäldchen außerhalb der Stadt abgesetzt und er war zu Fuß zu dem Treffen gegangen, während sie sich über den Wolken versteckte. Auf ihrer Reise Richtung Süden hatten sie noch bei einem weiteren Dorf haltgemacht, damit Jaren in Erfahrung bringen konnte, wann genau der Gipfel stattfinden sollte. Als er zu ihrem Versteck hinter einer Reihe Heuhaufen zurückgekehrt war, hatte er auf seine Weste und Hose gezeigt. »Nicht gerade palasttauglich, oder?« Er hatte gegrinst, doch Aquilla konnte spüren, wie nervös er war.

Gestern hatte sie, hinter einer Wolke verborgen, beobachtet, wie Jaren den Palast betreten hatte. Aber ... hatte er es auch wieder hinausgeschafft?

Hör auf, dir Sorgen zu machen, ermahnte sie sich. Wenn die Debatten und Abstimmungen bei den anderen Clans nur halb so lange dauerten wie bei den Pegasus, würde es noch eine ganze Weile dauern, bevor sie Jaren wieder zu Gesicht bekam.

Trotzdem tauchte sie ein weiteres Mal durch die Wolken, um einen Blick auf den Palast zu erhaschen. Der Innenhof und die

Parkanlagen waren still und friedlich. Sonnenlicht glitzerte in den Fontänen der Springbrunnen und sie sah Zentauren auf den Rasenflächen umherlaufen, die von hier oben winzig klein erschienen.

Gerade als sie mit den Flügeln schlug, um sich wieder über den Wolken in Deckung zu bringen, erspähte Aquilla auf der Straße vor dem Palast einen vertrauten braunen Wuschelkopf. Ihr fiel ein Stein vom Herzen.

Jaren! Endlich!

Er wurde von vier Zentauren begleitet, zwei auf jeder Seite. Plötzlich sah einer von ihnen hoch und Aquilla flüchtete sich eilig in die Wolken. Sie flog in die Richtung, in die Jaren und die Zentauren unterwegs waren, und ließ sich nur hin und wieder kurz unter die Wolkendecke sinken, um ihren Kurs zu korrigieren. Die Sonne spiegelte sich in den goldenen Helmen der Zentauren. *Sind das Wachleute?* Jarens Haltung wirkte angespannt, aber aus der Ferne konnte sie nicht erkennen, ob er bloß nervös war oder Angst hatte. Vielleicht eskortierten ihn die Wachen zu einem Treffen mit einer hochrangigen Persönlichkeit, der er die Botschaft der Pegasus überbringen sollte.

Ja, das muss es sein, dachte Aquilla, als sie sah, wie die Zentauren Jaren durch die Eisentore eines grauschwarzen Gebäudes führten. Das Bauwerk stand auf einer Landspitze, die über den Fluss ragte. Der obere Teil der glatten Außenwände war mit Reliefs verziert, so wie die meisten Gebäude in Coropolis. Aquilla traute sich nicht näher heran, denn über dem Fluss war die Wolkendecke dünner und sie musste um jeden Preis verhindern, dass sie entdeckt wurde und dort unten Panik ausbrach. Andernfalls war Jarens Treffen mit dem Würdenträger der Stadt, bei dem er ihn von der friedlichen Natur der Pegasus überzeugen wollte, von vornherein zum Scheitern verurteilt.

Jaren weiß, was er tut, versuchte Aquilla erneut, sich zu beruhigen. Trotzdem zuckte sie angespannt mit dem Schweif, als Jaren aus ihrem Blickfeld verschwand und das Eisentor scheppernd hinter ihm ins Schloss fiel.

Ihr blieb nichts anderes übrig, als sich weiter an ihren Plan zu halten. Sie flog zum höchsten Turm der Stadt, einem uralten Bauwerk aus hellem Stein, das so mit Moos überwuchert war, dass es von Weitem aussah, als sei es grün angemalt. Es war der Turm der Sterne. Aquilla hatte ihn sofort erkannt, da er in zahlreichen Pegasussagas vorkam. Sie hatten verabredet, dass Aquilla am Fuß des Turms auf Jaren warten würde, sobald er aus dem Palast kam. Der Turm war von überall in Coropolis zu sehen, sodass Jaren problemlos in der Lage sein sollte, ihn zu finden.

Ein kleines, lauschiges Wäldchen umgab den Turm auf drei Seiten. An der vierten endete der Pfad, der sich von der Hauptstraße hochschlängelte. Nachdem sie sich vergewissert hatte, dass die Luft rein war, legte Aquilla die Flügel an und sauste in steilem Sturzflug auf den Boden. Im letzten Augenblick richtete sie sich auf und landete, wobei sie das Farnkraut unter ihren Hufen zerquetschte, das dort überall wuchs. Jetzt musste sie nur noch warten. Am liebsten wäre sie den Turm hinaufgestiegen. Von dort oben hatte ihre Vorfahrin Evelin Copperwing vor ewigen Zeiten die Schlacht der vereinten Truppen von Cavallon gegen die Minotauren beobachtet, die sich vor den Toren der Stadt ereignet hatte. Das war lange, lange her. Damals hatten die anderen Clans den Pegasus noch vertraut.

Doch jetzt durfte Aquilla nicht riskieren, gesehen zu werden. Sie beschloss, jagen zu gehen, und erbeutete drei fette Vögel, die zu bequem waren, um vor ihr wegzufliegen. Dann ließ sie sich unter den herabhängenden Ästen einer Weide nieder und wartete.

Die Sonne stieg höher und höher, doch von Jaren fehlte weiterhin jede Spur. Sie hielt es vor Sorge kaum noch aus, aber sie wollte lieber nichts unternehmen, was ihn in Gefahr bringen konnte.

Wenn der Schatten der Bäume den Fuß des Turms erreicht, mache ich mich auf die Suche nach ihm, beschloss sie. Sie ertappte sich dabei, wie sie nervös die Federn sträubte, und zwang sich, Ruhe zu bewahren.

Auf dem Pfad näherten sich Schritte. *Endlich!* Erleichtert sprang Aquilla auf.

Dann hörte sie die Stimmen.

»Sorg dafür, dass der Turm heute Abend schon früher bereit ist«, ertönte eine tiefe, knurrige Stimme. »Die ganze Stadt wird die Sterne befragen wollen, wie die Sache ausgeht.«

»Kein Wunder«, erwiderte eine andere Stimme. »Wir richten schließlich nicht jeden Tag ein Gipfeltreffen aus, bei dem den Pegasus der Krieg erklärt wird.«

Aquilla stockte der Atem. Als er wieder einsetzte, ging er flach und stoßweise. *Den Pegasus der Krieg erklärt ...*

»Lord Diomedes hat bereits die Truppen inspiziert«, meinte die tiefe Stimme. »Klingt, als würden sie sich schon bald in Bewegung setzen.«

Meine Herde! Sie musste Jaren finden und sie warnen.

Aquilla breitete die Flügel aus und drückte sich vom Boden ab. Weidenzweige peitschten ihr ins Gesicht, doch sie schüttelte sie ab und schoss durchs Blätterdach empor.

Die Zentauren auf dem Pfad starrten ihr mit offenem Mund nach. »Sie sind bereits hier!«, schrie der mit der tiefen Stimme. »Wir werden angegriffen!«

»Pass auf!«, rief der andere und zog seinen Begleiter von ihr weg. »Du weißt doch, was in der Freien Stadt passiert ist!«

Aquilla hatte keine Zeit, sich ihretwegen Gedanken zu machen. Sie flog schnurstracks auf das Gebäude am Fluss zu, während die Zentauren in den Straßen unter ihr aufschrien und Hals über Kopf die Flucht ergriffen. Als sie näher kam, drehte sich ihr der Magen um. Das, was sie für Reliefs gehalten hatte, waren in Wahrheit Eisenspitzen, die aus den Wänden ragten. Und die Mauern waren deswegen so glatt, weil sie keine Fenster hatten.

Es ist ein Gefängnis! Sie verfluchte sich insgeheim, weil sie das nicht früher bemerkt hatte. Hatte sie wirklich geglaubt, die anderen Clans würden Jarens Botschaft ernst nehmen? Sie hätte damit rechnen müssen, dass sie ihn bestrafen würden. Ihre Herde hatte recht gehabt, sich von den anderen Clans fernzuhalten. Nun musste ihr einziger Freund ihretwegen leiden.

Das würde sie nicht zulassen. Aquilla hatte noch nie gekämpft, aber sehr wohl ihre Vorfahren. *»Schnell und entschlossen wie ein Greifvogel stieß sie aus den Wolken hinab«*, murmelte Aquilla. Es war ihre Lieblingszeile aus der Saga über Evelin Copperwing und sie machte ihr Mut. Sie hatte vielleicht keine Waffen, aber dafür war sie schnell, entschlossen und hatte das Überraschungsmoment auf ihrer Seite.

Sie legte die Flügel an und sauste im Sturzflug und mit ausgestreckten Vorderbeinen auf das Eisentor des Gefängnisses zu. Die zentaurischen Wachen waren so überrumpelt, dass sie erst auf die Idee kamen, ihr hinterherzujagen, als sie bereits das Tor eingetreten hatte, einen feuchtklammen Gewölbegang entlanggaloppiert und durch die Holztür an dessen Ende geprescht war. Ihre Hufe glitten auf dem Kopfsteinpflaster aus, doch mithilfe ihrer Flügel gelang es ihr, das Gleichgewicht zu halten. Inzwischen befand sie sich in einem weiteren finsteren Gang. Ketten hingen von den Wänden und vor ihr spannten

Wachleute ihre Armbrüste. Zwei von ihnen zielten auf sie, doch sie trat ihnen die Waffen aus der Hand und wirbelte herum, um drei weitere mit ihren Flügeln niederzustrecken.

Der Weg war frei und Aquilla stürmte durch den nächsten Gang. Sie schlug mit den Flügeln, um weiter zu beschleunigen, was in den beengten Tunneln gar nicht so einfach war. Bald war sie so schnell, dass ihre Hufe kaum noch den Boden berührten.

»Jaren!«, schrie sie. »Jaren! Wo bist du?«

Ihre Flügelspitzen streiften die rauen Steinwände und in der Luft hing ein muffiger, abgestandener Geruch, doch sie lief unbeirrt weiter und lugte hastig in die kleinen Sichtfenster an den Zellentüren. Schmutzige Gesichter blickten ihr entgegen, manche freudig, manche voller Angst. Doch keins davon gehörte Jaren.

Sic galoppierte eine Wendelrampe hinauf und stieß zwei weitere Wachleute beiseite. Bevor die beiden sich aufgerappelt hatten, war sie bereits in den nächsten Gang gebogen. Auf diesem Stockwerk wurden die Gefangenen in Gemeinschaftszellen gehalten. Sie riefen um Hilfe und flehten sie an, sie zu befreien. Hörner wurden durch die Gitterstäbe gesteckt, schuppige Fischschwänze und Hände, von denen sie nicht wusste, ob sie Menschen oder Zentauren gehörten. Aquilla stellte ihre Flügel auf, um etwas abzubremsen und sich die Hände genauer anzusehen, aber auch hier fand sie Jaren nicht.

Der Gang öffnete sich zu einer weiteren Wendelrampe und Aquilla jagte ins nächste Stockwerk hoch. »Jaren! Jaren, ich bin es!«, rief sie.

Doch kaum hatte sie den stickigen Gang betreten, kam ihr ein Dutzend Zentauren mit Schwertern und Seilen entgegen. Aquilla fuhr herum, aber es war zu spät: Sie stürzten sich auf sie. Sie schrie auf, als ein Schwerthieb ihre Schulter streifte, und trat wild um sich, als einer der Zentauren ihr eine Schlinge ums Hinterbein legte und zuzog.

»Aquilla! Aquilla, bist du das? Ich bin hier!«

Das war Jarens Stimme! Er war irgendwo vor ihr, hinter den Wachleuten.

»Ich komme!«, schrie sie. Sie bäumte sich auf und preschte durch die Reihen der Wachen, wobei sie den Zentauren mit dem Seil ein ganzes Stück hinter sich herzog, bevor er schließlich losließ.

»Aquilla!« Jarens Stimme klang verzweifelt.

Sie folgte seinen Rufen zu einer Zelle in der hintersten Ecke des Gebäudes. In der hölzernen Zellentür befand sich ein winziges Gitterfenster. Aquilla bäumte sich auf und trat zu. Die Tür zersplitterte und fiel aus den Angeln. »Jaren!«, rief sie, doch der Mensch, der dort auf dem schmutzigen Stroh lag, war nicht ihr Freund. Im flackernden Licht der Lampen auf dem Gang erkannte sie, dass der Mann goldbraune Haut hatte, die mit blauen Flecken übersät war. Er war so dünn, dass seine schmutzige grüne Tunika wie ein Sack von seinem Körper hing.

Auf dem Gesicht des Mannes breitete sich ein Lächeln aus, bei dem deutlich wurde, dass er höchstens noch die Hälfte seiner Zähne hatte. »Bei allen Bergen, du bist es!«

Aquilla starrte ihn entgeistert an.

»Ich habe dich gesehen! Im Gebirge!«, rief der Mann und rappelte sich auf. »Du bist ihm entkommen!«

»Entkommen? Wem?«

»Dem Minotaurus natürlich!« Der Mann rang überglücklich die Hände. »Erzähl, wie hast du das geschafft?«

Aquilla stand mit offenem Mund da, während sich in ihrem

Kopf ein Bild von dem ergab, was geschehen sein musste. Die anderen in der Herde hatten immer gesagt, dass Aquoro und sie mit ihrem nebelgrauen Fell aussahen wie Zwillinge. Und jetzt hielt dieser Fremde sie anscheinend für ihren Bruder.

Was nur eins bedeuten konnte: Er hatte Aquoro gesehen.

Dann schlug der Rest von dem, was er gesagt hatte, wie eine eisige Welle über ihr zusammen. *Ein Minotaurus hat ihn gefangen ...*

Aber das konnte nicht sein. Die Minotauren waren seit Urzeiten ausgestorben!

Doch sie hatte jetzt keine Zeit, darüber nachzudenken. Hinter ihr auf dem Gang ertönte Hufgetrappel.

»Steig auf meinen Rücken!«, befahl sie dem Mann. Sie war überrascht, wie schnell er gehorchte. Seine spitzen Knochen bohrten sich in ihre Flanken und er krallte sich schmerzhaft an ihrer Mähne fest. Aquilla preschte durch die Tür und auf den Gang hinaus.

Sie machte sich nicht mehr die Mühe, in jede Zelle zu gucken, sondern trat einfach die Schlösser von den Türen und stürmte weiter, sobald klar war, dass Jaren nicht unter den Gefangenen war. Die Flut der Häftlinge, die aus den Zellen strömten, bremste die Wachen hinter ihr aus. »Jaren!«, schrie sie. »Jaren!«

Da wurde ihr bewusst, dass er ihre Rufe schon eine Weile nicht mehr erwidert hatte. Ihre Eingeweide zogen sich krampfartig zusammen. Hatten die Wachleute ihn fortgebracht?

Ein weiterer Wachtrupp bog vor ihr um die Ecke und feuerte eine Salve von Pfeilen auf sie ab, von denen einer ihren Flügel durchbohrte. Ein roter Fleck erblühte zwischen ihren silbernen Federn. Aquilla schrie vor Schmerzen und bäumte sich auf, sodass der Mann auf ihrem Rücken sich mit aller Kraft an ihrer

Mähne festhalten musste, um nicht herunterzufallen. Noch mehr Pfeile regneten auf sie herab und prallten klappernd gegen die Wand. Sie saß in der Falle. Von beiden Seiten näherten sich Wachleute. In wenigen Augenblicken würde alles vorbei sein.

Doch halt: Die Zentauren waren an den Boden gebunden, während Aquilla ein Geschöpf des Himmels war.

Sie blickte zur Decke hinauf und sandte einen stummen Dank an die Sterne. Denn anders als die massiven Außenwände des Gefängnisses bestand der Dachstuhl nicht aus Stein und Eisen, sondern aus Holz.

Und ich bin wie Evelin Copperwing zu allem entschlossen, dachte sie und drückte sich vom Boden ab. Der Schmerz in ihrem Flügel brachte sie für einen Moment ins Taumeln, doch dann krachte sie mit den Hufen durch die Balken. Holzsplitter prasselten auf die Zentauren unter ihr hinab. Nach zwei weiteren Tritten war sie frei. Mit kräftigen Flügelschlägen erhob sie sich in den Himmel über dem Gefängnis.

Aber sie hatte die Rechnung ohne die Wachen auf dem Dach gemacht.

Der Mann auf ihrem Rücken schrie auf und seine Knie verloren den Halt. Sie drehte sich um und sah den Pfeil in seinem Hals. Noch während er fiel, schossen die Zentauren auf dem Dach sechs weitere Pfeile auf ihn ab. Er war tot, bevor sein ausgemergelter Körper auf dem Boden aufschlug.

Die Wachleute richteten ihre Waffen nun auf sie. Aquilla floh hinauf in die Wolken. Blut tropfte von ihrem verletzten Flügel und ihr Herz war schwer vor Trauer und Entsetzen.

Sie hatte es nicht geschafft, den Mann zu retten. Sie hatte ihren Bruder nicht gefunden. Und jetzt hatte sie auch noch Jaren im Stich gelassen.

Kapitel 20

K*long!* Sam schlug mit dem Hammer auf den Einhornhelm ein, an dem er gerade arbeitete, als wäre der an allem schuld, was ihm widerfahren war. Statt auf dem Hof seiner Schwester war er wieder in der Waffenschmiede der Einhörner. Warum hatte er auch diesem blöden Einhorn helfen müssen? Er hätte bei Lara bleiben sollen.

Und dann war er plötzlich nicht mehr nur in der Schmiede, sondern gleichzeitig auch draußen auf einem Feld, wo sich ein Einhorn mit kastanienbraunem Fell vor ihm aufbäumte.

Tritt ihm in die Brust, dachte Sam. Hufe, die irgendwie seine waren und irgendwie auch nicht, sausten vor ihm durch die Luft und prallten krachend gegen den Brustpanzer des kastanienbraunen Einhorns.

Verschwinde aus meinem Kopf, knurrte Tordred.

Verschwinde du *aus meinem,* entgegnete Sam. Zähneknirschend hämmerte er weiter auf das Metall ein. Wenn er sich mit aller Kraft darauf konzentrierte, wo er war und was er gerade tat, konnte er die Bilder aus seinem Kopf verbannen, aber irgendetwas zog und zerrte die ganze Zeit an ihm, als hätte er einen Angelhaken im Bauch. Sobald er seine Gedanken schweifen ließ, fand er sich in Tordreds Kopf wieder, ob er wollte oder nicht.

Und er wollte es definitiv nicht. Für ihn zählte nur eins: am Leben zu bleiben und sich aus allem Ärger rauszuhalten, bis sich die nächste Chance zur Flucht ergab.

Sam zwang sich, jeden einzelnen Hammerschlag bewusst wahrzunehmen, zu spüren, wie der Aufprall durch seinen ganzen Arm ging. Die körperliche Arbeit tat gut, es war fast, als würde sie das Einhorn aus seinem Kopf brennen. Er war so darauf konzentriert, dass er gar nicht merkte, dass er beobachtet wurde. Erst als ein Schatten auf ihn fiel, sah er hoch.

Der Schatten gehörte Geerwald, doch er war nicht allein. Sämtliche Schmiede hatten ihre Arbeit unterbrochen und sich um Sam versammelt.

Sam zog den Kopf ein. Beim letzten Mal war er seiner Strafe für den misslungenen Helm nur wegen des Angriffs des Feuerhufclans entgangen. Was, wenn die Einhörner ihn jetzt in die Minen schickten?

Doch dann sah er sich zum ersten Mal den Helm an, an dem er die ganze Zeit gearbeitet hatte. Vor Schreck ließ er beinahe den Hammer fallen. Die Proportionen waren perfekt: Die Aussparung für das Horn befand sich genau da, wo sie sein sollte, und die Rundungen, in die er seine ganze Wut gesteckt hatte, wirkten elegant und stark zugleich.

Geerwald griff nach dem Helm und drehte ihn hin und her. Er verzog argwöhnisch das Gesicht. »Wie hast du es geschafft, dass er so leicht ist?«

Sam zuckte bloß mit den Schultern, auch wenn er insgeheim glaubte, dass er die Antwort kannte. Es musste irgendwie an dieser seltsamen, ungewollten Verbindung mit Tordred liegen.

Die Frau mit dem krausen schwarzen Haar nahm Geerwald den Helm ab und untersuchte ihn. »Warum hast du dein Talent vor uns verborgen?«, fragte sie.

»Habe ich nicht«, antwortete Sam. »Ehrenwort. Ich ... lerne einfach schnell, schätze ich.« Die anderen Waffenschmiede wirkten nicht sonderlich überzeugt, also setzte er ein liebenswertes Lächeln auf. Das hatte ihn zu Hause immer vor Ärger bewahrt, wenn er mal wieder vergessen hatte, seine Aufgaben zu erledigen.

Mit einem Schlag fühlte er sich wieder mehr wie er selbst. Offensichtlich konnte er das hier ja doch – er würde die Einhörner mit seinem Talent als Waffenschmied beeindrucken und damit wären die Minen wahrscheinlich kein Thema mehr. »Dazu gehört noch ein Kettenhemd«, murmelte er zerstreut. Er ging in den hinteren Teil der Schmiede, wo Geerwald an den aufwendigeren Stücken arbeitete. Mit der Hand strich er über die Werkzeuge: lange, schmale Zangen, Hämmer mit zierlichen Köpfen, Spulen mit dickem Draht. Er fand einen Kupferdraht in der passenden Stärke, wählte eine geeignete Zange aus und machte sich am nächstbesten Werktisch an die Arbeit.

Im Grunde war es kaum anders, als Ketten für die filigranen Anhänger seiner Mutter herzustellen, nur dass er viel schneller und leichter vorankam als damals in der Juwelierwerkstatt. Die Glieder des Kettenhemds nahmen Stück für Stück Gestalt an, als wüssten seine Finger von selbst, was sie zu tun hatten. Die Arbeit ging ihm so leicht, so mühelos von der Hand, dass sie fast etwas Beruhigendes hatte. Sam versank in den gleichförmigen Bewegungen, bis er die wartenden Waffenschmiede vollkommen vergaß – und mit ihnen auch alles andere um ihn herum. Alles, was noch zählte, war das wunderschöne Kettenhemd, das vor seinen Augen entstand.

Binnen kürzester Zeit reichte es schon bis auf den Boden. Die einzelnen Glieder funkelten im Licht des Schmiedefeuers. Es war eher ein Cape, breit genug, um den Rücken eines ausgewachsenen Einhorns zu bedecken, und so stark, dass Horn oder Huf eines Angreifers ihm nichts anhaben konnten.

Gute Arbeit, grummelte eine Stimme in seinem Kopf.

Sam zuckte zusammen und beinahe wäre ihm die Zange aus der Hand gefallen. Er war so in seine Aufgabe vertieft gewesen, dass er ganz vergessen hatte, das Einhorn aus seinem Kopf zu verdrängen. Eigentlich hätte ihm Tordreds Meinung egal sein sollen, doch dessen widerwilliges Lob verlieh ihm trotzdem neues Selbstvertrauen.

Anscheinend hatte Geerwald die anderen irgendwann auf ihre Posten zurückbeordert – Sam hatte es nicht mitbekommen –, aber als Sam mit dem Kettenhemd fertig war, versammelten sie sich erneut um ihn und ließen es von Hand zu Hand gehen.

»Ein so filigranes Kettenhemd habe ich noch nie gesehen«, staunte ein älterer Schmied. »Du hast eine echte Gabe, junger Mann.«

Geerwald war der Einzige, der nicht lächelte. »Da steckt garantiert Magie dahinter«, knurrte er und funkelte Sam böse an. »Er kommt aus der Freien Stadt. Die arbeiten da mit allen möglichen miesen Tricks.«

Die anderen lachten. »Unsinn«, meinte der ältere Schmied und winkte ab.

»Geerwald ist ein abergläubischer alter Nörgler«, sagte die schwarzhaarige Frau zu Sam. »Hör nicht auf ihn.«

»Ich verfüge über keine Magie«, versicherte Sam.

Doch als er sah, wie die anderen das Kettenhemd herumgehen ließen, fragte er sich, ob das wirklich stimmte. *Vielleicht ist diese Sache mit Tordred ja eine Art Magie.* Denn seine neuen, überragenden Juwelierfähigkeiten machten aus ihm nicht nur einen besseren Waffenschmied, er war darüber hinaus auch stärker. Schließlich hätte er nach dem langen Marsch zurück zum Einhornlager eigentlich müde und erschöpft sein müssen. Irgendwas an der Begegnung mit Tordred hatte ihn verändert.

Die anderen waren so entzückt über das Kettenhemd, dass einer der Einhornsoldaten, die sie bewachten, in die Schmiede kam, um nachzusehen, was der Grund für den Trubel war. »Das bekommt Maven«, verkündete er, als er das Kettenhemd sah. Er nickte Sam zu. »Bring es ihr.«

Sam schluckte. Er war nicht gerade scharf darauf, Maven so bald wieder unter die Augen zu treten – nicht mal, um ihr das außergewöhnliche Kettenhemd zu überreichen. Was, wenn sie merkte, dass er gar nicht ausgepeitscht worden war? Außerdem, ging ihm auf, hatte er eigentlich gehofft, dass Tordred es tragen würde. *Nicht dass er es verdient hätte,* fügte er in Gedanken eilig hinzu. Aber er wagte nicht, sich dem Befehl zu widersetzen. Die anderen Schmiede warfen ihm sogar neidische Blicke zu.

»Vielleicht war es ja doch Magie«, raunte der alte Schmied, der gerade noch so begeistert gewesen war, der Frau zu. Sie nickte, die Lippen zu einem schmalen Strich zusammengepresst. Offensichtlich gefiel es ihnen nicht, dass sein Ansehen so schnell gestiegen war.

Sam nahm das Kettenhemd – eigentlich hätte es ihm zu schwer sein müssen, aber er spürte das Gewicht der filigranen Rüstung kaum – und eilte aus der Schmiede. Das Lager wirkte seltsam verlassen.

Ich könnte einfach abhauen, schoss ihm durch den Kopf. Aber was würde das bringen? Ohne Lara würde er sich draußen im Wald kaum zurechtfinden und darüber hinaus würden ihn die Einhörner vermutlich in weniger als einer Stunde wieder einfangen.

Außerdem: Wenn er ständig spüren konnte, wo Tordred sich aufhielt – gerade drängte ihn das komische Ziehen in seinem Bauch, nach rechts zu gehen, hinter die Bäume am Rand des Lagers –, dann konnte Tordred ihn ganz sicher genauso leicht aufspüren. Und nur, weil er Sam davor bewahrt hatte, ausgepeitscht zu werden, war er noch lange nicht sein Freund.

Fragt sich nur, wo Maven jetzt ist, dachte er.

Da lang, antwortete Tordred. *Lauf einfach weiter.*

Ich dachte, ich soll mich von dir fernhalten?, fauchte Sam in Gedanken. Dann ließ er sich vom Sog ihrer Verbindung – und dem Klang krachender Hufe und scheppernder Rüstungen – zu einem offenen Feld leiten. Kleine Ausschnitte des Geschehens hatte ihm Tordred bereits unfreiwillig übermittelt, deswegen jagte ihm der Anblick der rund hundert Einhörner in voller Rüstung, die sich dort versammelt hatten, keinen ganz so großen Schreck mehr ein. Was er durch Tordreds Augen gesehen hatte, war jedoch bloß militärischer Drill gewesen. Jetzt standen alle in einem Ring um zwei kämpfende Einhörner und feuerten sie lautstark an. Menschliche Sklaven eilten mit Wassereimern herbei, um den Einhörnern etwas zu trinken zu bringen.

Sam versuchte, durch die Menge hindurch einen Blick auf die Einhörner zu erhaschen, die sich in der Mitte ineinander verkeilt hatten. Es handelte sich um einen großen grauen Hengst und eine etwas kleinere schlammbraune Stute. Der graue Hengst setzte seine enorme Kraft geschickt ein. Bei jeder sich bietenden Gelegenheit rammte er die braune Stute und versuchte, sie in eine Position zu manövrieren, in der er sie mit seinem Horn aufspießen konnte. Doch die braune Stute war überaus wendig und duckte sich jedes Mal weg. Schließlich sprang sie mit einem gewaltigen Satz über den Rücken ihres Gegners und schlitzte ihm mit dem Horn die Flanke auf.

Die anderen Einhörner brüllten und johlten.

»Die Gewinnerin«, verkündete Maven und trat vor. Sie berührte das Horn der braunen Stute mit ihrem eigenen. Den grauen Hengst, der blutend aus dem Ring humpelte, würdigte sie keines Blickes.

Die braune Stute stolzierte zu einer Gruppe Einhörner hinüber, die sie zur Begrüßung anrempelten – anscheinend war das unter ihresgleichen nach gewonnenem Kampf üblich.

Maven stieß ein Brüllen aus und die anderen verstummten. »Tordred, Sohn des Auris, tritt vor.«

Die ausgelassene Stimmung war wie weggeblasen. Tordreds Furcht schwappte durch Sams Körper, als der schwarze Hengst sich aus der Menge löste und auf Maven zuschritt. Sam spürte, dass sich Tordred am liebsten wegdrehen wollte, um Mavens beängstigendem Blick zu entgehen. Doch er hielt den seidig glänzenden Kopf mit dem pechschwarzen Horn hocherhoben und ließ sich nichts anmerken.

»Deine Verletzung hat gezeigt, dass du schwach bist«, sagte Maven. »Wenn du Teil des Eisenhornclans bleiben willst, musst du dich unser würdig erweisen.« Einige der anderen Einhörner stampften zustimmend mit den Hufen. Maven ließ die dumpfen, unheilvollen Schläge verhallen. Dann sprach sie weiter. »Dafür musst du gegen einen unserer stärksten Kämpfer antreten. Bastion, komm zu uns.«

Der große weiße Hengst trat in die Mitte des Rings und bleckte erwartungsfroh die Zähne. Sam konnte nicht sagen, ob das Entsetzen, das ihm den Atem verschlug, sein eigenes war oder das Tordreds. Die beiden Einhörner bauten sich voreinander auf, Weiß gegen Schwarz. Sam erschrak, als er Bastion plötzlich – durch Tordreds Augen – vor sich aufragen sah, und ließ vor Angst beinahe das Kettenhemd fallen.

Bastion ging zum Angriff über.

Vorsicht!, schrie Sam in Gedanken, doch Tordred brauchte keine Warnung. Er war bereits beiseitegesprungen, außer Reichweite von Bastions Horn.

Die beiden Einhörner umkreisten einander, während die Menge mit den Hufen stampfte. Mavens Augen funkelten. Der Boden erzitterte unter Sams Füßen.

Bastion knurrte und stürzte sich erneut auf Tordred, doch der wich aus und fuhr zu ihm herum.

Die Begeisterung der Zuschauer wuchs. Sam merkte ihnen an, dass sie nicht damit gerechnet hatten, dass Tordred überhaupt so lange durchhalten würde. Sie johlten vor Freude am Kampfspektakel. Da versperrte ein Fuchsschimmel Sam die Sicht und er musste sich näher heranschieben. Natürlich hätte er durch Tordreds Augen einen noch besseren Blick auf das Geschehen gehabt, aber er wollte nicht riskieren, ihn abzulenken. Nicht jetzt.

Bastion bäumte sich auf und trat mit seinen Hufen nach Tordreds Hals, doch Tordred war bereits eine ganze Pferdelänge entfernt, bevor der Schlag ihn treffen konnte. *Wie habe ich das gemacht?,* fragte Tordred sich, aber weder er noch Sam hatten Zeit, sich darüber Gedanken zu machen, denn Bastion holte zum nächsten Angriff aus. Wieder wich Tordred mit Blitzgeschwindigkeit aus.

Die anderen Einhörner waren so ins Kampfgeschehen vertieft, dass sie nicht mitbekamen, wie sich Sam zwischen ihnen hindurch in die erste Reihe drängte. Bastion griff wieder und wieder an – oder versuchte es jedenfalls. Tordred flitzte umher und wich jedem Huftritt und jedem Hornstoß des bulligen Einhorns scheinbar mühelos aus.

»So habe ich Tordred noch nie kämpfen sehen!«, staunte ein großes Einhorn hinter Sam.

»Schnell war er schon immer, aber das ist neu«, stimmte eine Stute zu und nickte anerkennend. »Ich wüsste ja gerne, was das für Kräuter waren, die er benutzt hat.«

Es liegt nicht an den Kräutern, dachte Sam, während Tordred einem weiteren Tritt auswich und anschließend nah genug an Bastion herantänzelte, um ihn mit dem Horn am Vorderbein zu treffen. Sam kannte den wahren Grund – es war diese seltsame Verbindung zwischen ihnen. Sie verbesserte Tordreds Kampfgeschick genauso, wie sie Sam zu einem herausragenden Waffenschmied gemacht hatte. Die anderen Einhörner, die Sam hatte kämpfen sehen, waren groß und kräftig, aber langsam. Tordred dagegen bewegte sich schnell und anmutig – mit fast menschlicher Wendigkeit.

»Was machst du da, Sklave?«, blaffte das große Einhorn hinter Sam. »Wie kannst du es wagen, dich dem Kampf zu nähern?«

Sam fuhr herum, doch das Einhorn hatte sich bereits aufgebäumt und zielte mit seinem Huf auf ihn. Sam stolperte rückwärts, aber der Huf streifte seine Brust und er wurde zu Boden geworfen. Ein stechender Schmerz schoss durch seinen Körper und die Luft wurde ihm aus den Lungen gepresst wie aus dem Blasebalg in der Schmiede. Irgendwie gelang es Sam, sich das Kettenhemd überzuwerfen, um wenigstens seinen Kopf vor den heftigen Huftritten zu schützen.

»Nein!«, schrie eine vertraute Stimme. Sam spürte, wie Tordred auf ihn zurannte. Als er es wagte, unter dem Kettenhemd hervorzulugen, sah er, wie Tordred das Einhorn, das ihn angegriffen hatte, mit der Schulter von ihm wegrempelte und ihm mit seinem Horn die Wange aufschlitzte. Dann baute er sich schützend vor Sam auf. Seine Flanken bebten.

Binnen weniger Augenblicke hatten die restlichen Einhörner sie umrundet. Ein Wald aus Beinen ragte rings um Sam in die

Höhe und über sich sah er Dutzende herausfordernd gereckte Hörner. Ihre Gesichter waren voller Verachtung.

»Deswegen ist er so schnell!«, rief das große Einhorn, das auf Sam losgegangen war. »Sie sind aneinander gebunden!«

Ein Aufschrei der Empörung ging durch die Menge. Sam spürte Tordreds Angst, den Puls, der wie sein eigener raste. Er versuchte aufzustehen, doch sein Körper schmerzte wie ein einziger riesiger Bluterguss. Seine Lunge brannte, als er verzweifelt nach Luft rang.

»Bande zwischen Menschen und Einhörnern«, hörte er Mavens Stimme irgendwo weit über sich, »sind bei Todesstrafe verboten.«

Tordred schlug mit dem Schweif und streifte dabei beinahe Sams Kopf. Er schnaubte entrüstet. »Das ist kein *Band*«, schnaubte er angewidert. »Macht euch nicht lächerlich. Ich habe nichts mit diesem Menschen zu tun.«

Seine Aussage wäre vermutlich um einiges glaubwürdiger gewesen, wenn er dabei nicht schützend vor Sam gestanden hätte, aber Sam spürte, dass Tordred nicht weggehen konnte oder wollte.

»Das stimmt«, ächzte Sam vom Boden aus. »Ich weiß nichts von einem Band.«

Natürlich ignorierten ihn die Einhörner.

Maven kam näher. Sam erhaschte einen Blick auf die Widerhaken an ihren Beinen und ihre bebenden Nüstern, als sie sprach. »Tordred, Sohn des Auris«, verkündete sie unheilvoll. »Du hast dich eines schrecklichen Vergehens strafbar gemacht. Dafür wirst du ...«

Ein Schrei vom anderen Ende des Felds schnitt ihr das Wort ab.

Vielleicht werden wir wieder angegriffen, dachte Sam flehentlich. *Vielleicht können wir die Ablenkung nutzen, um zu entkommen.*

Nein, entgegnete Tordred niedergeschlagen.

Die Menge der Einhörner teilte sich und Sam reckte den Hals, um zu sehen, was nun passierte. Weil er noch immer auf dem Rücken lag, sah er sie auf dem Kopf: zwei Einhörner mit einer menschlichen Gefangenen in ihrer Mitte. Ihr rotes Haar war zerzaust und ihre beiden Hände waren an die Brustpanzer der Einhörner gefesselt. Lara.

»Wir haben den anderen Ausreißer gefunden, Maven«, sagte einer der beiden. Er warf Tordred einen verächtlichen Blick zu. »Das Mädchen, von dem Tordred behauptet hat, er hätte es getötet.«

Bastion knurrte. »Ich hab's euch doch gesagt! Er ist ein Lügner *und* ein Menschenfreund.«

Lara stand mit gesenktem Kopf und hängenden Schultern da. Nach allem, was an diesem Tag geschehen war, war es dieser Anblick, der Sam das Blut in den Adern gefrieren ließ. Wenn selbst Lara nicht mehr weiterwusste ... Sein Blickfeld verschwamm mit dem von Tordred. Sam sah die kalte Wut in Mavens Augen aus nächster Nähe, als die Anführerin des Eisenhornclans verkündete: »Nehmt ihm das Horn ab – und tötet die Menschen.«

Kapitel 21

Wütend stürmte Lysander die Rampe zum Büro seines Vaters hinauf. In der Hand hielt er die neueste Chronik.

Fabian ließ den Stift fallen und kam hinter seinem Schreibtisch hervorgeschossen. »Lysander! Dein Vater ist gerade für niemanden zu sprechen.«

»Ich muss aber zu ihm! Es ist dringend!«

Fabian hatte Lysanders letzten Besuch offenbar noch gut im Gedächtnis, denn er versuchte, sich ihm in den Weg zu stellen, doch Lysander war schneller. Er duckte sich unter Fabians ausgestreckten Armen hindurch und stieß die Tür auf.

»Vater, wie kann es sein, dass …«, setzte er an, brach aber ab, als er sah, dass Cassio Diomedes nicht allein war. Alle zehn Mitglieder des Rats des Königs hatten sich in seinem Büro versammelt. Lysanders Vater und Rätin Hillira beugten sich über ein Schriftstück auf seinem Schreibtisch und drüben in einer Ecke hatte der alte Zentaur seinen Vortrag mitten im Satz unterbrochen, als Lysander hereingeplatzt war. Er funkelte Lysander unter seinen buschigen grauen Augenbrauen hervor an. »Cassio, dieses Treffen sollte *privat* bleiben.«

Cassio biss die Zähne zusammen und sein Hals lief rot an. »Geh, Lysander. Ich habe zu tun«, sagte er mit mühsam verhohlenem Zorn.

Lysander schluckte seine Angst runter. Das hier war zu wichtig. »Das kann nicht warten«, sagte er, wagte es allerdings nicht, die anderen Ratsmitglieder anzusehen, weil er sonst garantiert die Nerven verlieren würde. Er hielt die Chronik hoch und zeigte auf die Schlagzeile: KRIEGSERKLÄRUNG NACH SCHULDEINGESTÄNDNIS DER PEGASUS. »Das *stimmt* nicht.«

»Lysander!«, fauchte sein Vater. Er kam hinter seinem Schreibtisch hervor und packte Lysander am Arm, um ihn zur Tür hinauszuschieben. »Du gehst jetzt. Sofort.«

»Warte, Cassio«, mischte sich ein stämmiger Zentaur mit einem dicken kupferfarbenen Schnauzbart ein. »Vielleicht sollten wir uns anhören, was der Junge zu sagen hat.«

Sämtliche Ratsmitglieder richteten ihre Blicke auf Lysander. Sein Vater ließ seinen Arm abrupt los. Lysander sah ihn panisch an, doch Cassio Diomedes verschränkte bloß die Arme vor der Brust und zog eine Augenbraue hoch.

So hatte Lysander das eigentlich nicht geplant. Trotzdem holte er tief Luft und versuchte, das Zittern in seiner Stimme so gut wie möglich zu unterdrücken. »Diese Chronik gibt nicht ... alle Quellen korrekt wieder. Zum Beispiel der Junge aus den Bergen – seine Aussage ist geändert worden. Er hat sich für die Pegasus verbürgt, aber hier steht, die Pegasus hätten den Angriff gestanden, und das stimmt einfach nicht! Und die Kelpies wollten keinen Krieg, was in dem Bericht mit keinem Wort erwähnt wird.« Er hielt ihnen die Chronik hin, doch keines der Ratsmitglieder machte Anstalten, sie in die Hand zu nehmen. »Und noch eine andere Quelle wurde ausgelassen. Als ich in der Freien Stadt war, habe ich mit einer Zentaurin gesprochen, die wusste, wie Pegasus aussehen. Sie war nicht der Meinung, dass die Angreifer Pegasus waren. In ... in Krisenzeiten haben die Clans von Cavallon schon immer zu den Zentauren aufgesehen. Sie erwarten von uns, die Wahrheit ans Licht zu bringen«, sagte er und blickte zu seinem Vater hinüber, um zu sehen, ob dieser seine eigenen Worte wiedererkannte. Vermutlich ja, denn Cassio zuckte mit dem Schweif. Diese winzige Reaktion gab Lysander den Mut fortzufahren. Er wählte seine Worte mit Bedacht, denn er wusste, dass er sich einigermaßen gebildet ausdrücken musste, wenn er wollte, dass die Ratsmitglieder ihn ernst nahmen. »Die Gründe für einen Krieg gegen die Pegasus sind also bestenfalls … dubios.« Bei allen Sternen, hoffentlich war das das richtige Wort. »Im schlimmsten Fall basiert dieser ganze Krieg auf falschen Tatsachen. Was bedeutet, dass … dass es noch einen anderen Grund für diese Kriegserklärung geben muss.«

Vier Atemzüge lang herrschte vollkommene Stille im Büro des Obersten Chronisten. Dann brachen die Ratsmitglieder in Gelächter aus. Lysander schrumpfte innerlich zusammen.

»Wie naiv er doch ist«, bemerkte Rätin Hillira.

Der stämmige Zentaur mit dem Schnauzbart gluckste belustigt. »Er muss noch so viel lernen.«

Lysanders Vater lachte mit den anderen, doch seine Haltung war angespannt. Er hatte die Hände zu Fäusten geballt. »An dem, was du gesagt hast, war nur eines richtig, Lysander. Die Clans von Cavallon betrachten uns Zentauren in der Tat als ihre Beschützer. Und wir schützen sie sehr wohl. Wir liefern ihnen eine Version der Ereignisse, die sie verstehen können, damit es nicht zu weiteren … Problemen in Cavallon kommt.« Er legte Lysander eine Hand auf die Schulter. »Dieser Krieg ist für alle das Beste. Das ist die Königswahrheit.«

Lysander starrte ihn fassungslos an. All das Gerede über die Ehre und Pflichten eines Chronisten – dabei war seinem Vater die Wahrheit völlig egal.

»Wohl eher die Königslüge«, erwiderte Lysander. Seine Stimme zitterte vor Wut.

»Das reicht!«, blaffte ihn sein Vater an. Er drängte Lysander hinaus in den Vorraum. »Was ist nur in dich gefahren?«, zischte er. »Ich wollte dich eigentlich den Krieg dokumentieren lassen, aber das ist jetzt unmöglich. Als Strafe für deine Unverschämtheit bleibst du hier.«

»Vater ...«

»Verschwinde«, befahl Cassio barsch. Er drehte sich um und zog die Bürotür mit einem vernehmlichen Klicken hinter sich zu.

Lysander kochte vor Wut. Er stampfte an Fabian vorbei, ohne sich um dessen besorgten Blick zu scheren. Am Fuß der Rampe zerknüllte er die Chronik und pfefferte sie auf den perfekt getrimmten Rasen. Dann lief er weiter ins Erdgeschoss und schnurstracks zur Tür hinaus.

Er war zu aufgebracht, um nach Hause zu gehen, also machte er sich stattdessen auf den Weg zur Hochschule für Philosophie. Er fand Alexos in der Bibliothek, wo er inmitten von Büchern und Zetteln auf einem Kissen saß und seinen Unterricht vorbereitete.

»Wie ist es gelaufen?«, flüsterte Alexos, als Lysander sich ihm gegenüber auf ein Kissen plumpsen ließ.

»Furchtbar«, schnaubte Lysander, was ihm prompt einen strengen Blick der Bibliothekarin einbrachte, die ganz in der Nähe die Regale aufräumte. Er senkte die Stimme und erzählte Alexos von der katastrophalen Begegnung mit dem Rat des Königs.

»Hast du ihnen gesagt, dass die Gründe für den Krieg dubios sind?«, flüsterte Alexos.

»Ja«, antwortete Lysander finster. Alexos hatte mit ihm geübt, was er seinem Vater sagen sollte, nur hatte keiner von ihnen damit gerechnet, dass der gesamte Rat anwesend sein würde. »Sie haben mir überhaupt nicht zugehört. Es war, als hätte ihre Entscheidung schon vor dem Gipfeltreffen festgestanden. Ich kann nicht fassen, dass mein Vater für diesen Krieg ist!«

Er war so daran gewöhnt, seinen Vater zu enttäuschen, dass ihn die Erkenntnis wie ein Schlag traf: Diesmal war es sein Vater, der *ihn* enttäuscht hatte. Lysander blinzelte gegen die Tränen an, die ihm in die Augen stiegen.

»Da muss noch etwas anderes dahinterstecken«, sagte er. »Aber wie finde ich raus, was? Er erzählt mir ja nichts.«

Alexos trommelte mit einem Stift gegen ein Buch. »Du bist doch Chronist, oder? Schreib eine Chronik darüber. Vielleicht kommst du ja beim Schreiben darauf. Und ... ich helfe dir natürlich.«

*

Anders als die ausgelassene Stimmung beim Gipfeltreffen und der atemlose Tonfall, in dem die Chronik über die Kriegserklärung verfasst war, hatten vermuten lassen, sahen die Gesichter der Einwohner von Coropolis ernst und bedrückt aus, als sie sich einige Tage später in den Straßen versammelten, um die Armee zu verabschieden. Der Applaus war beinahe so zurückhaltend wie neulich beim Turnier der Bogenschützen. Anscheinend war sich jeder der Ernsthaftigkeit dieses Moments bewusst. Nach hundert Jahren Frieden war der Krieg nach Cavallon zurückgekehrt und das war eine schwerwiegende Angelegenheit.

Aus ihrem Versteck in einem Olivenhain nahe der Stadttore beobachteten Lysander und Alexos, wie die Soldaten an ihnen vorbeizogen. Während sie warteten, hatte Lysander die Tasche vor seinen Hufen unzählige Male zurechtgerückt, doch jetzt zwang er sich, vollkommen stillzuhalten. In der vordersten Reihe konnte er seinen Vater erkennen. Er trug ein langes, maßangefertigtes Wams aus grünem Leder, silberglänzende Panzerhandschuhe, die ihm bis zum Ellbogen reichten, und an der Hüfte ein Schwert. Die Wachen, die ihn umringten, waren deutlich besser gerüstet als er und mit Schwert und Bogen ausgestattet. Die groß gewachsene Zentaurin zu seiner Rechten trug sogar einen Morgenstern an ihrem Gürtel.

»Guck mal, da ist der Junge aus den Bergen!«, raunte Alexos.

Inmitten der Soldaten entdeckte Lysander jetzt auch die kleine menschliche Gestalt. Die Kleidung des Jungen war noch schmutziger und seine Haare noch zerzauster als bei seinem Auftritt auf dem Gipfel, und als einer der Soldaten einen Schritt zur Seite machte, sah Lysander, dass die Hände des Jungen gefesselt waren.

»Sie zwingen ihn, sie zu den Pegasus zu bringen«, flüsterte er. Ihm war plötzlich ganz schlecht. »Deswegen ist er so weit vorne.«

Alexos nickte ernst. Schweigend sahen sie zu, wie die gesamte Armee an ihnen vorbeimarschierte. Es war ein großes Spektakel: Jede Legion trug ihr eigenes farbenfrohes Banner vorneweg und hintendran folgte jeweils eine Reihe aus fahrbaren Katapulten. Lysander zählte mehr als hundert Banner und hinter jedem waren Hunderte zentaurischer Soldaten versammelt. Er fragte sich, wie viele von ihnen wohl zurückkehren würden.

Wie konnte sein Vater diesen Krieg wollen? So viele von ihnen würden sterben und das nur wegen der Lügen, die der Rat verbreitet hatte. Wie war das zu rechtfertigen?

Mit jedem Soldaten, der an ihnen vorbeizog, jedem Gesicht, das Coropolis vielleicht nie wiedersehen würde, wurde dieser

Gedanke in Lysander stärker. Bald loderte er wie ein Feuer in ihm, das sämtliche Zweifel an dem, was er vorhatte, verbrannte. Ihm war egal, dass sein Vater wütend auf ihn sein würde. Er musste die Wahrheit herausfinden, den wahren Grund dafür, weshalb der Rat unbedingt gegen die Pegasus in den Krieg ziehen wollte.

Es fiel ihm schwer stillzuhalten. Am liebsten wäre er gleich losgelaufen, nachdem die letzte Legion an ihnen vorbeigezogen war, doch Alexos hielt ihn zurück. »Warte noch zehn Minuten«, sagte er. »Sonst sehen sie uns vielleicht.« Als Alexos schließlich das Gefühl hatte, dass die Luft rein war, schnallten sie sich gegenseitig die Taschen mit den Vorräten und ihre Schlafmatten auf den Rücken. Dann hängten sie sich ihre Taschen um, die voll mit Notizbüchern und Stiften waren.

Es war nicht schwierig, ungesehen aus der Stadt zu kommen, denn um sie herum hatte ein reger Verkehr eingesetzt, der während des Aufmarschs der Truppen zum Erliegen gekommen war. Sie liefen die Hauptstraße entlang, bis sie die Stelle fanden, an der die Armee ins offene Feld hinausgezogen war. Tausende Hufe hatten eine breite Schneise im Gras hinterlassen, der sie auch dann mühelos hätten folgen können, wenn sie die Armee nicht sowieso vor sich am Horizont gesehen hätten.

Glücklicherweise kam ein so großes Heer nur langsam voran. Lysander hatte nach seiner Reise in die Freie Stadt einige Erfahrung mit langen Strecken, doch Alexos wurde bald müde und wollte ständig Pausen einlegen.

»Schon wieder?«, zog Lysander ihn auf, als er bereits zum vierten Mal fragte, obwohl sie noch keine Stunde unterwegs waren.

Alexos tupfte sich mit einem Taschentuch über die Stirn und nahm einen Schluck aus dem Wasserschlauch. Sein sorgfältig frisiertes helles Haar war feucht von Schweiß. »Sie laufen uns ja nicht davon«, verteidigte er sich.

Lysander wusste, dass Alexos recht hatte, aber insgeheim genoss er es ein ganz kleines bisschen, dass es endlich mal etwas gab, worin er besser war als sein Freund. Eine Pause konnte trotzdem nicht schaden, schließlich hatten sie noch einen langen Marsch vor sich.

Um die Mittagszeit hatte die Armee die verwilderten Grasebenen nördlich von Coropolis erreicht. In der Chronik hatte es geheißen, dass sich ihnen die Legionen der Einhörner und freien Menschen anschließen würden, wenn sie durch ihre Gebiete kamen. Als die Truppen durch ein Tal zogen, beschlossen Lysander und Alexos daher, die Gelegenheit zu nutzen und sich auf etwas höheres Gelände zu begeben. Von dort hatten sie die Armee besser im Blick und konnten früher erkennen, wenn weitere Gruppen hinzustießen, sodass sie sich rechtzeitig verstecken konnten.

Außerdem waren die grasbewachsenen Hänge sehr viel huffreundlicher als der felsige Untergrund im Tal. Während sie weiterliefen, unterhielten sie sich, allerdings leise, denn sie wussten nicht, wie weit das Echo ihre Stimmen tragen würde. Alexos hielt Lysander mit lustigen Geschichten über seine jungen Schüler bei Laune.

»Und dann musste ich ihm erklären, dass Ekires' Prinzip des Zweifels *nicht* für Naschen vor dem Abendbrot gilt«, schloss er und deutete eine Verbeugung an. »Gestatten: mein größter Beitrag zur modernen Philosophie.«

Lysander runzelte die Stirn. Der bittere Unterton in Alexos' Stimme war ihm nicht entgangen. »Aber du findest es doch nicht wirklich so furchtbar, Lehrer zu sein, oder? Ich meine, du bist echt gut darin.«

Alexos zuckte mit den Schultern, blickte Lysander dabei jedoch nicht an. »Es ist einfach nicht das, was ich mir vorgestellt hatte.«

Lysander nickte, während insgeheim mal wieder das schlechte Gewissen an ihm nagte. Deswegen also war Alexos so begierig darauf gewesen, ihn zu begleiten. Er wollte die großen Taten vollbringen, die alle von ihm zu erwarten schienen. Und als Chronist wäre ihm das auch gelungen, wenn Lysander ihm nicht in die Quere gekommen wäre.

»Was machen deine Schüler denn jetzt ohne dich?«, erkundigte sich Lysander.

»Cornelia hat versprochen, für mich einzuspringen. Ich … habe meiner Mutter einen Brief geschrieben, wo drinsteht, was wir vorhaben. Nur für den Fall, dass … uns etwas zustößt. Sie ist Bibliothekarin, sie wird das verstehen. Sie ist auch eine Verfechterin der Wahrheit.«

Lysander schluckte. Ihm war gar nicht in den Sinn gekommen, dass Alexos eine Familie zurückließ, die sich natürlich Sorgen um ihn machte.

Den Bediensteten im Hause Diomedes würde wahrscheinlich gar nicht auffallen, dass Lysander weg war, und wenn doch, würden sie sich wohl mehr Sorgen über Cassios Reaktion machen als um Lysanders Wohlergehen.

»Ich bin froh, dass du ihr den Brief geschrieben hast«, sagte er. »Es ist gut, wenn noch jemand Bescheid weiß.«

Doch Alexos hörte ihm gar nicht mehr zu. »Wo gehen die hin?«, fragte er und zeigte auf eine Gruppe von rund zwanzig Zentauren an der Spitze des Heeres, die sich vom Rest der Truppe entfernten und in Richtung Osten zogen.

Lysander beschattete seine Augen und suchte den Horizont ab, um zu erkennen, wo sie hinwollten, aber alles, was er sah, waren grasbewachsene Hügel. »Was führen die bloß im Schilde?«, brummte er nachdenklich. Sein Herz schlug schneller. Wohin sie auch unterwegs waren: Vielleicht verbarg sich dort das Geheimnis, weshalb der Rat des Königs so auf einen Krieg aus war.

»Vergiss die Armee«, sagte er zu Alexos. »Wir folgen den anderen.«

Kapitel 22

Sam und Tordred waren von Hufen und Hörnern umzingelt. Ein graues Einhorn senkte den Kopf und hielt auf sie zu. Tordred stupste Sam mit den Nüstern an, um ihm auf die Beine zu helfen. Schlagartig war Sams Kraft zurück, als hätte jemand ein Feuer in ihm entzündet. Mühelos schwang er das Kettenhemd wie einen Schläger und konnte dabei sogar noch bewundern, wie schön die perfekt ineinandergefügten Glieder im Licht funkelten, als sie gegen den Schädel des Einhorns krachten. Er holte erneut aus und schlug damit nach dem braunen Einhorn, das zähnefletschend in seinem Augenwinkel aufgetaucht war.

Du hast mich geheilt, dachte Sam staunend. *So wie ich dich geheilt habe.*

Hinter ihm preschte Tordred durch eine Lücke, die sich vor ihnen auftat, während er mit seinem Horn nach den Angreifern stach. *Dafür haben wir jetzt keine Zeit,* brüllte er in Sams Kopf. *Spring auf meinen Rücken!*

Sam zögerte nicht. Er rannte los, packte Tordreds Mähne und schwang sein Bein über die Kruppe des schwarzen Einhorns.

Kaum dass er Tordred berührte, verspürte Sam wieder diesen seltsamen kalten Sog, doch diesmal raubte er ihm nicht die Kraft. Ganz im Gegenteil: Er fühlte sich noch größer und stärker und das schwere Kettenhemd in seinen Armen schien so leicht wie ein Stück Stoff. Tordreds Rücken unter ihm war fest und warm. Früher, als er noch klein war, hatte Nerissa ihn manchmal auf ihrem Rücken sitzen lassen, aber das hier war anders – es fühlte sich vollkommen natürlich an, so als wäre dies Sams rechtmäßiger Platz.

Von hier oben konnte er das Getümmel um sie herum ganz anders überblicken und wusste sofort, was er tun musste. Er schwang das Kettenhemd nach links, nach rechts und nach hinten und jedes Mal wichen die angreifenden Einhörner vor seinen gewaltigen Schlägen zurück. Das große graue Einhorn jaulte auf, als das Kettenhemd die Spitze seines Horns abbrach.

Tordred fuhr herum, sodass Sam mit seiner behelfsmäßigen Waffe einen weiteren Ansturm der Einhörner abwehren konnte. Ohne dass Sam auch nur ein Wort sagte, schien er genau zu wissen, was er tat. Und Sam wusste im Gegenzug, wann er sich an Tordreds Mähne festhalten musste, bevor dieser sich unter ihm aufbäumte und zu einem gewaltigen Tritt gegen Bastion ausholte. Kaum dass Tordreds Hufe wieder den Boden berührten, schwang Sam bereits sein Kettenhemd gegen den nächsten Angreifer. Sie kämpften, als wären sie miteinander verschmolzen – Tordred mit Horn und Hufen und Sam von oben mit dem Kettenhemd. Sobald Sam ein Horn zu nahe kam, tänzelte Tordred geschwind beiseite, selbst wenn er es aus seiner Position gar nicht gesehen haben konnte. Und jedes Mal, wenn sich ein weiteres Einhorn auf Tordred stürzte, war Sam mit seinem Kettenhemd zur Stelle und schlug es weg.

»Nun bringt sie schon zu Fall, ihr Idioten!«, donnerte Maven über den Kampflärm hinweg.

In dem Moment wusste Sam, dass sich das Blatt gewendet hatte. Obwohl sie von mindestens hundert Einhörnern umzingelt waren, gelang es Tordred und ihm irgendwie, sie abzuwehren.

Doch sie würden nicht ewig durchhalten können.

Sam spürte, dass Tordred derselben Meinung war. Wieder einmal waren sie zur selben Zeit zum selben Entschluss gekommen, als sei dieser an einem gemeinsamen Ort irgendwo außerhalb ihres bewussten Denkens entstanden. Er schwang das Kettenhemd in einem weiten Bogen, was die Angreifer, die ihnen am nächsten gekommen waren, vertrieb. Dann jedoch verfingen sich die feinen Glieder im spitzen Horn einer hellbraunen Stute und das Kettenhemd wurde Sam aus den Händen gerissen. Die Stute bäumte sich orientierungslos auf. Tordred stieß sie aus dem Weg, durchbrach die Umzingelung und stürmte los.

Donnernde Hufe preschten hinter ihnen her, aber Tordred und Sam flogen förmlich durch das Lager. Menschliche Sklaven sprangen aus dem Weg. Sam schmiegte sich tief an Tordreds Hals und presste instinktiv die Knie in seine Flanken, während die hölzernen Gebäude links und rechts an ihnen vorbeisausten. Aus dem Augenwinkel nahm er Geerwald und die anderen am Eingang der Schmiede wahr, die ihnen mit offenem Mund nachsahen.

Doch Sam hatte keine Zeit, sich ihretwegen Gedanken zu machen – seine Sorge galt allein Lara. Die beiden Wachen hatten sie weggeführt, bevor der Eisenhornclan Tordred und ihn umzingelt hatte. Er hoffte von ganzem Herzen, dass sie Mavens Befehl, sie zu töten, nicht bereits ausgeführt hatten. *Sie werden an ihr bestimmt ein Exempel statuieren wollen. Vor den Augen der anderen Sklaven,* dachte er mit einem flauen Gefühl im Magen.

Ja, bestätigte Tordred nüchtern.

Aber immerhin bedeutete das, dass sie noch eine Chance

hatten, sie zu retten. Sam musste Tordred nicht extra bitten, das Lager zu umrunden, statt schnurstracks auf den Ausgang zuzuhalten – das Einhorn wusste alles, was Sam durch den Kopf ging. Als Sam Laras zerzausten roten Haarschopf auf der anderen Seite des Rüstzelts erspähte, wechselte Tordred sofort die Richtung und raste auf die beiden Wachen zu, an deren Brustpanzern sie immer noch gefesselt war. Sam lehnte sich zur Seite, um einen der Stützpfosten loszureißen, der das Zelt aufrecht hielt. Das musste als Waffe genügen.

Leuchtend blaue Seide flatterte den Wachen ins Gesicht. Einer der beiden bäumte sich auf, wodurch Laras Arm nach rechts gerissen wurde. Tordred zerschnitt das Seil mit seinem Horn, bäumte sich auf und trat mit den Hufen nach der Wache. Gleichzeitig klammerte sich Sam mit beiden Knien an Tordred fest und stach mit dem Stützpfosten auf die andere Wache ein. Das Metall krachte scheppernd gegen das Horn des riesigen kastanienbraunen Einhorns und Sam hob den Stab, um ein weiteres Mal zuzuschlagen. Unterdessen duckte sich Lara neben dem Einhorn, um den Hufen und Zähnen der ersten Wache auszuweichen, die sich gerade auf Tordred stürzte.

Oder jedenfalls dachte Sam, sie würde sich ducken – denn als er erneut mit dem Pfosten zustieß, um die Wache irgendwie aus dem Weg zu drücken, stellte er fest, dass ihre Finger bereits fieberhaft an der Schlaufe zupften, die ihre Hand fixierte. Und da – der Knoten war gelöst! Sam zielte mit dem Stab auf die Augen des Einhorns, das prompt zurückwich. Dann streckte er die Arme aus, um Lara auf Tordreds Rücken zu helfen. Sobald sie sicher vor ihm saß, löste sich das schwarze Einhorn aus dem Kampf und galoppierte auf den Ausgang zu.

Als Sam sich umdrehte, sah er silberne Blutflecken auf dem zertretenen Gras. Dafür waren Tordred und er verantwortlich.

Tordred schien das Bild auch zu empfangen, denn Sam spürte eine Art bittere Genugtuung in sich aufsteigen, während das Einhorn unter ihm in Richtung Freiheit galoppierte.

Doch mit zwei Menschen auf dem Rücken war Tordred nicht mehr so schnell. Die meisten Einhörner hatten längst aufgegeben, aber eines war ihnen noch immer wild entschlossen auf den Fersen – ein gigantisches Einhorn mit einem silbern eingefassten Horn mit gezackter Spitze.

Maven.

Sam spürte Tordreds Entsetzen, als er empfing, was Sam gesehen hatte. Haken schlagend, rasten sie durch das Lager, um sie irgendwie abzuhängen. Sam wusste nicht, ob Tordred den Weg bestimmte oder er oder ob sie gemeinsam darüber entschieden. Lara schrie ihm etwas ins Ohr, aber sein Herz hämmerte so laut und Tordreds panische Gedanken prasselten mit solcher Wucht auf ihn ein, dass er darüber nichts anderes mehr hörte. Sie preschten durch einen Unterstand, sprangen über eine Bank, wobei sie einen Stapel Körbe umstießen, die in alle Richtungen davonflogen, galoppierten durch eine enge Gasse und schlitterten in halsbrecherischer Geschwindigkeit um ein Zelt herum.

Maven ließ sich nicht abschütteln. Ihre Lippen verzogen sich zu einem höhnischen Grinsen, als sie zu ihnen aufschloss. Nur mit Mühe und Not gelang es Tordred, zur Seite zu springen, als sie mit dem Horn nach Sam stieß.

Sam stach mit dem Stab nach ihr, doch Maven schlug ihm seine Waffe mit dem Horn aus der Hand. Die Erschütterung schoss durch seinen ganzen Arm, während der Stab in hohem Bogen davonflog. Tordred wich zurück, konnte aber nicht verhindern, dass Mavens gewaltiger Huf ihn am Vorderbein traf und aus dem Tritt brachte.

»Diesmal gibt es kein Entkommen, Sklaven!«, knurrte Maven. Sie senkte ihr Horn, um Sam aufzuspießen. Seine Muskeln erstarrten und sein Herz sprang ihm fast aus der Brust.

Da stürzte sich plötzlich Lara auf Maven. In ihrer Hand blitzte etwas Goldenes mit blau-grünen Einsprengseln auf. *Mams Brosche!*

Maven kreischte auf und blieb abrupt stehen. Lara hielt die Brosche immer noch in der Hand, aber die lange, spitze Verschlussnadel war abgebrochen und steckte tief im Hals der riesigen Einhornstute.

Tordred!, schrie Sam in Gedanken. *Lauf!*

Endlich war der Weg frei. In gestrecktem Galopp rasten sie aus dem Lager, in die weite Ebene hinaus.

Kapitel 23

Aquilla zog über den Wolken ihre Kreise. Hier oben war sie mit ihrem grauen Fell und den silbernen Flügeln für die Armee am Boden unsichtbar. Sie folgte den Truppen nun schon seit Tagen auf ihrem Weg nach Norden. Der geordnete Zug aus Tausenden von Zentauren, der in Coropolis losmarschiert war, war zu einem Meer aus Kämpfern angeschwollen, das sich über die gesamte Wildgras-Ebene ergoss. Einhornclans in stachelbesetzten Rüstungen hatten sich ihnen ebenso angeschlossen wie wilde Horden frei lebender Menschen, die sich mit Äxten, Schwertern und sogar rostigen Ketten bewaffnet hatten. Und alle zogen sie gegen ihre Herde in den Krieg. *Wenigstens die Kelpies scheinen sich rauszuhalten,* dachte sie grimmig.

Jedes Mal, wenn sie es gewagt hatte, unter die Wolken hinabzusinken, um nachzusehen, in welche Richtung die Armee zog, hatte sie Jaren ganz vorne in den ersten Reihen der Truppe erspäht. Seine Hände waren vor seinem Körper gefesselt und er ließ die Schultern hängen. Was wollten sie von ihm? Für die hochgerüsteten Zentauren, die ihn umgaben, konnte er doch eigentlich keinen großen Wert haben.

Aber für mich ist er wertvoll, dachte sie. *Halte durch, Jaren. Ich bin bei dir.*

Sie hatte gehofft, dass sich vielleicht eine Gelegenheit ergeben würde, ihn zu befreien, während die Armee am Rand eines Waldes ihr erstes Nachtlager aufschlug, doch die Zentauren hatten ihn die ganze Nacht über bewacht. Kurz hatte sie mit dem Gedanken gespielt, einfach hinabzusausen und Jaren zuzurufen, er solle auf ihren Rücken klettern, aber das Bild des alten Mannes aus dem Gefängnis, der von Pfeilen durchbohrt hinabstürzte, ging ihr nicht aus dem Kopf. Das konnte sie nicht riskieren.

Ich warte, bis wir in die Berge kommen, hatte sie beschlossen. *Die kenne ich wie die Federn an meinen Flügeln. Und dort werde ich einen Weg finden, ihn zu retten.*

Vor ihr trieben die Wolken Richtung Westen. In der Ferne waren bereits die dunkelgrauen Ausläufer und vereisten Gipfel des Wolkengebirges zu erkennen. Von ihrer Position aus konnte Aquilla sogar eine Straße ausmachen, die sich zwischen den Bergen hindurchschlängelte: der uralte Hufpfad im Osten des Wolkengebirges. Dank der langen Zeit des Friedens in Cavallon war er seit Jahrzehnten nicht mehr benutzt worden, aber bis heute war er der einzige Weg, auf dem behufte Soldaten mit ihrer Ausrüstung sicher ins Hochgebirge vordringen konnten.

Die Erkenntnis traf Aquilla wie ein Schlag: Jaren kam aus dem Gebirge. Er wusste, wo der Hufpfad lag. Und er wusste auch, wo sich ihre Herde zuletzt aufgehalten hatte.

Deswegen haben sie ihn mitgenommen! Er soll sie zur Herde führen!

Sie konnte nicht warten, bis sie die Berge erreichten. Sie musste ihn jetzt sofort retten!

Aquilla holte tief Luft und sank durch die Wolkendecke hinab. Sie ließ den Blick über das Soldatenmeer schweifen, auf der Suche nach der kleinen, braunhaarigen Gestalt ihres Freundes. Doch sie fand Jaren nicht dort, wo sie ihn erwartet hatte. Die vordersten Reihen hatten einen anderen Weg eingeschlagen und mit ihnen auch Jaren. Es dauerte einen Moment, bis Aquilla begriff, warum. Das gesamte Heer änderte die Richtung. Die Armee marschierte plötzlich Richtung Norden, weg vom Hufpfad.

Stattdessen hielten sie auf eine Reihe schroffer Gipfel zu, die allseits als die Splitter bekannt waren. In Aquillas Herde kursierten zahlreiche Sagas, die vor diesem wilden Teil des Wolkengebirges warnten. Dort gab es bergsprengende Erdbeben, gefährliche Lawinen und tiefe Schluchten, in denen bereits zahlreiche Menschen und Pegasusfohlen abgestürzt waren. Warum wollte die Armee ausgerechnet dort entlang?

Eilig gewann Aquilla wieder an Höhe und kreiste über der Wolkendecke, um in Ruhe nachzudenken. Jaren kam aus den Bergen, er wusste also, wie gefährlich die Splitter waren. Warum führte er die Armee dann …

Er tut es mit Absicht!

Nach allem, was passiert war, und obwohl er wusste, in welche Gefahr er sich selbst damit brachte, versuchte Jaren immer noch, den Pegasus zu helfen. Tränen stiegen Aquilla in die Augen und ihr Herz fühlte sich an, als würde es zerspringen. Sie musste Jaren aus den Fängen seiner Bewacher befreien. Denn was würden sie mit ihm anstellen, wenn sie begriffen, dass er sie in die Irre geführt hatte?

Sie ahnte, was Jaren sagen würde. Er hatte ihr einen Vorsprung verschafft – und er würde wollen, dass sie ihn nutzte.

»Ich komme zurück, Jaren. Versprochen«, sagte sie, obwohl sie wusste, dass er sie nicht hören konnte.

Sie flog schneller als je zuvor. In atemberaubender Geschwindigkeit sauste sie ins Gebirge. Sie erreichte den Ring aus spitzen Felsen, der ihrer Herde als letztes Zuhause gedient hatte. Von dort war sie eine Weile mit ihnen Richtung Norden geflogen, bevor sie sich heimlich davongestohlen hatte, um Jaren zu finden. Weil sie keinen anderen Anhaltspunkt hatte, flog sie weiter nach Norden, suchte Gipfel um Gipfel ab, bis ihre Flügel vor Anstrengung schmerzten. Schließlich fand sie ihn tatsächlich, den neuen Schlafplatz ihrer Herde: einen abgeschirmten Felsüberhang, unter dem sich zahlreiche Höhlen befanden. Die Federn, die unten im Tal im Schnee lagen, waren ein eindeutiger Hinweis. Selena, die in dem Moment mit einem toten Kaninchen im Maul an ihr vorbeiflog, bestätigte ihre Einschätzung noch.

Aquilla stellte die Flügel auf und glitt unter den Überhang, wobei sie bereits den schrillen Schrei ausstieß, der die Herde zusammenrief.

Odelia war die Erste, die sie erblickte. »Aquilla!«, rief sie. »Du lebst!« Sie flog heran und gab ihr einen zärtlichen Nasenstüber. Ringsum ertönten überraschte und erleichterte Rufe, als die anderen nach und nach landeten. Zadia purzelte vor lauter Freude über das Wiedersehen vor Aquilla in den Schnee. Dann entdeckten die anderen das getrocknete Blut an ihrem Flügel und ihrer Schulter und bestürmten sie mit Fragen.

»Wo warst du?«

»Erst ist Aquoro verschwunden, dann du. Wir haben uns solche Sorgen gemacht!«

Rostro, der Älteste der Herde, schien Aquillas Anspannung zu bemerken. »Sprich, Aquilla, Sechsundneunzigste der Herde«, sagte er, laut genug, um die anderen zu übertönen. »Warum hast du uns zusammengerufen?«

Aquilla warf ihm einen dankbaren Blick zu. »Ich bin weggeflogen, um Jaren zu finden. Wir sind zusammen zum Gipfeltreffen der Zentauren gereist, um ganz Cavallon zu beweisen, dass die Pegasus nichts mit dem Angriff auf die Freie Stadt zu tun hatten.« Entsetzte Aufschreie wurden laut. »Ich habe mich die ganze Zeit versteckt«, ergänzte sie ungeduldig. »Jaren hat sich bereit erklärt, für uns zu sprechen. Aber ... aber ...« Stockend erzählte sie ihnen von Jarens Verhaftung, ihrem gescheiterten Versuch, ihn aus dem Gefängnis zu befreien, und dem Aufbruch der Armee aus Coropolis.

»Das ist furchtbar«, brachte Rostro hervor. »Der Menschenjunge kennt unseren letzten Aufenthaltsort. Gut möglich, dass er ihnen verrät, wo wir sind. Wir müssen sofort weiterziehen ...«

»Nein, ihr hört mir nicht richtig zu!« Aquilla hätte nie gedacht, dass sie es je wagen würde, einen Ältesten zu unterbrechen, doch jetzt bäumte sie sich auf und wieherte verärgert. »Jaren ist mein Freund. Er versucht, uns zu helfen! Er hätte der Armee einfach den Weg zum Hufpfad zeigen können, aber das hat er nicht. Stattdessen führt er sie durch die Splitter, um uns mehr Zeit zu verschaffen. Aber selbst wenn sie dadurch länger brauchen: Früher oder später werden sie uns finden und dann sind wir verloren!«

Einige der jüngeren Pegasus schüttelten die Köpfe und zuckten mit den Ohren, als könnten sie sich das nicht vorstellen, doch die Ältesten wechselten bedrückte Blicke.

Rostro senkte den dunkelgrauen Kopf und seufzte schwer. »All unsere Anstrengungen, uns von Cavallon fernzuhalten und nicht in die Angelegenheiten der anderen einzumischen, waren umsonst.«

»Ja«, stimmte Fetos zu. Sein weißer Schweif peitschte aufgebracht hin und her. »Letzten Endes konnte auch das uns nicht schützen.«

»Was sollen wir tun?«, wandte sich Odelia an die Herde.

»Weiterziehen«, wiederholte Rostro. Er klang alt und müde. So hatte Aquilla ihn noch nie gesehen.

Einige aus der Herde nickten, aber ein großer blassgelber Hengst namens Baros entgegnete: »Wir laufen seit Jahren vor ihnen davon. Es wird Zeit, dass wir damit aufhören und unser Zuhause verteidigen.«

Die meisten jüngeren Pegasus bekundeten ihre Zustimmung, doch Odelia und Rostro wechselten erneut einen Blick.

»Aquilla«, sagte Odelia langsam, »du hast die Armee als Einzige von uns gesehen. Was sollten wir deiner Meinung nach tun?«

Unwillkürlich musste Aquilla an das letzte Mal denken, als Odelia sie so vor der ganzen Herde angesprochen hatte. Damals hatte sie sie getadelt, weil sie einem Menschen ihren Aufenthaltsort verraten hatte. Und jetzt wollte Odelia ihren Rat?

Die Verantwortung war enorm, aber Aquilla war sich sicher, dass ihre Entscheidung die richtige war. »Fliehen ist zwecklos«, antwortete sie. »Das Heer ist riesig. Sie werden uns so oder so irgendwann aufspüren. Wir sollten den Vorsprung nutzen, den Jaren uns verschafft hat, und als Erste angreifen. Sie zu überraschen, ist unsere einzige Chance.«

Ihre Worte hallten von den umliegenden Felsen wider. Aquilla erkannte, dass die anderen ebenso schwer daran zu tragen hatten wie sie. Sie zögerte einen Augenblick, bevor sie leise sagte: »Sprich, Rostro, Erster der Herde, und teile uns deine Entscheidung mit.«

Rostro schloss die Augen. »Wir sind eine friedliebende Herde. Aber selbst die Friedlichsten unter uns kommen irgendwann in die Situation, sich verteidigen zu müssen. Ich stimme für einen Angriff.«

Ein überraschtes Raunen ging durch die Herde. Aquilla sah, dass einige ihre Entscheidung noch mal überdachten. Als Rostro Fetos aufrief, stimmte auch der für einen Angriff. Genau wie Odelia und alle anderen Ältesten.

Ein paar Pegasus zögerten – vor allem die mit jungen Fohlen –, doch am Ende stimmte jeder Einzelne von ihnen für Aquillas Vorschlag. Aquilla schluckte schwer, als die kleine Zadia mit zitternder Stimme ihre Entscheidung verkündete. Damit war das Ergebnis einstimmig und der Angriff beschlossene Sache. Aquilla ließ den Blick über ihre Herde schweifen: So dicht beisammen sahen sie aus wie eine silbrige Wolke mit Einsprengseln von leuchtendem, warmem Sonnenlicht. Wenn ihretwegen auch nur einer von ihnen zu Schaden kam, würde sie sich das niemals verzeihen.

Aber wenn wir jetzt nichts tun, sterben wir auf jeden Fall.

»Darf ich noch etwas sagen?«, fragte sie. »Ich habe nämlich einen Plan.«

Kapitel 24

Sieh noch mal nach, sagte Tordred in Sams Kopf.

Habe ich doch gerade erst!

Jetzt mach schon!, blaffte Tordred.

Sam wusste, warum der Einhornhengst so gereizt war. Er war genauso beunruhigt wie Sam und es ärgerte ihn, dass er nicht einfach den Kopf drehen und selbst nachsehen konnte, solange Lara auf seinem Rücken lag und schlief.

Sam wandte sich um und lief einige Schritte rückwärts über die flache, verwilderte Ebene, während er den Waldrand in der Ferne im Blick behielt, für den Fall, dass sich dort irgendetwas bewegte. *Kein Einhorn weit und breit. Ich denke, wir haben sie abgehängt, bevor wir den Fluss durchquert haben. Du warst zu schnell für sie.*

Wir *waren zu schnell für sie,* korrigierte Tordred.

Sam antwortete nicht. Er schloss wieder zu Tordred auf und zupfte ein weiteres Stück Metallspäne von dessen verbeulter Rüstung. Aus den schmalen Streifen bastelte er eine Kette für die kaputte Brosche seiner Mam. Am liebsten hätte er dafür ein paar Glieder aus dem filigranen Kettenhemd benutzt, weil der Draht viel feiner war, aber das hatte er ja beim Kampf mit dem Eisenhornclan verloren.

Tordred war weitergaloppiert, selbst als sie auch die hartnäckigsten Verfolger längst abgeschüttelt hatten. Inzwischen waren sie etwas langsamer unterwegs, wagten es jedoch immer noch nicht, anzuhalten und ein wenig auszuruhen. Es war viel zu riskant. *Wir laufen weiter,* hatte Tordred verkündet. *Der Clan ruht sich auch nicht aus.*

Sam musste unentwegt daran denken, mit welcher Geschwindigkeit sie den anderen entkommen waren. Offenbar hatte das irgendwas mit ihm zu tun. *Was ... was ist das für eine Verbindung zwischen uns? Wie ist das alles möglich?*

Er hatte die Frage eigentlich laut stellen wollen, aber anscheinend hatte er sie bereits in Gedanken vorformuliert, denn Tordred reagierte, bevor Sam überhaupt den Mund aufmachen konnte.

Das Einhorn schnaufte tief durch. Die einzigen Geräusche, die zu hören waren, waren das leise Knirschen ihrer Schritte auf dem steinigen Untergrund und das Summen der Insekten über den dornigen Ginsterbüschen. Tordreds Antwort erklang klar und deutlich in Sams Kopf. *Früher, vor langer, langer Zeit, als unsere Clans gleichberechtigt nebeneinanderlebten, waren Bande zwischen Einhörnern und Menschen keine Seltenheit. Damals wurden sie als etwas Wertvolles angesehen. Du verstehst sicher, warum – durch die Bande waren Mensch und Einhorn zu außergewöhnlichen Dingen imstande. Sie waren mächtige Krieger, die gemeinsam ihr Land verteidigten. Diese Bande hielten ein Leben lang.*

Sam riss die Augen auf. *Ein Leben lang? Ich wusste doch gar nicht, worauf ich mich da ...*

Tja, meine *Idee war das auch nicht,* erwiderte Tordred.

Sam nickte resigniert. Tordred hatte sich genauso wenig freiwillig dafür entschieden wie er. *Wenn das mit dem Band so eine tolle Sache ist, warum wollte Maven uns dann umbringen?*

Weil die Menschen uns hintergangen haben. Tordreds Worte trafen ihn wie ein eisiger Regenguss. *Im Krieg von Cavallon haben die Menschen Informationen an die Pegasus weitergegeben. Drei Einhornclans sind in einen Hinterhalt der Pegasus geraten und wurden vollständig ausgelöscht. Eigentlich hätten die Menschen und die Einhörner Seite an Seite kämpfen sollen, doch der König der Menschen wollte das Land der Einhörner für sich allein.*

Stirnrunzelnd fügte Sam seiner Kette ein weiteres Glied hinzu. Er hatte in Nerissas Büchern über die Kämpfe zwischen den Menschen, Einhörnern und Pegasus gelesen. Warum sie einander bekämpft hatten, hatte er darin jedoch nicht erfahren. *Aber der Plan der Menschen ist nicht aufgegangen.*

Tordred warf ihm einen Blick zu und sah dann wieder weg. *Die restlichen Einhornclans haben jede einzelne Menschensiedlung gestürmt, die sie finden konnten, und sich die Menschen dort als Rache für ihren Verrat untertan gemacht. Seitdem sind Bande zwischen Menschen und Einhörnern bei Todesstrafe verboten.*

Sam hängte das nächste Glied an seine Kette. *Aber wenn euch das doch stärker und schneller macht, warum …*

Tordred schlug aufgebracht mit dem Schweif. *Kapierst du es nicht? Die Einhornclans hassen die Menschen so sehr, dass sie diese Bande als etwas … Unnatürliches betrachten. Etwas durch und durch Schlechtes. Sie finden, dass es das niemals hätte geben dürfen!*

Eine Weile liefen sie schweigend weiter. Verworrene, halb fertige Gedankenfetzen schossen zwischen ihnen hin und her. Sam fügte seiner Kette drei weitere Glieder hinzu.

»Als ich ein Fohlen war«, sagte Tordred abrupt und Sam erschrak fast über den rauen Klang seiner Stimme, »gab es bei uns im Clan ein altes Einhorn namens Sigil. Er hat immer Geschichten aus der Zeit vor den Kriegen erzählt, als junge Einhörner noch ausgezogen sind, um einen Menschen zu finden, mit dem sie ein Band eingehen konnten. Unsere Anführerin hat ihm befohlen, damit aufzuhören, aber Sigil hat die Bande unbeirrt weiter verteidigt. Er meinte, das sei etwas vollkommen Natürliches und wir Einhörner seien dumm, eine Partnerschaft zu verweigern, die uns nur stärker macht.«

Er verstummte, doch dafür strömte eine Flut aus Bildern auf Sam ein: ein uraltes Einhorn mit stumpfem grauweißem Fell, dessen Kopf von den Hufen zweier größerer Einhörner zu Boden gedrückt wurde. Ein Huf, der auf seinem Horn aufschlug – und ein lautes, markerschütterndes Knacken. Das silberne Blut, das über das Gesicht des alten Einhorns rann, während sein Horn vor ihm ins Gras fiel. Die Spottrufe, die ihm hinterherschallten, als er von den Einhörnern verstoßen wurde und einsam aus dem Lager trottete.

»So würde Maven auch dich bestrafen«, flüsterte Sam. Tordred nickte.

Sam brauchte nicht zu fragen, ob Tordred das alles mit eigenen Augen gesehen hatte. So deutlich, wie die Bilder waren, konnten sie nur aus seiner Erinnerung stammen.

Verstehst du jetzt?, fragte Tordred.

Sam glaubte schon – er begriff, warum das Band Tordred solche Angst gemacht hatte. Auch das Band selbst verstand er nun besser. *Ich weiß, dass es gefährlich ist, und ja, mir macht es auch Angst. Was Maven dir antun will ... Aber gib es zu: Irgendwie ist das alles auch ganz schön abgefahren. Ich meine, guck dir das mal an.* Er hielt die beinahe fertige Kette hoch, die um einiges filigraner und ausgefeilter war als alles, was er in der Werkstatt seiner Eltern je zustande gebracht hatte. Und das, obwohl er mit bloßen Händen und ohne jedes Werkzeug gearbeitet hatte. *Alles, was ich vorher konnte, kann ich jetzt viel besser. Ich kann Dinge tun, zu denen ich vorher nicht in der Lage war. Ich wäre niemals stark genug gewesen, das Kettenhemd auch nur hochzuheben, geschweige denn, es einem Einhorn um die Ohren zu hauen. Das kam von dir.*

Tordred nickte. *Und ich wäre niemals schnell genug gewesen, um Bastion bei unserem Kampf auszuweichen oder den anderen davonzulaufen. Das kam von dir.*

Der nächste Gedanke schoss ihnen gleichzeitig durch den Kopf, sodass Sam nicht sagen konnte, wer von ihnen ihn zuerst gedacht hatte: *Wir müssen raus aus den Schwarzhornwäldern.*

Sam sah nach Lara. Sie schlief immer noch tief und fest. Die Angst und Erschöpfung nach ihrer Flucht, bei der sie erneut durch die Einhörner gefangen genommen worden war, schienen sie vollkommen ausgelaugt zu haben. Wahrscheinlich wäre er ohne sein Band mit Tordred genauso erledigt gewesen.

Wenn sie aufwacht, können wir eine kleine Pause einlegen und uns was zu essen suchen, sagte Sam zu Tordred. *Sie ist eine gute Jägerin.*

Tordred nickte und beobachtete neugierig, wie Sam die Brosche seiner Mutter aus der Tasche holte und sich daranmachte, sie auf die fertige Kette zu fädeln. Als Lara Maven die Verschlussnadel in den Hals gerammt hatte, war diese ganz oben am Gelenk abgebrochen, sodass dort eine kleine Öffnung entstanden war. Die Öffnung war allerdings etwas kleiner als das Kettenglied, an dem Sam die Brosche befestigen wollte. Er blieb stehen und versuchte, die Öffnung zu weiten.

Du könntest ein paar Haare aus meiner Mähne nehmen, schlug Tordred vor. *Einhornhaar ist stark wie Eisen.*

Eine plötzliche Erinnerung kam in Sam hoch: seine Mutter,

die summend an ihrem Werktisch stand und Schweifhaare eines Einhorns in die Riemen eines Brustpanzers flocht. Tränen stiegen ihm in die Augen und er musste ein paar Mal kräftig blinzeln. Er wusste, dass Tordred das Bild auch sah, verzichtete jedoch auf eine Erklärung und sandte ihm stattdessen bloß einen stummen Dank, während er ihm vorsichtig einige schwarze Haare auszupfte.

Die Haare passten mühelos durch die kleine Öffnung. Wenig später hatte Sam die Brosche sicher an der Kette befestigt und hängte sie sich um den Hals.

Sie fehlen dir, sagte Tordred in seinem Kopf.

Ja. Er wusste, dass Tordred gesehen hatte, was seinen Eltern in der Freien Stadt widerfahren war – schließlich hatten sie in der Nacht ihrer ersten Begegnung unfreiwillig ihre Erinnerungen miteinander geteilt. Aber er wollte jetzt nicht an den widerwärtigen Gestank der Brände denken, deswegen lenkte er das Gespräch schnell in eine andere Richtung. *Ich habe nur noch meine Schwester. Rianne. Ich war auf dem Weg zu ihrer Farm in der Nähe von Buchem, als dein Clan mich gefangen genommen hat …*

Das ist nicht mehr mein Clan, erwiderte Tordred knapp.

Ich weiß. Wir können zusammen zu Rianne gehen. Sie wird uns sicher helfen. Wir müssen nur die Bergstraße finden, um zu ihr zu kommen.

Tordred lief eine Weile schweigend weiter. Ein Gedankengewirr strömte auf Sam ein, das sich schließlich zu einer klaren Antwort zusammenfügte: *Es fühlt sich komisch an, einen Menschen um Hilfe zu bitten, aber … ich vertraue dir. Ich kenne den Weg. Wir müssen weiter in Richtung der Berge laufen und dann nach Westen.*

Den Rest des Nachmittags marschierten sie in Gedanken versunken nebeneinanderher. Die Erinnerungsfetzen, die Sam dabei immer wieder von Tordred auffing, fühlten sich mittlerweile fast genauso vertraut an wie seine eigenen. Er hatte sich so lange dagegen gesträubt, seine Gedanken mit Tordred zu teilen, dass er jetzt erst merkte, wie viel stärker und leichter er sich fühlte, wenn er es einfach zuließ.

Lara erwachte schließlich, als die Sonne schon tief über dem Horizont stand. »Warum habt ihr mich so lange schlafen lassen?«, murrte sie und glitt von Tordreds Rücken. »Jetzt ist die beste Zeit zum Jagen.« In einem kleinen, dichten Wäldchen schlugen sie ihr Lager auf. Lara kramte in ihrem Haarschopf und warf Sam etwas zu – ein Stück Feuerstein.

»Mach schon mal ein Feuer, während ich uns was zu essen besorge«, sagte sie. »Die Rüstung des Einhorns müsste reichen, um damit Funken zu erzeugen.«

Sam staunte. »Was hast du denn noch alles dadrin?«

Sie winkte ab und verschwand zwischen den Bäumen.

Tordred lachte wiehernd. *Deine Freundin ist ein ziemlich ungewöhnlicher kleiner Mensch.*

Woher willst du das bitte wissen?, fauchte Sam, auch wenn das nicht ganz fair war. Schließlich wusste Tordred inzwischen alles, was Sam wusste.

Bald darauf kam Lara mit drei Kaninchen zurück, die sie triumphierend in die Höhe hielt. Sam hatte in der Zwischenzeit trockene Äste aufgeschichtet und ein Feuer entzündet. Lara suchte ein paar scharfkantige Steine, ließ sich auf einem Baumstumpf nieder und fing an, die Kaninchen zu häuten.

»Meins bitte roh«, bemerkte Tordred leicht angewidert. Während Sam und Lara ihre Kaninchen auf Stöcke spießten und übers Feuer hielten, vertilgte das Einhorn seins mitsamt der Knochen. Das Knirschen verursachte Sam eine Gänsehaut.

Trotzdem verspürte er einen Anflug von Neid, als das Gefühl eines angenehm vollen Magens aus Tordreds Gedanken in seinen Kopf sickerte. Sam hatte seit zwei Tagen nichts als Beeren und Nüsse gegessen und merkte auf einmal, was für einen Riesenhunger er hatte. Plötzlich kam ihm die Vorstellung, sein Fleisch roh zu essen, gar nicht mehr so widerlich vor.

Siehst du?, zog ihn Tordred auf. *Einfach köstlich.*

Sam widerstand dem Drang, einen Tannenzapfen nach ihm zu werfen. Aber er musste zugeben, dass es guttat, endlich mal wieder zu sitzen, vor allem, wenn dabei direkt vor ihm ein gemütliches kleines Feuer loderte. Die dichten Bäume um sie herum boten ein Gefühl von Sicherheit, während die Sonne langsam hinter den Bergen versank und den Himmel in rosafarbenes Licht tauchte. Es kam ihm beinahe so vor, als würde der Boden wohlig summen.

»Aaallllsoooo«, meinte Lara schließlich und sah bedeutungsvoll von einem zum anderen. »Heißt das jetzt, wir sind alle Freunde, oder was?«

»Es ist ... kompliziert«, erwiderte Sam.

»Ach ja?« Lara fixierte Tordred mit ihrem Blick. »Er hat sein Leben riskiert, um dein gebrochenes Bein zu heilen. Was übrigens unfassbar dämlich war, ganz nebenbei bemerkt. Und zum Dank dafür hast *du* zugelassen, dass sie ihn zurück ins Lager schleppen.«

Tordred zog abwehrend den Kopf zurück und blähte die Nüstern. »So war das gar nicht. Ich ...«

»Ruhe!«, fauchte Lara.

»Das ist nicht fair«, protestierte Sam. »Er hat uns bei der Flucht geholfen.« *Tordred, wir müssen ihr von unserem Band erzählen.*

»Ich sagte *Ruhe*«, zischte Lara. Sie legte ihren Kaninchenspieß weg und schlich zum Rand des Wäldchens. »Hört ihr das? Da kommt jemand.«

Jetzt hörte Sam es auch: entferntes Hufgetrappel. Er ließ seinen Spieß fallen und stieß einen leisen Fluch aus. Lara warf hastig Erde auf das Feuer. Tordred sprang auf und Lara kletterte auf seinen Rücken, dann half sie Sam hinauf. Dabei murmelte sie wütend vor sich hin. »Sie sind uns wahrscheinlich schon die ganze Zeit auf der Fährte. Warum habt ihr mich so lange schlafen lassen? Habt ihr die Anzeichen nicht gesehen?«

Kaum dass Sam sein Bein über Tordreds Kruppe geschwungen hatte, galoppierte das Einhorn los. Sie rasten zwischen den Bäumen hindurch und jeder Hufschlag vibrierte durch Sams ganzen Körper. Da erklang ein fürchterliches Gebrüll – und zwar erschreckend dicht hinter ihnen. Sam drehte sich um und erblickte gerade noch drei Einhörner, die in das Wäldchen gestürmt kamen und mit einem Satz über die Reste ihres Lagerfeuers hinwegsprangen. Tordred schlug wilde Haken, um sie abzuschütteln, doch die Bäume, die überall im Weg standen, und das zusätzliche Gewicht der beiden Menschen auf seinem Rücken behinderten ihn spürbar. Sam hielt sich mit beiden Händen an Lara fest, nahm nun jedoch eine runter und legte sie stattdessen auf Tordreds Flanke, in der Hoffnung, dass die Berührung ihm zusätzliche Kraft verleihen würde.

Es funktionierte. Tordred sprang über einen umgestürzten Baumstamm und beschleunigte. *Wir schaffen es! Wir hängen sie ab!*, teilte Sam ihm freudig mit.

Aber dann blieb Tordreds Huf an einer Wurzel hängen und er geriet ins Stolpern. Sam verlor den Halt. Hektisch versuchte er, sich an Tordreds Rüstung festzuklammern, aber sie war zu glatt. Während Tordred mit Lara weiterpreschte, stürzte Sam zu Boden.

Seine Schulter schlug als Erstes auf, gefolgt vom Rest seines

Körpers. Wenn ihm der Aufprall nicht sämtliche Luft aus den Lungen gepresst hätte, hätte er vor Schreck und Schmerz aufgeschrien. Er rappelte sich mühsam keuchend auf.

Ihre Verfolger kamen immer näher. Ihre Hufe wirbelten den Waldboden auf und von ihren Mäulern tropfte schaumiger Speichel. Sam spürte Tordreds Panik. Als er zu ihm herumfuhr, sah er, wie Tordred abbremste und kehrtmachte.

»Nein!«, schrie Sam Lara und ihm entgegen. »Haut ab! Es bringt nichts, wenn sie uns alle drei erwischen.«

Ich lasse dich nicht im Stich, erwiderte Tordred kurz angebunden und galoppierte unbeirrt auf ihn zu.

»Kannst du vergessen, Stadtjunge«, meinte Lara, als Tordred schlitternd vor ihm hielt. Sie streckte die Hand aus und half ihm auf.

Sam hätte dankbar sein müssen und vielleicht auch verärgert, weil sie nicht auf ihn gehört hatten, aber dafür blieb keine Zeit. Im selben Augenblick hatten die drei Einhörner sie eingeholt. Sie umringten Sam und seine Freunde und kurz darauf folgten noch ein Dutzend weitere. Sam war nicht sonderlich überrascht, dass Bastion den Trupp anführte. Verärgert stellte er fest, dass das weiße Einhorn das Kettenhemd trug, das er für Tordred gemacht hatte.

»Noch mal entkommt ihr uns nicht«, knurrte Bastion. Während er das sagte, zwangen zwei Einhörner Lara zum Absteigen und der Rest der Gruppe schob sich dazwischen, um Sam und Lara von Tordred wegzudrängen.

Er weiß, dass wir schwächer sind, wenn wir getrennt werden, dachte Sam.

Ja, bestätigte Tordred. *Klar weiß er das.* Vor Sams innerem Auge erschien ein Bild von Sigil, dem alten Einhorn, dem das Horn abgebrochen worden war, weil er sich für das Band zwischen Menschen und Einhörnern ausgesprochen hatte. In dieser Szene trottete das graue Einhorn neben einem kleinen weißen Fohlen her, das bewundernd zu ihm aufsah.

Bastion baute sich vor Tordred auf. An seinem Vorderbein klebte immer noch ein Rest silbriges Blut aus der Wunde, die Tordred ihm zugefügt hatte. »Tordred, Sohn des Auris, du kennst Mavens Befehle. Als Strafe dafür, dass du Schande über uns gebracht und dich auf ein Band mit einem Menschen eingelassen hast, wird dir das Horn abgenommen. Fortan bist du von allen Clans verstoßen.«

»Bastion«, erwiderte Tordred sanft. »Du musst das nicht tun. Du kannst uns einfach gehen lassen. Ich verspreche, die Clans werden uns nie wieder zu Gesicht bekommen. Dein Großvater hätte ...«

»Sigil hat die Ideale der Clans verraten. Genau wie du«, entgegnete Bastion eisig. Die anderen Einhörner stampften zustimmend mit den Hufen.

Tordred senkte den Kopf. Die Angst des Einhorns pulsierte durch Sams Adern. »Lass wenigstens die Menschen gehen. Bitte, sie haben nichts ...«

Bastion schnaubte bedrohlich. »Aber wenn wir sie gehen lassen, verpasst du ja den ganzen Spaß. Oder willst du etwa nicht dabei zusehen, wie sie den Tod der Tausend Hörner sterben?«

»Tod der Tausend Hörner?«, fragte Lara. Ihre Worte sollten wohl verächtlich klingen, doch ihre Stimme war ungewohnt schrill.

Es war Bastion anzusehen, dass er nur allzu gerne bereit war, es ihr zu erklären. »Das ist eine traditionelle Art der Bestrafung«, antwortete er. »Die Mitglieder des Clans stellen sich im Kreis um den Feind auf und stechen dann so lange mit ihren Hörnern auf ihn ein, bis er sich nicht mehr bewegt.«

Lara wurde kreidebleich. Sam brach der kalte Schweiß aus.

Wir müssen hier weg, schrie er in Gedanken. *Was sollen wir tun? Wo sollen wir hin?* Doch es kam keine Antwort. Alles, was er empfing, war Tordreds überwältigende Furcht, die sich mit seiner eigenen mischte und nur noch weiter steigerte.

Sie finden unser Band so abstoßend, dachte Tordred mit wachsender Verzweiflung, *dass sie nie aufhören werden, uns zu jagen.*

»Ich schlage vor, wir fangen mit dir an«, sagte Bastion zu Tordred. »Damit deine Sklavenfreunde dabei zusehen können, bevor sie sterben. Auf die Knie.«

Tordred blieb trotzig stehen, aber Sam sah, wie seine Vorderbeine zitterten. »Lass ihn in Ruhe!«, brüllte Sam und wollte zu Tordred laufen, doch die Einhörner, die Lara und ihn umzingelten, richteten ihre Hörner wie Schwerter auf ihn und versperrten ihm den Weg. Bastion machte eine Kopfbewegung, worauf sich zwei der anderen Einhörner auf Tordred stürzten und ihn in die Knie zwangen. Einer der beiden drückte Tordreds Kopf mit dem Huf auf einen Baumstumpf.

Fump. Ein Pfeil bohrte sich in den Baum neben Bastion.

Alle fuhren gleichzeitig herum. Eine Gruppe bewaffneter Zentauren löste sich aus der Dämmerung. Sie trugen Kapuzen, die sie tief ins Gesicht gezogen hatten, und darunter blitzten Brustpanzer auf. Metallplatten schützten ihre Flanken und sie alle hatten Pfeil und Bogen gezückt. Als sie auf die Einhörner zugingen, tauschten einige von ihnen ihre Bögen gegen Speere aus, die deutlich länger waren als die Hörner ihrer Gegenüber, und richteten sie auf Bastion und seine Truppe.

Sam konnte sich ein erleichtertes Grinsen nicht verkneifen. *Die Zentauren werden uns helfen,* teilte er Tordred freudig mit.

Ein Zentaur in einem grünen Lederwams trat vor. Seine Hände steckten in silbernen Panzerhandschuhen, die bis zu seinen Ellbogen reichten. Sam konnte sein Gesicht nicht erkennen, bemerkte aber ein Stück von einem akkurat gestutzten schwarzen Bart, der unter der Kapuze hervorlugte. So wie sich die anderen Zentauren um ihn aufbauten, vermutete Sam, dass er ihr Anführer war.

»Was haben wir denn hier?«, fragte der bärtige Zentaur.

»Nichts, was Euch etwas anginge«, knurrte Bastion.

Der Zentaur trat noch einen Schritt vor. »Übergebt uns die beiden Menschen«, verlangte er mit tiefer, befehlsgewohnter Stimme.

Bastion lachte humorlos. »Nein.«

Der Zentaur reagierte nicht auf Bastions Antwort. »Wir benötigen diese Menschen als Schreibkräfte. Ich erwarte, dass Ihr sie uns aushändigt.«

»Wir können lesen und schreiben!«, rief Sam aus dem Gedränge der Einhörner. »Wir werden Euch gut als Schreibkräfte dienen!« Im Stillen dankte er den Sternen für Nerissas Leseunterricht – das hier war ihre Rettung. Er würde Lara lesen und schreiben beibringen und bis dahin ihre Arbeit irgendwie mit übernehmen. Jetzt musste er die Zentauren nur noch überzeugen, auch Tordred zu befreien ...

Bastion musterte den Zentauren eine Weile schweigend. Schließlich sagte er: »Ihr könnt das Mädchen haben.« Er knurrte einen Befehl und eins der Einhörner schubste Lara mit dem Kopf zu den Zentauren hinüber.

Die Zentauren wechselten einen Blick. »Wir brauchen mehr als eine«, antwortete der Anführer kühl.

Bastion reckte herausfordernd den Kopf. »Der Junge gehört uns. Er hat Schande über ein Mitglied unseres Clans gebracht und muss für sein Vergehen bestraft werden.«

»Ihr scheint mich immer noch nicht zu verstehen«, entgegnete der Zentaur brüsk. »Ihr seid uns zahlenmäßig unterlegen. Gebt uns den Jungen.«

»Das lassen wir ihm doch wohl nicht durchgehen, oder, Bastion?«, rief eins der Einhörner.

»Nein«, knurrte Bastion und baute sich direkt vor dem Zentauren auf, ohne den Speeren, die auf ihn gerichtet waren, Beachtung zu schenken. »Ganz sicher nicht. Runter von unserem Land. Wir dulden hier keine Menschen. Und auch keine halb menschlichen Missgeburten.«

Die Zentauren in der ersten Reihe schnaubten empört. Die Spitzen ihrer Speere kratzten über Bastions Brustpanzer, doch der Anführer der Zentauren hob die Hand und bedeutete ihnen, sich zu beruhigen. »Wir nehmen die beiden so oder so mit«, verkündete er gelassen.

»Das ist ja wohl klar«, höhnte einer der Zentauren. »Diese sklavenhaltenden Barbaren schlagen wir doch mit links.«

Bastion stieß ein ohrenbetäubendes Brüllen aus und ging zum Angriff über. Der Anführer der Zentauren nickte bloß und machte eine ausholende Bewegung mit beiden Armen, worauf die zentaurischen Soldaten unter lautem Kampfgeschrei losstürmten. Bastion schlug mit seinem Horn einen Speer zur Seite. Noch ehe Sam auch nur einen Schritt machen konnte, wurde er von dem Einhorn, das ihn bewachte, rückwärts gegen einen Baum geschoben.

»Du gehst nirgendwohin, Mensch«, knurrte es.

Über seine Kruppe hinweg sah Sam, dass die Einhörner, die Tordreds Kopf auf den Baumstumpf gedrückt hatten, ihn losließen und sich ins Kampfgetümmel stürzten. Taumelnd richtete Tordred sich auf, wich einige Schritte zurück und blickte sich nach Sam um.

Lauf weg, solange sie abgelenkt sind!, drängte Sam ihn. *Lara und ich sind bei den Zentauren sicher. Lauf!*

Ich kann nicht ohne dich gehen!, erwiderte Tordred. Seine Augen waren weit aufgerissen und er klang fast panisch. Sam verstand ihn nur zu gut, denn es ging ihm genauso. Auch er wusste nicht, ob er es ertragen würde, von Tordred getrennt zu sein.

Das ist unsere einzige Chance. Nur so werden wir alle überleben!, fauchte Sam und vor lauter Verlustangst wurde er gereizt und ungeduldig. *Jetzt verschwinde schon. Wer weiß, ob du noch einmal die Gelegenheit dazu bekommst.*

Tordred tänzelte seitwärts und wich zwei Einhörnern aus, die mit einem Zentauren rangen. *Ich komme zurück und finde dich. Das schwöre ich.*

Geh!, drängte Sam.

Tordred warf ihm über die Lichtung hinweg einen verzweifelten Blick zu. Dann schlug er den Speer eines Zentauren beiseite, rammte ein Einhorn aus dem Weg, das ihn aufhalten wollte, und galoppierte los. Binnen kürzester Zeit war er zwischen den Bäumen verschwunden wie ein Schatten in der Nacht.

»Tordred ist entkommen! Ihm nach!«, schrie Bastion. Drei riesige Einhörner lösten sich aus dem Kampfgetümmel und preschten hinter dem schwarzen Einhornhengst her.

Sie sind hinter dir her!, versuchte Sam, ihn zu warnen, aber es fühlte sich bereits an, als würde er in einen tiefen Brunnenschacht hineinrufen. Durch Tordreds Augen nahm er vorbeirauschendes Geäst wahr und dazwischen blitzten immer wieder Bilder der hinterherjagenden Einhörner auf. Sie befanden sich zwar noch in einem gewissen Abstand zu Tordred, aber doch waren sie nah genug dran, dass ihr blutrünstiges Grinsen zu erkennen war. Sam spürte Tordreds hämmernden Herzschlag, als wäre es sein eigener. Er war so in Tordreds Flucht vertieft, dass er kaum mitbekam, wie das rotbraune Einhorn, das ihn bewachte, beiseitegestoßen wurde und ein Zentaur – einer der Bogenschützen – ihn am Handgelenk packte.

»Komm mit«, sagte der Zentaur, dessen Gesicht Sam unter der Kapuze nicht erkennen konnte.

Er führte ihn zu Lara hinüber, die mit zwei weiteren Bogenschützen etwas entfernt stand. Die Zentauren hatten die verbliebenen Einhörner inzwischen mit ihren Speeren zu einem dicht gedrängten Grüppchen zusammengetrieben – jedenfalls die, die noch aus eigener Kraft stehen konnten. Ihr Anführer, der anscheinend nicht mal sein Schwert gezogen hatte, wischte sich einen silbrigen Blutfleck vom grünen Lederwams und stieg über den reglosen Körper eines großen braunen Einhorns hinweg.

»Ihr verschwendet Eure Zeit«, knurrte er den Einhörnern zu. »Ihr solltet an der Seite Eures Clans für Cavallon kämpfen. Geht nach Westen und schließt Euch der Armee an. In dem Fall wäre ich geneigt, diese ... kleine Unannehmlichkeit hier zu vergessen.«

Bastions weißes Fell war ebenfalls voller Blutflecken – roten und silbernen. Er schnaubte verächtlich. »Wir empfangen unsere Befehle von Maven, der Anführerin des Eisenhufclans. Nicht von stehlenden Missgeburten. Aufstellung!«, rief er den verbliebenen Einhörnern zu. »Zurück ins Lager, Marsch!«

Sie donnerten durch die Bäume davon.

Wenig später brachen auch die Zentauren auf und nahmen Sam und Lara mit. Lara sah sich unterwegs immer wieder um. Als sie schließlich den Waldrand erreichten und klar war, dass die Einhörner nicht umdrehen und sie angreifen würden, war sie außer sich vor Erleichterung.

»Nicht zu fassen!«, rief sie dem groß gewachsenen, gescheckten Zentauren an ihrer Seite zu. »Ihr seid genau im richtigen Moment aufgetaucht. Ganz ehrlich, ich dachte schon, das war's. Und jetzt werde ich Schreiberin! Kann's kaum erwarten!« Sie strahlte den Zentauren an, doch der ignorierte sie. Sam ließ den Blick unauffällig über die anderen Zentauren schweifen. Ihre Gesichter waren nach wie vor hinter Kapuzen verborgen, und seit sie losgelaufen waren, hatten sie noch kein Wort an Sam oder Lara gerichtet. *Sie sind ganz anders als Bodor und Nerissa,* dachte er.

Lara stupste Sam an. »Kannst du echt lesen?«, flüsterte sie.

Er nickte geistesabwesend, während er seine Gedanken zurück in den Wald sandte und versuchte, irgendeine Spur von Tordred aufzufangen. *Bist du entkommen?,* fragte er ihn. *Wo willst du hin?* Es war nicht leicht, sich aufs Laufen zu konzentrieren, wenn ein Teil von ihm ganz woanders war.

»Ich nicht«, hauchte Lara so leise, dass sie kaum zu hören war. »Wenn sie das rauskriegen, wollen sie mich vielleicht nicht mehr. Ich haue bei der erstbesten Gelegenheit ab.«

»Mhmmm«, antwortete Sam. Das war alles, was er herausbekam. Der Schmerz über Tordreds Verlust war so groß, dass er ihm die Kehle zuschnürte.

Lara flüsterte unbeirrt weiter auf ihn ein und entwarf einen Fluchtplan nach dem anderen, doch nichts davon drang bis zu ihm durch.

Eines Tages werde ich dich wiederfinden, Tordred, dachte er, aber es kam keine Antwort.

Kapitel 25

»Nicht mehr lange«, raunte Aquilla. Sie lugte über den Rand in die schmale Schlucht unter ihr. Der Boden dort war mit einer verharschten Schneeschicht bedeckt und von den hohen Felswänden hingen Eiszapfen, die so lang und spitz waren wie Speere.

Aquilla lag zusammen mit den Ältesten auf der weiten Eisfläche oberhalb der Schlucht auf der Lauer. Der Rest der Herde kauerte gut getarnt auf den zerklüfteten Berghängen ringsum. Diese Stelle inmitten der Splitter hatten die Pegasus für ihren Überraschungsangriff auserkoren. Hier würde die Armee in Kürze vorbeikommen. Sobald die Soldaten die Schlucht betreten hatten, würden sie ein leichtes Ziel abgeben, denn die Felswände waren auf beiden Seiten glatt und eisbedeckt, sodass es unmöglich war, daran hochzuklettern.

Aquilla hörte die Armee lange, bevor sie sie sah. Das Knirschen von Hufen und Füßen auf dem Schnee hallte durch die Gebirgslandschaft und gebrüllte Befehle wurden von den Felsen zurückgeworfen. Sie hatte schon oft versucht, sich vorzustellen, wie ein marschierendes Heer klang, schließlich kamen sie oft genug in den Sagas vor. Doch jetzt, als sie das Heer, das auf sie zumarschierte, um sie und ihre Herde anzugreifen, mit eigenen Ohren hörte, befiel sie eine überwältigende Angst. Darauf hatten keine Saga und nicht mal ihre wildeste Fantasie sie vorbereiten können.

Die Vorhut kam in Sicht und Aquillas Angst wurde noch größer. Denn dort unten waren nicht nur ihre Feinde, zwischen ihnen befand sich auch Jaren. Selbst auf die Entfernung konnte sie sein strubbeliges braunes Haar ausmachen und erkennen, welche Mühe es ihn kostete, sich auf dem eisigen Untergrund vorwärtszubewegen.

Halte noch ein kleines bisschen durch, dachte sie.

Die Armee war in Zehnerreihen marschiert, doch als sie die Schlucht betraten, mussten sie ihre Formation aufgeben. Aquilla und einige andere Pegasus beugten sich erwartungsvoll vor. Ein Stück weiter wurde die Schlucht wieder breiter, aber das konnten die Zentauren nicht wissen. Auf diesem Abschnitt jedenfalls wurde die gesamte Truppe deutlich langsamer und das Feld zog sich zunehmend in die Länge.

Der Boden am Fuß der Schlucht war unwegsam und so eisglatt, dass viele Soldaten, egal ob Zentauren, Einhörner oder Menschen, immer wieder ins Rutschen gerieten.

»Noch ein bisschen«, meinte Odelia, die mit angelegten Flügeln neben Aquilla kauerte. Ihr Blick war auf die Enge am Eingang der Schlucht gerichtet, durch die immer noch Soldaten hineinströmten. Der Plan war zu warten, bis sich die gesamte Armee durch den Engpass schlängelte.

Da schallte der Klang einer verärgerten Stimme zu ihnen hinauf. Aquilla drehte den Kopf, um nachzusehen, was los war.

»... nie im Leben richtig. Was führst du im Schilde?«

»Ich schwöre, das ist der richtige Weg!«, beharrte Jaren. »Wenn Ihr zu den Pegasus wollt, müssen wir hier lang.« Aquilla merkte, dass er entschlossen und selbstsicher klingen wollte, aber sie hörte die Angst in seiner Stimme.

»Hauptmann!«, rief ein anderer Zentaur. »Da vorne wird es noch schmaler.«

Der Zentaur, der Jaren angebrüllt hatte, nickte. Sein hoher goldener Helm blitzte im Sonnenlicht. »Wenn du uns auf eine falsche Fährte führst, Mensch, werden wir dich so bestrafen, dass du dir noch wünschen wirst, wir hätten dich im königlichen Gefängnis verrotten lassen.«

»Hier gibt's ja genug Klippen, von denen man ihn stoßen kann«, knurrte ein anderer bedrohlich. Er tat so, als wolle er Jaren packen, und der wich erschrocken zurück. Die anderen Zentauren lachten.

Aquilla verspürte einen Stich im Herzen. *Ich muss ihn da rausholen.*

»Wir sollten jetzt angreifen«, sagte Aquilla zu den Ältesten um sie herum.

»Die Armee ist noch nicht vollständig in der Schlucht«, wandte Odelia ein und deutete mit einem Kopfnicken auf die schwer gerüsteten Einhörner, die sich rempelnd und schubsend auf den schmaler werdenden Pfad drängten.

»Aber sie bedrohen Jaren! Er hat sich für uns schon genug in Gefahr gebracht.« Aquilla sah von einem zum anderen. »Ich lasse nicht zu, dass sie ihm etwas antun.«

Rostro nickte. »Wir haben entschieden, deiner Strategie zu folgen, Aquilla«, sagte er. »Auf dein Zeichen hin greifen wir an.« Die Botschaft wurde durch die Reihen der Ältesten weitergetragen bis zu den Pegasus, die wie Schneewehen auf den umliegenden Berggipfeln kauerten. Aquilla stiegen Tränen in die Augen, als sie sah, wie sich die anderen, ohne zu zögern, erhoben und ihre Stellungen bezogen. *Bitte, ihr Sterne, macht, dass unser Plan funktioniert. Bitte macht, dass sie alle überleben ...*

Sie holte tief Luft, richtete sich auf die Hinterbeine auf und breitete die Schwingen aus. Die Herde folgte ihrem Beispiel. Dutzende Flügel spannten sich um sie herum auf. Graue, weiße, silberne und goldene Federn glitzerten im Sonnenlicht. Dann ließen sich auf Aquillas Kommando alle gleichzeitig auf die Vorderhufe fallen. Mit ihrem vereinten Gewicht brachten sie unter ohrenbetäubendem Knacken den Hang zum Erzittern, auf das ein unheilvolles Ächzen folgte, als wäre der Berg aus tiefem Schlaf erwacht. Gleich darauf brach eine Eislawine los und stürzte in die Schlucht hinab.

Die Soldaten sahen beim ersten Krachen des gesprengten Eises nach oben, doch die weiße Wand raste bereits unaufhaltsam auf sie zu. Aquilla ließ Jarens braunen Wuschelkopf nicht aus den Augen, um sich seine Position genau einzuprägen, während Schnee und Eis Zentauren, Menschen und Einhörner unter sich begrub. Dann war auch Jaren verschwunden und dort, wo er gerade noch gestanden hatte, türmte sich die Schneeschicht meterdick auf.

Einigen Zentauren gelang es, sich aus eigener Kraft zu befreien. Sie zogen ihre Bögen und schossen ihre Pfeile gen Himmel ab, doch Aquillas Herde war darauf vorbereitet. Im Sturzflug sausten die Pegasus hinab und wanden ihnen die Bögen mit Zähnen, schlugen sie ihnen mit den Hufen aus den Händen. Aquilla ignorierte das Kampfgetümmel und hielt den Blick stur auf den Punkt gerichtet, wo Jaren verschüttet worden war.

Während sich die Luft um sie herum mit wütendem Gebrüll und schrillem Wiehern füllte, stieß Aquilla wie ein Falke vom Himmel. Mit Kopf und Hufen grub sie sich durch den Schnee, von Sekunde zu Sekunde verzweifelter. Wie lange würde Jaren dort unten überleben? Sie konnte nicht zulassen, dass er seinen Einsatz für die Pegasus mit dem Leben bezahlte!

Da witterte sie unter dem kühlen, reinen Geruch des Schnees den Hauch von etwas Übelriechendem – eine Mischung aus Plumpsklo und dem muffigen Schimmelgestank aus dem Gefängnis der Zentauren. Sie buddelte darauf zu. Als Erstes tauchte ein brauner Schopf aus dem Schnee auf, dann eine kleine, schmutzige Hand und zu guter Letzt Jaren. Er schüttelte sich den Schnee aus den Haaren und grinste.

»Aquilla! Du bist gekommen!«

Mit dem Maul schob sie den Schnee von seinen Armen und biss die Seile durch, mit denen seine Hände gefesselt waren. »Natürlich. Du bist schließlich mein Freund.«

Jaren schlang die Arme um ihren Hals und Aquilla prustete ihm zärtlich ins strubbelige Haar.

Doch für mehr war jetzt keine Zeit. »Komm!«, rief sie und Jaren kletterte auf ihren Rücken. Obwohl es sich noch immer ungewohnt und nicht gerade angenehm anfühlte, freute Aquilla sich, als Jaren seine Knie gegen ihre Flanken presste, um sich festzuhalten. Sie schüttelte sich den Schnee aus den Flügeln, stellte sich innerlich auf das zusätzliche Gewicht ein und hob ab. Unter ihr brüllten die Anführer der Zentauren ihren Soldaten Anweisungen zu, noch während sie sich aus der Lawine freikämpften. Diejenigen, die nur unter einer dünnen Schneeschicht begraben gewesen waren, feuerten einen Pfeil nach dem anderen auf die hinabsausenden Pegasus ab. Die Einhörner bäumten sich auf die Hinterbeine auf und erhoben ihre Hörner gegen die Pegasus, die ihnen zu nahe kamen.

Aquilla schnappte erschrocken nach Luft. Selela wurde bei ihrem Angriff auf einen Einhornsoldaten beinahe von dessen spitzem Horn aufgespießt. Zwei weitere Einhörner warfen sich gegen die Pegasusstute und klemmten sie so zwischen sich ein, dass sie ihre Flügel nicht mehr bewegen konnte. Sie saß in der Falle.

Aquilla wollte ihr zu Hilfe eilen, doch da schrie Jaren: »Pass auf!« Sie riss ihren Körper gerade noch rechtzeitig hoch, denn sonst wäre sie von einem Pfeilhagel getroffen worden, der stattdessen gegen die Felswand hinter ihr prasselte. Sie wandte den Kopf, um zu sehen, woher der Angriff kam – irgendwie hatte es eine weitere Reihe zentaurischer Bogenschützen geschafft, sich aus dem Schnee zu befreien und in Kampfformation aufzustellen.

Rostro hatte weniger Glück. Als die Zentauren die nächste Salve abfeuerten, bohrte sich ein Pfeil tief in seine linke Schulter. Sein Schmerzensschrei wurde von den Wänden der Schlucht zurückgeworfen. Seine Flügelschläge wurden hektischer, ruckartiger, wodurch er an Höhe verlor und den Einhörnern unter ihm gefährlich nahe kam. Odelia und Fetos flogen zu ihm hinab und schoben ihn mit vereinten Kräften zum Gipfel hinauf, wo ihn die Bogenschützen nicht mehr erreichen konnten.

Und Rostro war nicht der Einzige, der getroffen worden war. Baros kämpfte sich mit einem Pfeil im Vorderbein zurück auf einen Felsvorsprung, wo bereits zwei weitere Pegasus mit abgewinkelten Flügeln auf der Seite lagen. Ihr Atem ging stoßweise, während Blut den Schnee unter ihnen rötlich golden färbte. Aquilla schnürte es die Kehle zu. Würden die Pegasus jetzt endgültig ausgelöscht werden? Und das alles nur ihretwegen?

»Wir müssen etwas tun!«, rief sie verzweifelt.

»Da drüben!« Jaren zeigte auf einen Berg auf der anderen Seite der Schlucht.

»Was ist damit?«, fragte Aquilla. Der Gipfel war so hoch, dass er vollkommen kahl war; eine graue Felsspitze, die aus dem

Schnee und Eis ragte. Aquilla hatte ihn für den Angriff in Erwägung gezogen, aber hier, auf der gegenüberliegenden Seite, war die Schneeschicht um einiges dicker gewesen.

»Siehst du die Risse im Fels?«, fragte Jaren aufgeregt. »An den Stellen kann Eis eindringen und den Stein aufsprengen. Es sieht so aus, als würde die Spitze jeden Moment abbrechen! Das könnten wir nutzen, um einen Steinschlag auszulösen.«

»Bist du sicher?«

»Wenn ich eines gut kenne, dann diese Berge«, erwiderte Jaren. »Ihr Pegasus könnt einfach vor einer Geröllawine wegfliegen, aber für uns Menschen ist es überlebenswichtig zu wissen, worauf wir achten müssen. Vertrau mir.«

Und das tat sie. Sie hätte es nie für möglich gehalten, aber dieser Mensch war ihr Freund und sie vertraute ihm mit ganzem Herzen.

»Dann sollten wir es probieren!« Sie warf den Kopf in den Nacken und rief die Herde zusammen. Dann legte sie die Flügel an und flog auf den Gipfel zu. Ohne zu zögern, ließen die anderen, die noch kämpfen konnten, alles stehen und liegen und folgten ihr wie eine Wolke rauschender Federn.

»Gleiches Kommando wie im Schnee, aber diesmal hier auf dem Fels! Sagt es den anderen weiter!«, rief Aquilla jedem Pegasus zu, der in ihre Nähe kam. Nur wenige Augenblicke später stand die Herde auf dem Gipfel bereit. Jaren hatte recht, erkannte Aquilla – der Fels war von feinen Rissen durchzogen, und kaum dass sie gelandet waren, brach schon etwas Geröll los. Aquilla stellte sich auf die Hinterbeine und die anderen taten es ihr nach.

Gleichzeitig ließen sie die Hufe auf den Fels krachen. Der Aufprall erzeugte einen dröhnenden Lärm, aber es lösten sich nur einige kleine Felssplitter, die den vereisten Abhang hinabrollten. Tief unter ihnen drangen die Rufe der Soldaten empor, die eilig Befehle erteilten. *Wir dürfen nicht zulassen, dass sie uns entkommen,* dachte Aquilla panisch. *Denn sie werden nie aufhören, uns zu jagen.*

»Noch mal!«, schrie sie und richtete sich auf.

Wieder stampfte die Herde mit voller Wucht auf. Und wieder traten sie nur ein paar vereinzelte Steine los, kaum größer als Kiesel. Verzweifelt blickte Aquilla ihnen nach.

»Die Risse werden größer!«, rief Jaren, der die Arme um Aquillas Hals geschlungen hatte, um nicht abgeworfen zu werden. »Macht weiter!«

Erneut bäumten sie sich auf, wieder und wieder und wieder, bis der gesamte Berg unter ihren Tritten erzitterte. Mit einem Mal ging ein Ruck durch die Bergspitze, gefolgt von einem gewaltigen Donnern, als der halbe Gipfel zerbarst und in riesigen Brocken den Hang hinabpolterte. Aquilla und die anderen schafften es gerade noch rechtzeitig, sich in die Sicherheit des Himmels zu schwingen.

Nur wenige Momente später stieg aus der Schlucht eine gigantische Staubwolke empor. Hustend und mit geblähten Nüstern, kreisten Aquilla und ihre Herde über dem abgebrochenen Berggipfel. Zur ihrer Erleichterung spürte sie Jaren immer noch auf ihrem Rücken.

Als sich der Staub schließlich legte, wurde das ganze schreckliche Ausmaß der Zerstörung sichtbar. Die gesamte Schlucht war ein einziges Trümmerfeld. Hier und da waren ausgestreckte Hände oder halb verschüttete Flanken zu sehen, andernorts blitzte eine Rüstung im Geröll auf.

Die Armee war geschlagen. Die Soldaten außerhalb der Schlucht, die der Lawine knapp entronnen waren, flohen Hals über Kopf aus dem Gebirge nach Süden.

Die Pegasus hatten gewonnen.

Jaren stieß einen Jubelschrei aus, doch die Pegasus blieben stumm. Trotzdem war Erleichterung zu spüren. Wie auf ein unausgesprochenes Kommando hin drehten sie sich um und flogen zu ihrem Schlafplatz zurück. Die stärksten unter ihnen trugen die Verletzten auf dem Rücken.

»Freut ihr euch denn gar nicht?«, fragte Jaren, als Aquilla neben den anderen unter dem Felsüberhang landete. »Das war unglaublich!«

»Wir sind froh, dass wir gewonnen haben«, erwiderte sie bedrückt, »aber wir feiern den Tod unserer Feinde nicht.«

Odelia, die hinter Aquilla gelandet war, nickte. »Wir haben getan, was getan werden musste, um weiter in Frieden leben zu können. Das genügt.«

Jaren wandte sich ab. Er wirkte betroffen und ein wenig beschämt. Odelia betrachtete ihn nachdenklich. »Sobald die Verwundeten versorgt sind, rufe ich die Herde zusammen«, sagte sie. »Es gibt einiges zu besprechen.«

Die Leichtverletzten waren schnell versorgt, aber einige Pegasus waren so schwer getroffen, dass es mit ein paar Kräutern nicht getan war.

»Sie werden sich nicht mehr erholen«, erklärte Odelia mit erstickter Stimme, als sie den Rest der Herde um sich geschart hatte. »Wir werden hierbleiben und für sie sorgen – bis sie keine Fürsorge mehr brauchen.« Die anderen nickten traurig. Nach der Schlacht wäre die vernünftigste Entscheidung gewesen, sofort weiterzuziehen, aber die Verwundeten im Stich zu lassen, kam nicht infrage. Odelia wandte sich an Jaren. »Wir haben dich falsch eingeschätzt«, sagte sie. »Und dafür möchten wir uns aufrichtig entschuldigen. Du hast dich als wahrer Freund erwiesen – nicht nur für Aquilla, sondern für alle Pegasus.«

Aquilla plusterte ihre Federn auf und stupste Jaren mit der Nase gegen die Schulter. »Sag was«, flüsterte sie.

»Ich ... äh, vielen Dank«, stotterte Jaren.

Odelia war noch nicht fertig. »Obwohl es so etwas noch nie gegeben hat, schlage ich vor, dass wir diesen Menschen in unsere Herde aufnehmen, denn er hat bewiesen, dass er das Herz eines Pegasus in sich trägt.«

Aquilla und Jaren sahen einander überrascht an, während Odelia zur Abstimmung aufrief. Rostro sprach sich von seinem Krankenlager aus weichem Moos für eine Aufnahme aus und alle, die nach ihm kamen, schlossen sich ihm an. Andächtig übersprangen sie die Namen der drei sterbenden Pegasus – die Rangfolge der Herde würde erst nach ihrem Tod angepasst werden. Die Stimmung löste sich jedoch ein wenig, als Aquilla an der Reihe war und so überschwänglich »Ich stimme dafür!« rief, dass sie dabei ein Stück vom Boden abhob.

Das Votum ging ohne Gegenstimmen über die Bühne. Odelia bat Jaren zu sich. »Hiermit ernenne ich dich, Jaren, zum Hundertsten der Herde. Möge dein Herz für immer mit den Sternen fliegen.« Sie legte ihre samtene Nase sanft an seine. Als Jaren danach an Aquillas Seite zurückkehrte, grinste er von einem Ohr zum anderen und tanzte ausgelassen um sie herum.

Sie lachte und strubbelte ihm sanft mit dem Maul durchs Haar. Sie hatte es geschafft, ihre Herde und ihren Freund zu retten, und jetzt würde sie sich nie wieder zwischen den beiden entscheiden müssen. Sie versetzte Jaren einen spielerischen Stups mit dem Flügel und dann gesellten sie sich zum Essen zu den anderen. Es gab Kaninchen und Berggans. Aquillas Glück war beinahe perfekt – und doch schwebte immer noch diese dunkle Wolke aus Angst und Sorge über ihr, aus der jederzeit ein Gewitter losbrechen konnte. Wo steckte Aquoro?

Hatte der alte Mann recht gehabt? Konnte Aquoro wirklich in die Fänge eines Minotaurus geraten sein?

Eigentlich war das unmöglich: Minotauren waren seit Jahrhunderten ausgestorben. Aber es war der einzige Hinweis, den sie hatte.

Der Kampf gegen den Rest von Cavallon war gewonnen, doch Aquilla fand trotzdem keine Ruhe. Sie würde nicht aufgeben, bevor sie ihren Bruder gefunden hatte.

Kapitel 26

Nixi trieb nervös im flachen Wasser vor den Docks der Festungsinsel. Die Sonne hatte beinahe ihren höchsten Stand erreicht. Wenn Simeon ihre Freunde bei Sonnenuntergang auf dem Festland abliefern wollte, würde er bald aufbrechen müssen.

Ich lasse nicht zu, dass er sie irgendwohin bringt, dachte sie und umklammerte entschlossen den Speer, mit dem sie noch vor wenigen Stunden Seepocken von Fischerbooten gekratzt hatte.

Etwas streifte ihren Knöchel. Sie ließ sich unter die Oberfläche sinken und fand sich Sorsha und fünf weiteren Kelpies gegenüber, die neben ihr im Wasser schwammen und erwartungsvoll zu ihr hochblickten.

»Wir wollen dir helfen«, sagte Sorsha. »Wie sieht's aus?«

Nixi starrte sie erstaunt an. »Im Ernst?«

»Ja klar«, antwortete Sorsha. Die anderen Kelpies nickten und ihre Mähnen schimmerten im Licht der Sonnenstrahlen.

Nixi wusste zwar inzwischen, dass die Kelpies keine Monster waren, aber deren Entschlossenheit, den Menschen zu helfen – trotz der schlechten Meinung, die diese von ihnen hatten –, war ihr immer noch suspekt. Es war einfach seltsam, dass sie dafür keine Gegenleistung erwarteten. Nixi hatte also keine

Ahnung, auf was für einen Handel sie sich vielleicht einließ, aber sie würde das Angebot, ihre Freunde zu retten, garantiert nicht ausschlagen. Hastig erzählte sie ihnen, dass Simeon ihre Gang verprügelt hatte und er nun vorhatte, sie als Sklaven zu verkaufen. Die Kelpies zuckten aufgebracht mit den Fischschwänzen.

»Es kann ziemlich gefährlich werden«, warnte sie. »Ich hätte also größtes Verständnis, falls ihr doch lieber nicht ...«

»Natürlich helfen wir dir«, unterbrach sie ein Kelpie mit violett glänzenden Schuppen.

»Sag uns einfach, was wir tun sollen«, ergänzte Sorsha.

Nixi grinste. »Ich habe einen Plan. Und mit eurer Hilfe könnte er sogar funktionieren.«

*

Nachdem Nixi ihnen alles erklärt hatte, bezogen die Kelpies ihre Stellung. Wenig später kreuzte Simeon auf – und mit ihm seine Galgenvögel, die sieben kleine Gestalten im Schlepptau hinter sich herzogen. Sie hatten Floss und den anderen die Hände vor dem Körper gefesselt und sie anschließend mit einem Seil aneinandergebunden. Simeons zwei Schlägertypen mit den abgebrochenen Zähnen zerrten immer wieder an dem Seil, sodass die gefesselten Kinder übereinanderstolperten. Floss war kreidebleich und lief in der Mitte der Gruppe. Sie war dem Gezerre hilflos ausgeliefert und hielt sich schützend die gefesselten Hände vors Gesicht.

Die Einzige, die nicht an den anderen festgebunden war, war Sylvie. Ihre Hände waren auf dem Rücken gefesselt und Simeon persönlich zerrte sie am Arm hinter sich her. In Simeons Gesicht leuchteten vier tiefrote Kratzer, die allem Anschein nach von

Sylvie stammten. Doch dafür hatte sie bitter bezahlen müssen: Eines ihrer Augen war komplett zugeschwollen und sie hinkte.

Es kostete Nixi größte Überwindung, in ihrem Versteck zu bleiben, während Simeon und seine Handlanger ihre Freunde an Bord eines großen Handelsschiffs schleiften, das abfahrbereit am Anleger wartete. Einer der Schläger lachte, als Floss' Fuß von der Planke rutschte. Nixi sah hilflos und voller Panik zu, wie sie beinahe abstürzte, doch dann zog Karah am Seil und brachte Floss wieder ins Gleichgewicht. Die Gang schlurfte an Deck und verschwand aus Nixis Blick.

»Bringt sie da rüber. Boone, du lässt sie nicht aus den Augen«, befahl Simeon. Nixi hörte ein Kratzen und Scharren, das Knarren hölzerner Planken. Dann jede Menge Geschrei und Geschepper, als Simeons Kumpane das Schiff fertig zum Ablegen machte.

Nixi glitt leise auf das Schiff zu und steckte vorsichtig den Kopf aus dem Wasser. »Alles wird gut«, hörte sie Sylvie sagen. »Das verspreche ich …«

»Klappe«, knurrte eine tiefe Stimme.

Haltet durch, dachte Nixi. *Ich komme.* Sie tauchte unter und schwamm zu den Kelpies hinüber, während Simeons Männer die Taue losmachten.

Wenig später erfasste der Wind die Segel und das Schiff verließ den Hafen. Nixi und die Kelpies folgten ihm unter Wasser, sodass Simeons Kumpane sie nicht sehen konnten. Nixi schwamm rückwärts unter dem Rumpf des Schiffs her und behielt die Docks fest im Blick, um die Entfernung abschätzen zu können. Wenn sie zu dicht an der Festungsinsel zuschlugen, konnten Simeon und seine Schläger immer noch mit Floss und den anderen entkommen. Sie mussten warten, bis sie auf dem offenen Meer waren.

Als die Insel kaum mehr zu erkennen war und das Schiff über die Seetangfelder glitt, rief Nixi: »Jetzt!«

Sie und die Kelpies schwammen heran. Nixi rammte ihren Seepocken-Speer in den hölzernen Schiffsrumpf und neben ihr schlug Sorsha mit ihren Vorderhufen ein Loch hinein. Dann vergrößerte sie es mit kräftigen Tritten ihrer Hinterbeine. Rund ums Schiff taten es ihr die anderen Kelpies gleich. Schon bald trieben Holzsplitter um sie herum durchs Wasser und über ihnen brach panisches Geschrei los. »Kelpieangriff!«, kreischte ein Crewmitglied.

Es dauerte nicht lange und der Rumpf gab nach. Wasser drang in den Frachtraum und das Schiff kippte in Nixis Richtung.

Sorsha packte sie und zog sie beiseite, damit sie und die anderen nicht von der Strömung durch das Loch gesogen oder von den brodelnden Wogen rings um das untergehende Schiff weggespült wurden. Nixi steckte den Kopf aus dem Wasser. Die Galgenvögel hasteten an Deck umher und versuchten verzweifelt, ihr Schiff wieder aufzurichten. Nur Simeon stand stocksteif und mit erstarrter Miene da. Ihm war offensichtlich bereits klar, dass sein Schiff sinken würde. Der Anblick hatte etwas Befriedigendes, fand Nixi, allerdings hielt das Gefühl nicht lange an, denn Simeon erholte sich schnell von seinem Schock und schrie: »Schafft die Rotzlöffel weg! Wir brauchen das Rettungsboot!«

Nixi konnte in dem hektischen Gewusel an Deck nicht viel erkennen. Aber sie hörte Schreie und Schluchzen und dazwischen Granit, der Simeon anflehte, sie doch bitte auch mitzunehmen. Dann ertönte ein lautes Krachen und das Schiff schlug seitlich auf dem Wasser auf. Die Druckwelle vibrierte bis tief in Nixis Brust. Wellen schwappten über sie hinweg und sie musste wie wild mit den Beinen strampeln, um nicht weggeschwemmt zu werden. Um sie herum trieben Kisten im schäumenden Wasser und eines der Segel war bereits so vollgesogen, dass es in die Tiefe sank. Nixis Herz zog sich schmerzhaft zusammen. Erinnerungen an die Sturmnacht, in der sie ertrunken war, stiegen in ihr hoch.

Doch diesmal würde sie nicht ertrinken.

Nixi erreichte die Oberfläche, als die Galgenvögel bereits in ihrem kleinen Rettungsboot saßen und panisch zur Festungsinsel zurückruderten. Sylvie und Linus kämpften und strampelten schluchzend, um sich über Wasser zu halten. Die anderen waren bereits untergegangen – mit gefesselten Händen konnten sie nicht schwimmen und aneinandergebunden würden sie alle zusammen untergehen.

Nixis Herz schlug wie wild. Sie tauchte unter und schrie den Kelpies zu: »Fangt sie auf, fangt sie auf, fangt sie auf!« Das hier war der mit Abstand riskanteste Teil ihres Plans. Jetzt war schnelles Handeln gefragt.

Doch Sorsha und die anderen waren bereits zu den herabsinkenden Gestalten geschwommen, hatten sie rücklings aufgefangen und schoben sie zurück an die frische Luft. Weit unter sich entdeckte Nixi das Ende von Floss' Zopf und tauchte ihr hastig nach. Floss versuchte mit aller Macht, an die Oberfläche zu schwimmen. Anscheinend war es ihr gelungen, ihre Fesseln zu lösen, doch unter Wasser konnte sie sich nicht orientieren und sie trieb hilflos immer weiter ab. Ihr Gesicht war angstverzerrt. »Ich hab dich«, sagte Nixi und legte einen Arm um sie. Floss schien sie zu erkennen, denn sie klammerte sich an ihr fest.

Nixi schoss an die Oberfläche und Floss japste hustend und spuckend nach Luft. Um sie herum hielten die Kelpies den Rest der Gang über Wasser. »Lasst mich los!«, schrie Karah und trat wie wild um sich, um von Sorsha wegzukommen. Neben ihr hockte Tamin mit weit aufgerissenen Augen auf dem Rücken eines weiteren Kelpies. Die anderen schrien entsetzt auf, als sie erkannten, wer sie da aus dem Wasser gezogen hatte.

Ryes Blick fiel auf Nixi. »Das ist das Monster, das uns in der Kombüse angegriffen hat!«, brüllte er.

»Schluss damit«, knurrte Nixi mit ihrer altbewährten Leg-dich-nicht-mit-mir-an-Stimme.

Damit brachte sie ihre Gang abrupt zum Schweigen. Alle starrten sie fassungslos an. Nixi blickte von einem zum anderen und ihr Herz quoll fast über. »Habt bitte keine Angst. Ich bin es, Nixi. Die Kelpies und ich sind gekommen, um euch zu helfen.«

Floss lächelte, aber die anderen, die halb im Wasser, halb auf den Rücken der Kelpies hingen, schienen ihr immer noch nicht so recht zu trauen. Sie wusste, dass sie ihr niemals glauben würden, wenn sie weiter so rumsülzte, also schlug sie einen härteren Tonfall an. »Soll ich es euch beweisen? Ich weiß, wie die Gang entstanden ist. Karah, Sylvie und Rye, euch habe ich bei einem Kapitänsbankett im Goldenen Anker kennengelernt, wo wir als Taschendiebe unterwegs waren. Rye, du bist fast von den Wachleuten erwischt worden, aber Karah hat einen Riesenaufstand veranstaltet und du konntest entkommen. Und dann haben wir zusammen eine Gruppe Waisen von der anderen Seite der Insel verjagt, als sie sich auf dem Schiffsfriedhof niederlassen wollten. Damals bin ich eure Anführerin geworden.« Sie blickte sich um und seufzte entnervt, als sie ihre zweifelnden Gesichter sah. »Oh, beim Meer und allen Sternen, jetzt kommt schon! Wollt ihr noch mehr? Von mir aus. Sylvie und Karah schlafen in der Offizierskajüte – wobei das inzwischen vermutlich Vergangenheit ist, weil Sylvie wohl in die

Kapitänskajüte umgezogen ist. Floss schläft neben der Kombüse. Tamin, Linus und Rye haben ihre Hängematten im Lagerraum und Granit schläft im Vorschiff, weil er schnarcht. So was kann nur die echte Nixi wissen. Und ich weiß das, weil ich die echte Nixi bin.«

»Sie sagt die Wahrheit«, verkündete Floss mit Nachdruck. Sie trieb neben Nixi im Wasser und hielt sich mit einer Hand an ihrer Schulter fest. »Ich weiß, dass sie es ist. Äußerlich hat sie sich vielleicht verändert, aber in ihrem Inneren ist sie immer noch dieselbe.«

Sylvie starrte Nixi durchdringend an. Mit dem zugeschwollenen Auge sah sie regelrecht bedrohlich aus. Der Rest der Gang beobachtete sie unsicher. Nixi glaubte zwar, dass sie die anderen überzeugt hatte, aber im Zweifelsfall würden sie trotzdem Sylvie folgen – sogar Rye.

Schließlich nickte Sylvie. »Ja«, sagte sie. »Das ist Nixi. Habt ihr gehört, wie sie uns angeknurrt hat? Eindeutig Nixi.«

Karah lachte und endlich war die Anspannung verflogen. Sorsha und die anderen Kelpies schwammen näher an Nixi heran, damit sie die Fesseln ihrer Freunde durchtrennen konnte. Die anderen bestürmten Nixi mit Fragen und sie versuchte, ihnen, so gut sie konnte, zu erklären, was mit ihr geschehen war und dass die Kelpies nicht ihre Feinde waren.

Nixi war sich nicht sicher, wie viel davon sie wirklich verstanden, aber den meisten reichte es sowieso zu wissen, dass Nixi und die Kelpies sie gerettet hatten, und damit war alles gut.

»Danke«, sagte Sylvie. »Und ... tut uns leid, dass wir dir nicht geglaubt haben.«

»Muss es nicht«, beschwichtigte Nixi. »Ich ... ich werde immer auf euch aufpassen, so gut ich kann. Ganz egal, was auch passiert.« Sorshas Augen glänzten, als sie das hörte. Nixi räusperte sich, um den ärgerlichen Kloß in ihrem Hals loszuwerden. »Aber jetzt bringen wir euch erst mal nach Hause.« Sie half Floss auf Sorshas Rücken und nahm hinter ihr Platz. Ihre Freunde kletterten, ohne zu zögern, auf die Rücken der Kelpies, gegen die sie sich noch vor wenigen Minuten mit Händen und Füßen gewehrt hatten.

»Festhalten!«, rief Sorsha. Dann stieß sie ein schrilles, trillerndes Wiehern aus und die Kelpies begannen, mit den Hufen zu strampeln, bis sich das Wasser hinter ihnen zu einer hohen, schäumenden Welle auftürmte. Nixi johlte begeistert und hielt Floss gut fest, als die Welle sie anhob und Sorsha mit ihnen auf dem Rücken ans Ufer trug. Die anderen Kelpies folgten ihnen und gemeinsam pflügten sie durchs Wasser, während um sie herum Nixis Gang freudig aufjauchzte. Wind und Meerwasser peitschten Nixi ins Gesicht wie bei einem Sturm – und doch war das hier ganz anders. Es war purer kribbeliger Spaß.

Karah jubelte, als die Kelpies sie an einer menschenleeren Stelle am Strand neben den Docks absetzten. Nixi half Floss beim Absteigen und hob anschließend den kleinen Tamin vom Rücken des größten Kelpies. Die anderen stiegen selbst herunter, wobei Rye abrutschte und einen unfreiwilligen Purzelbaum schlug. Als er aufkam, verbeugte er sich feierlich, als sei das seine volle Absicht gewesen. »Die Leute würden bestimmt viel Geld für diese Geschichte bezahlen, meinst du nicht, Nixi?«, fragte er. »Ein Caval für jeden, der von unserem wilden Ritt auf den Kelpies hören will! Irgendwie finden wir einen Weg, damit richtig Kohle zu machen.«

Nur dass es kein Wir gab – noch nicht.

Nixi blickte zu Sylvie herüber, die bedrückt aussah. Denn sie hatte wie immer die Lage schon lange vor Rye begriffen. »Ich glaube, das ist keine so gute Idee«, erwiderte Nixi behutsam.

»Erst muss ich mich zurückverwandeln. Aber ich komme wieder, versprochen.«

Tamin protestierte lautstark und Rye fing an aufzuzählen, was er alles tun würde, wenn jemand es wagte, Nixi auch nur schief anzusehen.

»Pass auf sie auf«, sagte Nixi zu Sylvie.

»Das werde ich. Versprochen.« Sie ergriff Nixis schuppige Klauenhand, schüttelte sie – und schaffte es, dabei sogar nur ein ganz kleines bisschen schaudernd zusammenzuzucken.

»Gewöhn dich lieber nicht zu sehr an meine Kajüte«, ergänzte Nixi in ihrem typischen knurrenden Tonfall. »Weil ich die dann nämlich zurückwill.«

Sylvie lachte.

Nixi wandte sich an Floss. »Danke, dass du die ganze Zeit an mich geglaubt hast. Auch als es sonst niemand getan hat.«

Floss lächelte. »Wenn jemand einen Weg findet, dich zurückzuverwandeln, dann du.« Sie schlang die Arme um Nixi.

Tamin umarmte sie ebenfalls, rümpfte dann aber die Nase. »Du stinkst nach Fisch!« Nixi lachte. Die anderen klopften ihr nur zögerlich auf die schuppigen Schultern, doch auch sie wirkten jetzt traurig und bedrückt.

Sorsha stupste Nixi an. »Wir sollten gehen«, meinte sie leise.

Nixi nickte. Ihre Gang rief ihr vom Strand aus ein letztes »Danke« hinterher, dann drehte sich Nixi um und glitt mit den Kelpies zurück in die kühlen, endlosen Tiefen des Ozeans.

»Alles in Ordnung?«, erkundigte sich Sorsha, während sie zum Meeresgrund hinabschwammen, wo der Seetang sanft in der Strömung wogte. Im Wasser flimmerten die Sonnenstrahlen wie leuchtende Säulen, in denen die silbrigen Schuppen der Fische funkelnd aufblitzten.

»Nein, aber das wird schon«, antwortete Nixi aufrichtig. »Und

… danke für die Hilfe. Ich weiß nicht, warum ihr das getan habt, aber ich bin froh, *dass* ihr es getan habt.«

Sorsha senkte bescheiden den Kopf. »Wir haben schon immer getan, was wir konnten, um den Menschen zu helfen. Komm mit zur Lagune. Ich finde, die Rettung deiner Freunde sollten wir feiern. Wie wär's mit einem leckeren Algensalat?«

Nixi schüttelte sich. »Das klingt wirklich … äh … verlockend, aber ich wäre jetzt lieber ein bisschen allein. Außerdem will ich nachsehen, ob Simeon und seine Crew es heil an Land geschafft haben – auch wenn sie das eigentlich nicht verdienen.« Sie hoffte, dass die Begegnung mit den Kelpies ihnen einen ordentlichen Schreck eingejagt hatte und sie sich in Zukunft von ihrer Gang fernhalten würden, aber den Tod wünschte sie ihnen dann doch nicht.

Sorsha nickte und schwamm mit den anderen Kelpies davon. Nixi glitt in Richtung des gesunkenen Schiffs, von dem mittlerweile nur noch der abgebrochene Mast aus dem Wasser ragte. Auf dem Weg dorthin hielt sie nach dem Rettungsboot Ausschau. Schließlich erspähte sie es – die Wellen, auf denen die Kelpies durchs Wasser gepflügt waren, mussten sie ein ganzes Stück abgetrieben haben. Nixi fand, es konnte nicht schaden, wenn sie noch ein Weilchen brauchten, bis sie es zurück an Land schafften. Das gab ihnen hoffentlich genügend Zeit, um über ihre Missetaten nachzudenken.

Nixi wollte gerade wieder abtauchen, als sie auf dem Boot ein Gewirr verärgerter Stimmen hörte. Es gab ein Handgemenge, bei dem das Boot bedrohlich zu schwanken begann, dann wurde jemand über Bord geworfen.

Nixi hätte die hagere Gestalt überall wiedererkannt: Es war Simeon.

Eigentlich kein Wunder, dachte sie, während sie eilig auf ihn zuschwamm. *Seine Gang hat die Gelegenheit genutzt, ihn ein für alle Mal loszuwerden.*

Simeon konnte zwar schwimmen, aber hier draußen herrschte eine starke Strömung, wie Nixi nur allzu gut wusste – schließlich war sie selbst darin ertrunken. Simeon strampelte verzweifelt dagegen an, doch er kam kaum voran. Nixi sah, dass er jede Menge Wasser schluckte und ihn schon bald die Kräfte verließen. Seine Bewegungen wurden langsamer und schwächer und er konnte kaum noch den Kopf über Wasser halten. Nixi schlug mit ihren flossenartigen Füßen, bis sie so nah an ihn herangekommen war, dass sie fast seinen Stiefel berühren konnte.

Doch dann erblickte Simeon sie. Er schrie auf und trat nach ihr.

»Reiß dich zusammen, ich versuche nur zu helfen!«, rief sie genervt, doch er trat wie wild um sich. In seiner Panik vergaß er zu schwimmen und versank wie ein Stein.

»Bei allen Sternen«, seufzte Nixi und griff nach seinem Arm.

Doch gerade, als sie ihre Krallen um seinen Oberarm schließen wollte, umspülte plötzlich eine kalte Strömung ihre Beine und riss ihn fort. Simeons Augen waren weit aufgerissen, ebenso sein Mund, mit dem er einen stummen Schrei ausstieß. In kleinen Blasen entwich das letzte bisschen Luft aus seiner Lunge und stieg an die Oberfläche. Hilflos ruderte er mit den Armen, während die Strömung ihn tiefer und tiefer hinabzog.

Nixi tauchte hinter ihm her, doch die Strömung trug ihn zu schnell von ihr fort. Dort unten in der Tiefe wurde das Wasser immer kälter und die Dunkelheit schien alles Licht zu verschlucken. Schwarze Felsen ragten ihr wie ausgestreckte Finger entgegen. Simeons Jacke verfing sich an einem davon und hielt ihn fest, bevor er weiter hinabgezogen werden konnte.

Als Nixi ihn einholte und sich an dem Felsenfinger neben ihm festkrallte, um nicht selbst in den Sog der Tiefe zu geraten, hatte Simeon bereits aufgehört, sich zu wehren. Sein Körper wogte sanft in der Strömung und seine Augen starrten ins Nichts. Er war tot.

Eigentlich wollte sie kein Mitleid mit Simeon empfinden – nicht nach allem, was er ihr und ihren Freunden angetan hatte. Aber sie wusste aus eigener Erfahrung, wie es sich anfühlte, hilflos unter Wasser gezogen zu werden. Sie wusste, wie es war, wenn einem die Luft aus den Lungen gepresst wurde, bis man nichts mehr spürte, schmeckte oder sah als Wasser. Sie wusste, welche Angst Simeon ausgestanden haben musste, als das letzte Fünkchen Leben in ihm langsam erlosch.

Und sie wusste auch, was sie jetzt tun musste – ob sie wollte oder nicht: Sie musste ihn zu den Kelpies bringen, damit sie ihn in einen Meermenschen verwandeln konnten.

Sieht aus, als hätte ich dich bis in alle Ewigkeit am Hals – oder jedenfalls bis ich mich zurückverwandle, dachte sie, als sie ihn am Stiefel packte und zu den Korallenhöhlen zog. *Wenigstens kannst du meinen Freunden jetzt nichts mehr tun.*

Plötzlich riss sie etwas nach rechts. Erschrocken ließ Nixi Simeon los. Bevor sie erneut nach ihm greifen konnte, zog die Strömung, die sie erfasst hatte, sie in die Tiefe ... wo sich ein finsterer, scheinbar bodenloser Abgrund auftat. Ein starker Strudel schleuderte Nixi umher. Machtlos war sie dem Sog ausgeliefert – da fiel ihr Blick auf einen Felsvorsprung und sie erkannte: Das hier war der Abgrund, vor dem Sorsha sie erst gestern gewarnt hatte.

Sie wurde erbarmungslos in die Tiefe gezogen. Ihre Kiemen erstarrten im eiskalten Wasser. In Nixis Kopf schrie eine Stimme und ihr blieb fast das Herz stehen, als sie plötzlich in einen trüben, schlammigen Graben gesogen wurde. Die Wasseroberfläche war so weit entfernt, dass um sie herum fast völlige Finsternis herrschte, doch dank ihrer Meermenschenaugen konnte Nixi trotzdem noch vereinzelte Umrisse ausmachen: flache Fische, die sich im Sand versteckten, Seegrasbüschel und die wogenden Tentakel der Anemonen.

Sie kämpfte gegen ihre Panik an. *Du bist hier reingekommen, also kommst du hier irgendwie auch wieder raus,* sprach sie sich Mut zu. Sie streckte die Hände aus und tastete sich an dem Felsvorsprung entlang, wie Floss es getan hatte, als sie sie zum ersten Mal mit ins Schiff genommen hatte, in dem sie wohnten. »Ich mache mir ein geistiges Bild von meiner Umgebung«, hatte Floss erklärt. Danach hatte sie genau gewusst, wo sich die Türen befanden, wo der Boden schief war und welche Stufen sie meiden musste.

Plötzlich fasste Nixi ins Nichts und japste erschrocken auf. Sie blinzelte, bis sich ihre Augen so weit an das schwache Licht gewöhnt hatten, dass sie eine Öffnung in der Felswand erkennen konnte. Vorsichtig schob sie den Kopf hinein – hier befand sich nichts als schwarze Finsternis. *Ein Tunnel!* Mit ausgestreckten Händen tastete sie sich an den glatten Felswänden entlang hinein, bis ihre Finger auf eine Reihe von schmalen, länglichen Vertiefungen stießen. Sie hielt ihr Gesicht dicht davor, um sie sich genauer anzusehen. Es waren Kratzspuren – lange, tiefe Kratzspuren ... Die Erkenntnis ließ ihr das Blut in den Adern gefrieren. Jemand war in diesen Tunnel gezogen worden und hatte sich verzweifelt mit seinen Klauen, Hufen oder Fingern an den Wänden festgekrallt, um sich dagegen zu wehren.

»Was ist hier nur passiert?«, überlegte Nixi laut.

Hier unten in der Tiefe klang ihre Stimme dünn und leise.

Was für ein Tunnel war das? Würde er sie zurück zu den Kelpies bringen? Oder ganz woandershin?

Nixi hatte keine Wahl. Sie wusste nicht, ob sie stark genug war, um sich gegen den Sog der Strömung zurück nach oben zu kämpfen. Gut möglich, dass der Tunnel ihr einziger Ausweg war.

Was kann schon Schlimmes passieren?, dachte Nixi. *Dass ich ertrinke? Das hab ich schon hinter mir.*

Das Herz schlug ihr bis zum Hals, als sie mit ihren flossenartigen Füßen strampelte und tiefer in den Tunnel schwamm.

Kapitel 27

Lysander und Alexos waren der kleinen Gruppe, die sich von der Armee getrennt hatte, stundenlang gefolgt. Sie hatten noch immer nicht die leiseste Ahnung, wohin sie diese Geheimmission führen würde. Als die Gruppe im Wald verschwunden war, hatten sie eine Zeit lang befürchtet, sie aus den Augen zu verlieren. Doch während sie noch diskutiert hatten, ob sie ihnen hineinfolgen sollten oder nicht, war plötzlich heftiger Kampflärm ertönt und damit war ihr Entschluss schnell gefallen: Sie würden auf dem Hügelkamm oberhalb des Waldes abwarten. Als die Zentaurentruppe an der Nordseite wieder aus dem Wald kam, liefen die beiden weiter, wobei sie so vorsichtig wie möglich auftraten, damit ihre Hufe auf dem abschüssigen Gelände keine Steinchen lostraten, die die Gruppe auf sie aufmerksam machten.

»Jetzt haben sie zwei Menschen dabei«, hatte Alexos überrascht festgestellt. »Sie müssen sie im Wald getroffen haben.«

Die Menschen waren ziemlich klein – wahrscheinlich waren sie etwa in seinem und Alexos' Alter, dachte Lysander. Unwillkürlich fing er an, sie im Geiste zu zeichnen. Der Junge hatte kupferfarbene Haut und lief mit gleichmäßigem, ausdauerndem Schritt, während das Mädchen sich eher huschend fortbewegte. Um die Farbe ihrer Haare zu treffen, würde er Cadmiumorange brauchen. Die Kleidung der beiden war abgetragen und zerfetzt, was darauf hindeutete, dass sie schon seit geraumer Zeit unterwegs waren.

Die Gruppe zog über eine offene Grasebene weiter, sodass Lysander und Alexos ihr nur mit großem Abstand folgen konnten, um nicht gesehen zu werden. Ihre Rücken schmerzten bereits, weil sie sich die ganze Zeit duckten, um ihre zentaurische Gestalt zu verbergen. Erst als sie die karge, felsige Landschaft am Fuß des Wolkengebirges erreichten, gab es wieder ausreichend Deckung und Lysander und Alexos wagten sich näher heran.

Um diese Gegend zu malen, braucht man nichts als Grau, dachte Lysander. Sie bahnten sich ihren Weg über den harten Untergrund und versuchten, ihre Hufe möglichst nicht an einem der zahlreichen spitzen Steine zu verletzen. Die Grasebene, die sie hinter sich gelassen hatten, war ein Meer aus üppigen Grüntönen gewesen, doch hier wuchs so gut wie nichts. Nur ein paar mickrige Silberdisteln und triste Farne ragten hier und da hervor.

Eine fast unheimliche Stille hing über der Landschaft. Nicht mal das Zwitschern eines Vogels oder das Summen von Insekten waren zu hören. Tief hängende graue Wolken jagten über den Himmel und bildeten einen starken Kontrast zu dem warmen Leuchten des Sonnenuntergangs, das ihnen den Weg über die Grasebene gewiesen hatte. Alexos' Schweif schlug zuckend hin und her und daran erkannte Lysander, dass sein Freund das alles hier mindestens genauso unheimlich fand wie er selbst.

Zumindest übertönte das Hufgeklapper der Soldaten auf dem harten Untergrund Lysanders und Alexos' Schritte auf dem Geröll, sodass sie näher an die Gruppe herankamen. Irgendwann blieb der Trupp stehen. Die Anführer schienen zu diskutieren, in welche Richtung sie laufen sollten. Lysander und Alexos gingen hinter einem Felsen in Deckung. Ohne ein Wort öffneten sie beide leise ihre Taschen, zogen Notizbücher und Stifte heraus und fingen an, alles aufzuschreiben, was sie beobachtet hatten. So hatten sie es bisher bei jedem Halt gemacht. Diesmal aber waren sie der Gruppe so nahe, dass sie nicht wagten, irgendetwas zu sagen. Das Risiko, gehört zu werden, war viel zu groß.

Alexos tippte Lysander auf die Schulter und zeigte auf sein Notizbuch, wo er in ordentlicher, gut lesbarer Handschrift geschrieben hatte: *Sie halten die Menschen die ganze Zeit schon in ihrer Mitte. Warum? Um sie zu schützen?*

Lysander zeigte auf seine eigenen Notizen: *Warum haben die Soldaten die Menschen überhaupt mitgenommen? Sind sie Teil ihres Plans?*

Alexos hob einen Hinterhuf, kratzte sich damit nachdenklich am Vorderbein und schrieb dann: *Und warum tragen sie Kapuzen? Ihnen muss doch warm sein. Aber keiner von ihnen hat auch nur einmal die Kapuze abgenommen, seit sie sich von der Armee getrennt haben.*

Alexos und er wechselten einen Blick. Lysander wusste, dass seinem Freund das Gleiche durch den Kopf ging wie ihm: *Was auch immer diese Soldaten vorhaben, es muss etwas Furchtbares sein.*

Aber jetzt konnten Alexos und er nicht mehr umkehren. Er musste herausfinden, was hier vor sich ging, und alle Fakten ordentlich zusammentragen. Andernfalls würde sein Vater ihm niemals zuhören.

Die Zentauren setzten sich wieder in Bewegung. Eilig steckten Lysander und Alexos ihre Notizbücher weg und folgten ihnen, wobei sie immer wieder hinter Felsen in Deckung tauchten. Die beiden Menschen fielen ans Ende der Gruppe zurück, als der steinige Untergrund langsam anstieg und das Laufen mühsamer wurde. Lysander sah, wie das Mädchen dem Jungen etwas zuraunte, doch der Junge schüttelte bloß den Kopf.

Bald darauf ging der steinige Boden in einen breiten Pfad aus festgestampfter Erde über, der von einer uralten, halb eingestürzten Mauer gesäumt wurde. Das ungute Gefühl, das Lysander beschlichen hatte, wurde noch stärker. Die gesamte Landschaft wirkte so verlassen, als hätte sich seit Ewigkeiten niemand mehr hierher verirrt, doch an dieser Stelle fanden sich plötzlich frische Hufspuren – und zwar viele.

Der Pfad bog um einen hohen Felssporn und dahinter kam ein breiter Höhleneingang in Sicht. Über dem Eingang prangten die bröckelnden Überreste uralter Reliefs, aber sie befanden sich so hoch oben und waren von Wind, Wetter und dem Zahn der Zeit derart zerstört worden, dass Lysander beim besten Willen nicht erkennen konnte, was darauf abgebildet war. Alexos und er versteckten sich hastig hinter einem Felsbrocken, als sie sahen, dass sich die Anführer der Gruppe zu den anderen umdrehten.

»Was ist das für ein Ort?«, erkundigte sich eine Stimme. Lysander nahm an, dass sie dem Jungen gehörte.

Einer der Zentauren entgegnete etwas in einem fröhlichen, scherzhaften Tonfall, doch dann ertönte ein Schrei und in der Gruppe entstand Tumult. Lysander und Alexos pressten sich tief in den Schatten ihres Verstecks. Im nächsten Moment rannte das Menschenmädchen an ihnen vorbei, zurück in die Richtung, aus der sie gekommen waren. Sie war schnell wie der Blitz. Lysander konnte einen kurzen Blick auf sie erhaschen und bemerkte ihren wild entschlossenen Gesichtsausdruck. Hinter ihr erklangen donnernde Hufschläge.

Zwei Soldaten preschten an ihnen vorbei, die Gesichter noch immer unter den Kapuzen verborgen. Sie kamen dem Versteck so nahe, dass sie bloß nach links hätten blicken müssen, um Alexos und Lysander zu sehen. Lysander duckte sich tief und wich noch ein Stück zurück. Dabei trat er jedoch einen Stein los, der neben ihnen über den unebenen Grund holperte.

Er schrumpfte förmlich in sich zusammen, als einer der beiden Soldaten den Kopf in ihre Richtung drehte.

»Lasst sie!«, rief eine schroffe weibliche Stimme aus der Gruppe. »Wir haben wichtigere Dinge zu erledigen. Außerdem haben wir immer noch den Jungen, der sollte genügen.«

Die Soldaten wirkten verärgert, machten jedoch kehrt und trotteten zu dem dunklen Höhleneingang zurück. Lysander atmete tief durch und versuchte, sein rasendes Herz zu beruhigen. Alexos wagte es nach dem Schreck als Erster, sich aufzurichten und vorsichtig über den Felsbrocken zu lugen. Als Lysander es ihm gleichtat, stellte er fest, dass dem Jungen in der Zwischenzeit die Augen verbunden worden waren.

»Lasst mich los!«, rief der Junge und versuchte, sich loszureißen. Doch die beiden größten Zentauren packten ihn fest an den Armen.

Alexos warf Lysander einen entsetzten Blick zu. »Was machen die da?«, hauchte er so leise, dass sich bloß seine Lippen bewegten.

Lysander war genauso ratlos wie er. Die Menschen waren den ganzen weiten Weg nicht gefesselt gewesen – hatten die Zentauren sie unter Vortäuschung falscher Tatsachen hergelockt? Was hatten sie ihnen versprochen? Lysander schwirrte der Kopf, während er versuchte, sich auf all das einen Reim zu machen.

Plötzlich stieß Alexos ihm den Ellbogen in die Rippen. Lysander schrak aus seinen Gedanken hoch und sah … Ja, was eigentlich? Die Dunkelheit im Höhleneingang wurde für einen Moment noch dunkler, bevor sich eine gigantische schwarze Gestalt aus ihr löste.

Im ersten Moment hielt Lysander sie für einen Menschen – allerdings hatte er noch nie zuvor einen so großen Mann gesehen. Die stämmigen Beine und muskulösen Arme der Kreatur waren mit zotteligem braunem Fell bedeckt. Außerdem hatten Menschen keine tellergroßen Hufen als Füße und auch keinen Stierkopf mit langen, spitzen Hörnern. Das Wesen trug einen ledernen Lendenschurz, dessen Träger sich über seiner breiten Brust kreuzten. Es überragte die Zentauren um Längen. Die Soldaten wichen unwillkürlich einen Schritt zurück, als die Kreatur ein ungeduldiges Schnaufen ausstieß, bei dem scharfe gelbe Reißzähne aufblitzten. Einzig der Zentaur an der Spitze der Gruppe blieb ungerührt stehen.

Lysander grub die Finger in Alexos' Arm. Das war ein Minotaurus! Wie war das möglich? Die Minotauren waren seit Jahrhunderten ausgestorben. Es war, als wäre die Kreatur von den Toten auferstanden.

Er musste an den zerlumpten, verängstigten Mann aus dem Ostium denken. *Die Minotauren sind zurück! Sie werden uns alle jagen! Ich habe ihn gesehen! Ich habe ihn gesehen …*

Eiskalte Furcht jagte ihm einen Schauer über den Rücken. Die Chronisten hatten den Mann für verrückt gehalten, doch jetzt musste Lysander erkennen, dass er die ganze Zeit die Wahrheit gesagt hatte. Angst schnürte ihm die Kehle zu. Es war dieselbe betäubende Furcht, die er in den Augen des Mannes gesehen hatte. Er spürte, wie Alexos neben ihm zitterte.

Der Minotaurus schritt auf die Gruppe vor dem Höhleneingang zu. Gleichzeitig stolperten Lysander und Alexos rückwärts, ohne noch groß darauf zu achten, ob sie dabei Steine lostraten oder Geräusche machten. Lysander beobachtete mit Schrecken, dass sich keiner der anderen Zentauren vom Fleck rührte, wenngleich einige von ihnen mit den Hufen stampften und nervös mit dem Schweif zuckten. Der einzige, der eine Reaktion zeigte, war der Anführer: Er packte den Jungen bei den Schultern und schob ihn auf den Minotaurus zu. *Sind sie sich etwa schon mal begegnet?*

Alexos' Augen waren weit aufgerissen und er machte Anstalten, die Flucht zu ergreifen, doch Lysander packte ihn am Arm, bevor sein Freund lospreschen konnte und von den anderen entdeckt würde. Er hielt sich einen Finger an die Lippen und zeigte dann auf die Gruppe. Alexos folgte seinem Blick und nickte zitternd.

Sie schlichen zurück auf ihren Posten – gerade rechtzeitig, um mitzubekommen, wie der Anführer der Zentauren das Wort an den Minotaurus richtete. Lysander konnte nichts verstehen, aber der Minotaurus trat auf den Jungen zu und beäugte ihn kritisch. Dann beugte er sich vor und schnüffelte an ihm, wie ein Tier, das die Witterung seiner Beute aufnimmt.

Der Minotaurus nickte grunzend und verschwand wieder in der Höhle.

»Was war das?«, quiekte der Junge. »Was ist hier los?«

Der Anführer der Zentauren packte ihn an den Oberarmen und befahl: »Los, Marsch!« Er schubste ihn hinter dem Minotaurus in die Höhle und folgte ihm in Begleitung zweier Soldaten.

Ein Minotaurus. Ein menschlicher Junge. Lysander versuchte verzweifelt, sich einzureden, dass er die Situation missverstand. Aber als er Alexos' erschüttertes Gesicht sah, begriff er, dass es nur eine mögliche Erklärung gab. Minotauren aßen Menschenfleisch.

Und die Zentauren hatten ihm welches gebracht.

Kapitel 28

Sams Atem klang laut in seinen Ohren. Durch das dicke Tuch vor seinen Augen konnte er nichts sehen. Seine Haut war von einem Schweißfilm bedeckt, der ihn in der kalten, muffigen Luft frieren ließ. Wo brachten die Zentauren ihn hin?

Hinter ihm klapperten ihre Hufe wie ungleichmäßige Trommelschläge. Das Geräusch hatte etwas Unheilvolles, aber das, was vor ihm lag, war viel, viel schlimmer. Schwaden eines beißenden Geruchs drangen in seine Nase: eine Mischung aus altem Schweiß und verrottendem Fleisch. Er nahm ein leises, röchelndes Schnaufen wahr und die dunklen Umrisse einer massigen Gestalt, deren Gegenwart selbst die Zentauren nervös zu machen schien.

Der Boden war uneben und mit kleinen und großen Steinen übersät, auf denen er immer wieder ins Stolpern geriet. Er konnte nicht mal die Hände ausstrecken, um das Gleichgewicht zu halten, weil die Zentauren seine Arme festhielten. Jedes Mal, wenn er stehen blieb, zwangen sie ihn unbarmherzig vorwärts. Nackte Angst schnürte ihm die Kehle zu. Er konnte kaum atmen, geschweige denn protestieren.

Wenn Tordred hier wäre, wäre ich vielleicht stark genug, um mich gegen sie zur Wehr zu setzen, dachte er. Aber so war er einfach nur Sam Quicksilver, ganz allein in der Dunkelheit.

Er trat auf etwas Großes, Rundes und knickte um. Einer der beiden Zentauren zerrte ihn so brutal wieder hoch, dass Sam vor Schmerz aufschrie.

»Ruhe«, blaffte ein anderer Zentaur und riss ihm die Augenbinde vom Kopf.

Blinzelnd blickte Sam in das Licht einer Laterne. Das Erste, was er sah, nachdem seine Augen sich an die Helligkeit gewöhnt hatten, war das Ding, über das er gestolpert war.

Es war kein Stein. Es war ein menschlicher Schädel.

Er befand sich im Inneren einer Höhle. Voller Entsetzen sah er sich um. Der gesamte Boden war mit Schädeln und Knochen bedeckt. Sein Blick fiel auf die drei Zentauren, die ihn umringten. Selbst hier in der Dunkelheit hatten sie die Kapuzen nicht abgenommen. Widerstrebend wandte er sich in die Richtung, aus der das röchelnde Schnaufen kam, dem sie gefolgt waren.

Im flackernden Licht der Laterne wirkte die Kreatur so groß wie der himmelhohe Rathausturm der Freien Stadt. *Spar dir die fantasievollen Beschreibungen, Sam,* ertönte Nerissas Stimme in seinem Kopf. *Für so was hast du keine Zeit.*

Nein, die hatte er wirklich nicht. Denn er wusste genau, was der gehörnte Stierkopf, der kräftige Nacken, die Hufe und die beiden stämmigen Beine bedeuteten: Er hatte Bilder der ausgestorbenen Minotauren in Nerissas Büchern gesehen. Er hatte gelesen, wie erbarmungslos sie gejagt und ausgerottet worden waren, als sich die anderen Clans von Cavallon mit der Beute der Minotauren, den Menschen, verbündet hatten.

Die Kreatur, die jetzt turmhoch vor ihm aufragte, wirkte allerdings alles andere als ausgestorben. Sie wirkte ... *hungrig.*

Sam schluckte schwer. All diese Knochen und Schädel ... Die Zentauren hatten ihn als Futter hergebracht. Und wie es aussah, war er nur der Letzte in einer langen Reihe von Menschenopfern.

Von einem plötzlichen Impuls getrieben, rannte er los. Weg, er wollte einfach nur weg. Doch er kam keine zwei Schritte weit, bevor die Zentauren ihn an den Schultern packten und zurückrissen. Der Minotaurus bleckte die scharfen gelben Zähne. Sam wurde schlecht vor Angst. Noch nie im seinem ganzen Leben hatte er sich so hilflos und ausgeliefert gefühlt.

»Zeig mir die Bücher«, verlangte der Zentaur rechts von Sam mit tiefer Stimme.

Der Minotaurus knurrte dem Zentauren ins Gesicht. Die Spitzen seiner Hörner blitzten im flackernden Licht der Laterne auf. Sam zuckte zurück und auch die beiden Zentauren, die ihn festhielten, machten unwillkürlich einen Schritt rückwärts. Knochen knirschten unter ihren Hufen. Nur der Zentaur mit der tiefen Stimme zeigte keine Regung.

»Du kriegst den Jungen erst, wenn ich weiß, dass mit den Büchern alles in Ordnung ist«, sagte er. Er wirkte beinahe gelangweilt.

Der Minotaurus starrte den Zentauren noch eine Weile finster an, dann lachte er verächtlich. »Kommt«, sagte er. Seine Stimme klang, als würde Stein auf Stein schleifen. Dann wandte er sich um und lief ihnen voraus, tiefer ins Dunkel hinein.

Die Zentauren folgten mit Sam im Schlepptau. Nun, da er die Augenbinde los war, hätte es eigentlich leichter sein müssen, aber das war es nicht – ganz im Gegenteil. Denn jetzt konnte er das riesige Ungeheuer vor ihnen sehen und die vielen Knochen auf dem Boden, über die sie schritten und die immer nur noch mehr wurden, je tiefer sie in die Höhle vordrangen.

Sei schlau, so wie Lara, ermahnte Sam sich. *Warte auf einen geeigneten Moment.* Er versuchte, sich den Weg einzuprägen, damit er wusste, wo er langlaufen musste, wenn es ihm gelang, seinen Bewachern zu entwischen.

Und es *musste* ihm gelingen. Es gab nur zwei Möglichkeiten: Entweder er entkam oder er wurde gefressen.

Schließlich blieb der Minotaurus neben einem großen Felsbrocken stehen. Der Fels war gut doppelt so hoch wie Sam, doch der Minotaurus stemmte sich einfach dagegen und schob ihn mühelos beiseite. Dahinter kam eine Kammer zum Vorschein, deren Wände vom Boden bis zur Decke von in den Stein gehauenen Regalen gesäumt wurden. Darin standen reihenweise uralt aussehende Bücher.

Der Zentaur mit der tiefen Stimme beugte sich vor, um sie genauer unter die Lupe zu nehmen. Das flackernde Licht seiner Laterne glitt über die staubigen Einbände und ließ die goldgeprägten Lettern auf den Buchrücken funkeln. Sam kniff die Augen zusammen, konnte jedoch keines der Worte entziffern. Sie waren nicht in Gemeinsprache geschrieben, sondern in irgendeiner Schrift, deren Buchstaben enger und spitzer waren als die, die er kannte.

»Hier sind Eure Bücher«, sagte der Minotaurus. »Die Vereinbarung gilt unverändert.«

Was geht hier vor?, dachte Sam. *Sie tauschen mich doch wohl nicht ausgerechnet gegen Bücher ein?*

Der Zentaur richtete sich auf und nickte, ohne eines der Bücher auch nur berührt zu haben. »In der Tat, du hast dich an deinen Teil der Abmachung gehalten. Damit hast du dir deine Beute verdient.« Er gab den anderen Zentauren ein Zeichen und sie schubsten Sam auf den Minotaurus zu. Der Stoß war so stark, dass Sam das Gleichgewicht verlor und einige Schritte vorwärtsstolperte.

»Nein!«, schrie er und fuhr herum. »Wartet!«

Doch die Zentauren waren bereits auf dem Weg nach draußen – und mit ihnen auch die Laterne. Sam schaffte es trotzdem, ihnen einige Schritte nachzurennen, bevor der Minotaurus ihn am Bein packte. Sam stürzte zu Boden, zwischen die Knochen, und krachte mit voller Wucht auf seinen Ellbogen. Der Minotaurus ragte wie ein unheilvoller Schatten über ihm auf und zog ihn langsam zu sich heran. Sam trat mit seinem freien Bein nach ihm und versuchte, sich irgendwie am Boden festzukrallen, aber der Griff des Minotaurus war eisern.

Dann hauchte ihm der Minotaurus seinen stinkenden, warmen Atem ins Gesicht und Sam wusste, dass es vorbei war. Es hatte keinen Sinn, weiter dagegen anzukämpfen.

So sterbe ich also, dachte er.

Kapitel 29

Lysander konnte immer noch nicht recht glauben, was er da sah. Drei der Zentauren waren mit dem Menschenjungen in der Höhle des gigantischen Minotaurus verschwunden – während der Rest von ihnen ungerührt zuguckte. Jetzt standen sie herum, traten nervös von einem Huf auf den anderen und warteten, dass ihre Kameraden zurückkehrten. Ganz sicher wussten sie, dass sie den Jungen gerade in den Tod geschickt hatten, aber das schien ihnen egal zu sein. Sie hatten einfach tatenlos zugeschaut.

So wie du, meldete sich eine nagende Stimme in seinem Kopf. Denn er hatte in der Zwischenzeit auch nichts unternommen, außer das alles aus seinem Versteck heraus zu beobachten.

Damit ist jetzt Schluss, beschloss er. Es war Zeit zu handeln.

Er straffte die Schultern, zog die Notizbücher mit den Aufzeichnungen, die er während der Reise gemacht hatte, aus der Tasche und drückte sie Alexos in die Hände.

»Was hast du vor?«, zischte Alexos.

Lysander schüttelte den Kopf. »Das hier ist nicht genug. Es erzählt nicht die ganze Geschichte. Wir müssen dafür sorgen, dass alle verstehen, was hier passiert.« Er biss sich auf die Lippe. »Ich muss es zeichnen.«

Er wühlte in seiner Tasche, bis er einen Bleistift fand, dann riss er eine leere Seite aus einem der noch unbeschriebenen Bücher und skizzierte mit ein paar Strichen eine Karte. Dem Stand der Sonne nach zu urteilen, mussten sie sich nördlich der Schwarzhornwälder befinden, irgendwo am Fuß des Wolkengebirges. Mit dem Höhleneingang hielt er sich nicht lange auf – er hatte jetzt keine Zeit, die verfallenen Reliefs genauer zu studieren –, aber er gab sich große Mühe, den massigen Minotaurus mit seinen eindrucksvollen Hörnern und den verängstigten Menschenjungen so detailgetreu wie möglich wiederzugeben. Er wollte, dass der Rest von Cavallon die Szene mit eigenen Augen sah.

Als er fertig war, steckte er die Zeichnung in das oberste Notizbuch auf dem Stapel, den er Alexos gegeben hatte. »Nimm das alles und bring es irgendwohin, wo es sicher ist«, bat er seinen Freund. »Pass auf diese Chroniken auf, denn sie erzählen die Wahrheit. Nicht die Königswahrheit – die *echte* Wahrheit.«

Alexos starrte ihn mit offenem Mund an. »Was? Ich kann doch jetzt nicht gehen! Was ist mit …?«

»Los!«, zischte Lysander und drehte Alexos in Richtung des Pfades, der zur Grasebene zurückführte. »Ich werde sie zur Rede stellen. Ich muss das tun. Aber …« Er wischte sich die schweißnassen Hände an den Flanken ab. Die Soldaten würden Cassio Diomedes' Sohn von doch sicher erkennen, oder? Sie würden nicht wagen, ihm etwas anzutun. »Für den Fall, dass … irgendwas schiefgeht, müssen wir dafür sorgen, dass unseren Aufzeichnungen nichts passiert. Wir können nicht beide hierbleiben.« Alexos machte Anstalten, erneut zu protestieren, also schlug Lysander den Ehrfurcht gebietenden Tonfall seines Vaters an. »Geh jetzt. Sofort!«

Alexos blickte noch einmal ängstlich zu den Soldaten hinüber, dann stopfte er die Bücher in seine Tasche und schlang beide Arme um Lysander. Nach einer kurzen Umarmung flüsterte er: »Pass auf dich auf«, schob sich an seinem Freund vorbei und galoppierte los.

Das Klappern seiner Hufe versetzte die Soldaten in Alarmbereitschaft. Während sie nach ihren Bögen griffen, sprang Lysander schnell hinter dem Felsen hervor. »Ich bin es«, verkündete er. »Lysander Diomedes.«

Er setzte seine herrischste Miene auf und schritt auf sie zu. Die Soldaten ließen ihre Bögen sinken, also hatten sie ihn wohl erkannt.

»Was machst du hier?«, fragte eine groß gewachsene Zentaurin. Ihr Gesicht war hinter einer dunkelblauen Kapuze verborgen, doch am Kragen lugte die Spitze eines langen geflochten Zopfs hervor, sodass Lysander zumindest wusste, dass sie kupferrote Haare hatte.

Lysander reckte das Kinn. »Ich habe gesehen, wie ihr diesen Menschenjungen an den Minotaurus übergeben habt. Was geht hier vor?«

Ein bulliger Zentaur blickte nervös zum Höhleneingang hinüber, bevor er antwortete: »Das geht dich nichts an. Am besten verschwindest du sofort und vergisst, was du hier gesehen hast.«

In dem Moment traten zwei der drei Zentauren hinter ihm aus der Höhle. Der Junge war nicht bei ihnen. Damit erlosch auch Lysanders letztes Fünkchen Hoffnung, dass er die Situation irgendwie falsch interpretiert haben könnte.

»Wo ist der Mensch?«, fragte er zornig.

»Der dürfte inzwischen tot sein«, erwiderte einer der beiden.

Lysander drehte sich der Magen um. »Was ihr hier tut, ist entsetzlich und grausam!« Seine Stimme bebte vor Entrüstung. Bisher hatte er nie versucht, die Stellung seines Vaters zu seinem Vorteil zu nutzen, aber jetzt war er fest entschlossen, jede nur verfügbare Waffe einzusetzen, um dieser widerlichen Bande von Mördern das Handwerk zu legen. »Ich werde nach Coropolis zurückkehren und euch melden«, verkündete er schneidend. »Wartet nur, bis mein Vater das erfährt!«

Noch während er sprach, trat der dritte Zentaur aus der Höhle. Der Stoff seines Kapuzenumhangs war aus feinerer Wolle als die der anderen und darunter trug er ein maßgeschneidertes Wams aus grünem Leder. Die Erkenntnis traf Lysander bis ins Mark: Er hatte ein entscheidendes Detail übersehen. Im selben Moment, da ihm das volle Ausmaß seiner Fehleinschätzung bewusst wurde, nahm der Zentaur seine Kapuze ab. Darunter kamen ein scharf geschnittenes Gesicht und ein akkurat gestutzter schwarzer Bart zum Vorschein.

Cassio Diomedes.

Lysander starrte seinen Vater voller Entsetzen an. Obwohl sein Herz schrie, dass das nicht wahr sein konnte, stellte er fest, dass ein Teil von ihm ganz und gar nicht überrascht war.

Er hatte gespürt, dass sein Vater und der Rat des Königs ein Geheimnis hatten – er hätte sich nur niemals vorstellen können, dass es etwas so durch und durch Schreckliches war.

Er wich langsam zurück. Seine Hufe rutschten und stolperten über den steinigen, unebenen Boden, während ihm das Herz bis zum Hals schlug. Ganz sicher schäumte sein Vater vor Wut darüber, ihn hier zu sehen.

Doch Cassio Diomedes musterte seinen Sohn bloß nachdenklich. »Du bist uns gefolgt«, bemerkte er schließlich nüchtern. »Das beweist, dass du doch zu mehr imstande bist, als ich dir zugetraut hätte.«

Lysander konnte ihn weiter nur anstarren.

Sein Vater nickte. »Ja, ich glaube, das hier ist deine Gelegenheit, dich zu beweisen, Lysander. Jetzt kannst du allen zeigen, dass mein Vertrauen in dich gerechtfertigt war. Und dass ich die Abstimmungsergebnisse nicht ganz umsonst gefälscht habe, um sicherzustellen, dass du zum neuen Chronisten auserkoren würdest.«

Seine Worte trafen Lysander wie ein Schlag in die Magengrube. Er bekam keine Luft mehr und war unfähig, auch nur ein Wort zu sagen. Natürlich hatten alle den Verdacht gehabt, dass Lysander nur wegen seines Vaters zum Chronisten erwählt worden war, aber dass er es so schamlos und offen zugab ... Cassio trat auf ihn zu, bis sie fast Nase an Nase standen. Es kostete Lysander alle Überwindung, nicht vor ihm zurückzuweichen.

»Ich musste dafür sorgen, dass du Mitglied der Elite wirst, die die Königswahrheit bewahrt«, sagte er und durchbohrte ihn dabei förmlich mit seinen dunklen Augen. »Verstehst du? Die wirkliche Königswahrheit ist ein Geheimnis, das nur wenigen bekannt ist – das Geheimnis des Minotaurus. Einen kleinen Teil davon hast du nun herausgefunden. Ich denke, es ist das Beste, wenn es fürs Erste dabei bleibt. Ganz gleich, wie du auch hergekommen bist, du bist jetzt ein Bewahrer der Königswahrheit. Der Rest von Cavallon darf nie von diesem Minotaurus erfahren. Stell dir nur vor, welche Panik und Zerstörung das zur Folge hätte.«

Cassio drückte Lysanders Schulter. Lysander zuckte zusammen, weil er wie immer damit rechnete, dass sich die Fingernägel seines Vaters tief in seine Haut graben würden, doch zu seiner Überraschung blieb es bei einer warmen, aufmunternden Geste. »Der Minotaurus muss geheim bleiben, verstehst du? Das ist jetzt deine Aufgabe.« Ein Lächeln breitete sich auf dem Gesicht seines Vaters aus und zum ersten Mal, seit Lysander denken konnte, erreichte es auch seine Augen. »Wer könnte mir besser dabei helfen als mein eigener Sohn?«

Lysander schwirrte der Kopf. Tausend Fragen gleichzeitig strömten auf ihn ein: *Wie viele Minotauren gibt es? Warum hast du ihnen den Jungen übergeben? Wie lange weißt du schon davon?*

Stattdessen ließ Lysander den Blick über das Grüppchen bewaffneter Soldaten schweifen, bevor er wieder in das lächelnde Gesicht seines Vaters schaute. Alexos war mit einem Teil der Wahrheit entkommen und jetzt bot sich ihm die Möglichkeit, den Rest herauszufinden – aber nur, wenn er mitspielte.

Er schlug die Augen nieder und nickte. »Ich werde dir helfen, Vater«, verkündete er. »Deswegen bin ich dir gefolgt – weil ich helfen wollte.« Um wirklich überzeugend zu klingen, hätte er vermutlich noch ein »Danke« anfügen sollen, doch das Wort blieb ihm im Hals stecken.

Was auch geschehen würde: Lysander konnte sich nicht länger bemühen, es seinem Vater recht zu machen. Er musste dafür sorgen, dass die entsetzliche Wahrheit ans Licht kam.

Ich werde diesem Treiben ein Ende setzen, schwor er sich. *Koste es, was es wolle.*

Kapitel 30

Die Klauen des Ungeheuers schlossen sich um Sams Handgelenke. Obwohl er wusste, dass es sinnlos war, wich er unwillkürlich vor dem heißen Atem und den scharfen Zähnen zurück, die sich jeden Moment in sein Fleisch bohren würden.

Doch der Minotaurus half Sam bloß auf die Beine, legte ihm eine riesige Pranke auf den Rücken und schob ihn weiter in die Höhle hinein.

»W-wo bringst du mich hin?«, kiekste Sam, aber der Minotaurus antwortete nicht. Er trieb ihn nur wortlos voran wie zuvor die Zentauren. Wenigstens waren Sams Augen nicht mehr verbunden, sodass er sehen konnte, wohin er seine Füße zwischen all den Knochen auf dem Boden setzen musste.

Die Steinwände kamen näher und verengten sich zu einem schmalen Gang. Hier lagen keine Knochen mehr, doch im flackernden Licht der Fackeln, die in regelmäßigen Abständen an den Wänden hingen, konnte Sam tiefe Kratzer und Furchen im Gestein erkennen. Er schluckte. Vor seinem inneren Auge sah er verzweifelte Gefangene, die sich hier offenbar mit letzter Kraft zur Wehr gesetzt hatten.

Soll ich auch versuchen zu kämpfen? Würde das irgendetwas bringen?

Er warf einen schnellen Blick hinter sich. Der Minotaurus

ragte so breit und hoch über ihm auf, dass er den Durchgang vollständig blockierte. Sam blieb also nichts anderes übrig, als weiterzulaufen und währenddessen nach Fluchtmöglichkeiten Ausschau zu halten.

Der Weg führte in einer endlosen Spirale tiefer und tiefer in den Berg hinab. Sam wurde schon langsam schwindelig. Nach einer Weile wurden die Wände glitschigfeucht und ein eisiger Windhauch blies ihm ins Gesicht. Ihn verließ der Mut. Wie weit unter der Erde waren sie inzwischen? Würde er jemals von hier entkommen?

Der Gang machte einen scharfen Knick und dann fanden sie sich vor einer ganz gewöhnlichen Holztür wieder, die in den Fels eingelassen worden war. Sie wirkte hier so fehl am Platz, dass Sam perplex stehen blieb.

Der Minotaurus griff an ihm vorbei und hob den Riegel hoch. Mit einer Hand drückte er die Tür auf, mit der anderen schob er Sam hinein.

Der Raum dahinter war riesig und wurde von brennenden Feuerschalen erhellt. Ein Schwall heißer Luft strömte Sam entgegen und seine Augen tränten von der plötzlichen Helligkeit.

Schließlich hatten sie sich so weit daran gewöhnt, dass er den Raum besser erkennen konnte – was er sofort bereute.

Er befand sich in einer Waffenschmiede, aber das Wort war viel zu harmlos für das, was er vor sich sah. Zwei gewaltige Schmiedefeuer brannten an gegenüberliegenden Wänden. Sie loderten so heiß, dass die Luft darüber flirrte. Wie in der Schmiede der Einhörner wimmelte es hier vor menschlichen Metallarbeitern, die mit den schweren Werkzeugen hantierten, auf glühendes Eisen einhämmerten und flüssiges Metall in Formen gossen. Wahrscheinlich lag es an diesem vertrauten Anblick, dass Sam der Rest der Umgebung so monströs erschien.

Weit oben unter der Decke ragte eine Reihe Felsvorsprünge hervor, auf denen riesige, schuppige Gestalten, die entfernt wie Pferde aussahen, mit angelegten ledrigen Flügeln hockten und auf die Arbeiter unter ihnen hinabblickten.

Die Pegasus!, schoss es Sam durch den Kopf. Das waren die Kreaturen, die die Freie Stadt angegriffen und seine Eltern getötet hatten! Hier kamen sie also her!

»Was ist das hier?«, knurrte er. Sein Entsetzen war vorübergehend einer Mischung aus Trauer und Wut gewichen.

»Na, meine Werkstatt natürlich«, erwiderte eine gelangweilte Stimme.

Sam fuhr herum und blickte in das grinsende Gesicht des Sprechers, der an ihn herangetreten sein musste, während Sam die gigantischen Ungeheuer an den Wänden angestarrt hatte. Bei schwächerem Licht hätte Sam ihn wohl für einen ganz normalen jungen Mann gehalten, vielleicht ein paar Jahre älter als er selbst. Doch im gleißenden Licht der Feuer waren seine raubtierhaften Zähne und die Hörner, die ihm aus der Stirn wuchsen, deutlich zu erkennen – Hörner, die genauso lang und spitz waren wie die des Minotaurus hinter Sam.

Sam drehte sich der Magen um. Was ging hier vor?

Der gehörnte Mann breitete die Arme aus, an deren Enden sich ganz normale Hände mit menschlichen Fingern befanden. »Willkommen, junger Mann. Mein Name ist Dromego. Was für ein Glück für dich, dass du hierhergekommen bist!«

»Ach ja?«, fragte Sam matt.

Dromego lächelte. »Selbstverständlich. Ich habe gerade erst angefangen. Mein Plan ist es, ganz Cavallon zu erobern. Und du wirst mir dabei helfen.«

Lies, wie es weitergeht:

CLANS VON CAVALLON

Band 2
ab Sommer 2019 im Arena Verlag:

Clans von Cavallon. Der Fluch des Ozeans
(978-3-401-60468-8)

Katja Brandis

Woodwalkers

978-3-401-60196-0

Carags Verwandlung

Auf den ersten Blick sieht Carag aus wie ein normaler Junge. Doch hinter seinen leuchtenden Augen verbirgt sich ein Geheimnis: Carag ist ein Gestaltwandler. Aufgewachsen als Berglöwe in den Wäldern, lebt er erst seit Kurzem in der Menschenwelt. Das neue Leben ist für ihn so fremd wie faszinierend. Doch erst als Carag von der Clearwater High erfährt, einem Internat für Woodwalker wie ihn, verspürt er ein Gefühl von Heimat. Doch sein neues Leben steckt voller Gefahren ...

978-3-401-60197-7

Gefährliche Freundschaft

Das neue Schuljahr auf der Clearwater High beginnt. Voller Begeisterung stürzt Carag sich in die ersten Lernexpeditionen mit seinen Freunden. Doch nicht jeder ist glücklich über die Aktivitäten des jungen Puma-Wandlers. Sein ehemaliger Mentor Andrew Milling hat Rache geschworen und plötzlich fühlt Carag sich auf Schritt und Tritt beobachtet ...

978-3-401-60198-4

Hollys Geheimnis

Was wäre ein Gestaltwandler ohne seine Freunde? Nach seinem letzten Kampf gegen den rachsüchtigen Andrew Milling ist Pumajunge Carag glücklicher denn je, Brandon und Holly an seiner Seite zu wissen. Doch seit ihr neuer Vormund droht, Holly von der Schule zu nehmen, benimmt sich die Rothörnchen-Wandlerin äußerst seltsam. Als sich rund um die Clearwater High merkwürdige Diebstähle ereignen, ist Carag sofort in Alarmbereitschaft ...

Arena

Jeder Band:
Gebunden
www.arena-verlag.de

Cressida Cowell

Drachenzähmen leicht gemacht

Drachenzähmen leicht gemacht
978-3-401-60230-1

Wilde Piraten voraus!
978-3-401-60231-8

Strenggeheimes Drachenflüstern
978-3-401-60232-5

Mörderische Drachenflüche
978-3-401-60233-2

Alle Bände auch als E-Books und als Hörbücher bei Arena audio erhältlich

Arena

Jeder Band:
Ab 10 Jahren • Gebunden
www.drachenzaehmen.de
www.arena-verlag.de

Der Schlund
Kelpieriff
Die Kalte See
Festungsinsel
DIE UNLANDE
Grünwasserfluss
Smillon
Hittum
CORLANDIA
Coropolis
Die Warme See